L'esclave blanche

Patricia Hagan

L'esclave blanche

Traduit de l'américain
par Véronique Depoutot

Éditions J'ai lu

Titre original :

MIDNIGHT ROSE
HarperPaperbacks, *a division of* HarperCollins*Publishers*, N.Y.

1

Richmond, Virginie. Été 1819

Ryan Youngblood s'agita en grognant, aveuglé par le flot de lumière qui envahissait sa chambre. Puis il secoua la tête pour s'éclaircir les idées et ouvrit les yeux. Apparemment, il avait dormi toute la journée car le soleil avait pris une teinte orangée. Autre surprise : une femme nue partageait son lit.

La voix d'Ebner, son valet, s'éleva derrière lui.

— Missié Ryan, je voulais pas vous déranger mais missié Roland, il vient d'arriver et il est dans tous ses états : il m'a dit de vous réveiller parce que vous deviez aller quelque part ce soir.

Ryan se redressa avec peine en passant la main dans ses cheveux. Keith Roland avait toujours été son meilleur ami. Accablé de solitude depuis que sa femme était morte en couches avec son bébé deux ans plus tôt, Keith avait demandé à Ryan de l'accompagner au bal des débutantes de Richmond, le bal des Roses, où les jeunes filles des meilleures familles seraient présentées au grand monde.

Sans enthousiasme, Ryan avait fini par accepter. Lui-même n'avait pas besoin de chercher une épouse : sa chère mère s'en était chargée à sa place !

Il renvoya Ebner d'un geste.

— Va le prévenir que je descends et reviens me faire couler un bain. Ah ! Apporte aussi du café noir et une bouteille de whisky : j'en aurai besoin...

Ebner s'éclipsa sans bruit tandis que Ryan se tournait vers la délicieuse créature couchée près de lui. Son nom était Corrisa Buckner et de toutes les filles qu'il avait fréquentées depuis son retour de France, elle était la plus distinguée. Ryan sourit. Si sa pauvre mère apprenait qu'une demi-mondaine dormait chez elle, elle en aurait une attaque ! Grâce à Dieu, elle passait l'été en Europe avec la fiancée de Ryan, Evelyn Coley...

Se penchant sur Corrisa, il la réveilla d'une claque bien placée qui lui arracha un petit cri. Puis, repoussant une masse de cheveux bruns, elle leva les yeux avec un sourire séducteur et ondula vers lui. Mais il échappa à son étreinte pour s'envelopper dans un peignoir.

— J'avais oublié que je suis déjà pris, ce soir. Ebner te ramènera en ville.

Corrisa se mordit les lèvres, déçue à plus d'un titre. Elle n'avait guère envie de le quitter : Ryan était un amant merveilleux. Et puis elle s'était réjouie de passer deux jours à Jasmine Hill. C'était l'une des plus belles plantations de Virginie. Ryan lui avait promis de visiter sa propriété à cheval et de l'emmener se baigner dans un étang retiré. Il voulait même organiser un pique-nique ! Jamais aucun homme ne s'était montré si gentil avec elle.

— Je pourrais vous attendre... murmura-t-elle

6

en lui caressant le dos, sentant ses muscles puissants rouler sous ses doigts. Et à votre retour, je vous promets une nuit inoubliable.

Mais quand elle le vit secouer la tête, elle se leva sans insister et s'habilla en hâte. Ryan n'était pas comme les autres, elle l'avait vite compris. Méfiant, parfois cynique, il ne se laissait pas manipuler.

Fidèle aux instructions de son maître, Ebner la dirigea vers la porte de service. Inutile que Keith Roland soit témoin de la scène.

Quelques minutes plus tard, Ryan s'immergeait dans un bain chaud avec une tasse de café arrosé d'alcool. La soirée s'annonçait lugubre... Déjà, pendant ses années d'études à West Point, il avait dû affronter sa mère pour échapper aux bals. Non que sa vision du mariage ait toujours été si pessimiste, au contraire...

Malgré l'échec conjugal de ses parents, il avait cru possible de vivre heureux — à condition de trouver l'âme sœur. Son père avait vécu un calvaire parce qu'il avait épousé une mégère doublée d'un tyran. Et puis une crise cardiaque l'avait délivré en 1812, la première année de la guerre.

A la fin des hostilités, Ryan se trouvait sur un navire au large des côtes anglaises. Peu pressé de rentrer, il avait préféré visiter Paris. C'est là qu'il avait rencontré Simone, la femme fatale qui devait anéantir toutes ses illusions sur l'amour.

Il l'avait remarquée dans un cabaret de Montmartre où elle chantait des romances d'une voix rauque et obsédante. Il y était retourné maintes et maintes fois, lui avait envoyé des roses, l'avait invitée à dîner. Après des mois de refus, elle avait fini par accepter.

Alors Simone s'était offerte à lui, l'entraînant

sur les crêtes vertigineuses de la passion. Devenu fou d'elle, Ryan l'avait couverte de bijoux et de cadeaux, lui offrant bientôt de régner sur Jasmine Hill. Esclave de ses sens, il lui avait demandé sa main...

La belle s'était métamorphosée. Elle, qui l'avait tourmenté si longtemps en restant insaisissable, lui avait subitement déclaré son amour : maintenant qu'elle était sûre des sentiments de Ryan, elle voulait l'épouser sans attendre.

Cependant, avait-elle ajouté, son salaire de chanteuse ne lui permettait pas de renouveler sa garde-robe pour rencontrer sa famille et ses amis. Et elle mourrait de honte plutôt que de se présenter ainsi ! Naturellement, Ryan lui avait donné libre accès à son compte en banque, balayant ses protestations : pourquoi hésiter puisque tout lui appartiendrait une fois qu'ils seraient mariés...

Quel sot !

Le jour où sa banque lui avait notifié un découvert, il était allé demander des explications à Simone. Celle-ci avait fondu en larmes, confessant qu'elle avait pris l'argent pour se libérer... de son mari ! Elle mentait — et il l'avait compris. Mais il souhaitait tellement la croire... D'après ses dires, elle avait craint de le perdre en lui avouant la terrible vérité : elle était bel et bien mariée, son époux était en prison et avait menacé de la tuer si elle demandait le divorce. Seule une forte somme avait pu l'amadouer...

Imbécile jusqu'au bout, Ryan s'était laissé convaincre, continuant à entretenir Simone pendant des mois, le temps que les formalités se terminent. Quand elle avait senti sa patience à bout, la jeune femme avait prétendu que le divorce était prononcé. Soulagé, il avait loué deux cabines sur un paquebot et hâté les préparatifs du voyage.

Mais Simone n'était pas venue le rejoindre comme prévu sur l'embarcadère. Ryan allait partir à sa recherche quand un coursier s'était présenté, une minute avant le départ. Ryan était prié de ne pas attendre la jeune femme : elle s'était réconciliée avec son mari !

Fou de rage, Ryan avait extorqué sans douceur la vérité au messager. Il avait appris que Simone était mariée au propriétaire du cabaret et que ces deux escrocs avaient déjà ruiné plus d'un jeune homme romantique.

Le retour fut un cauchemar. Comment avait-il pu se laisser berner à ce point ? Simone avait paru si sincère alors qu'elle jouait la comédie ! Ryan faillit sombrer dans le désespoir... Une seule résolution lui permit d'y échapper : désormais, il cantonnerait les femmes au plaisir — le sien et le leur. Grâce à Simone, il était au moins devenu un amant accompli...

Il avait donc retrouvé l'Amérique et Jasmine Hill. Furieuse de son absence prolongée, sa mère lui avait imposé des scènes pénibles. Il devait se marier, lui martelait-elle régulièrement, prendre les rênes de la plantation et lui donner des héritiers. Oubliait-il qu'il était le dernier du nom ? Mais Ryan n'en avait cure. Fidèle à sa décision, il fréquentait exclusivement les belles de nuit sans la moindre intention de se ranger.

Et puis un soir, six mois après son retour, sa mère lui avait annoncé qu'elle avait trouvé l'épouse idéale : Evelyn Coley. Son père, l'avocat le plus en vue de Richmond, était issu d'une excellente famille dont les origines anglaises remontaient jusqu'à la couronne !

Ryan admit volontiers qu'Evelyn était fine et délicate, avec ses boucles blondes et ses grands yeux bleus. Mais il reconnut aussi une enfant gâtée prête à toutes les colères pour satisfaire ses caprices. Et puis, elle lui rappelait sa mère...

Mais peu importe, se disait-il. Elle saurait diriger sa maison et lui donner de beaux enfants. Pour le plaisir comme pour l'affection, il chercherait ailleurs.

Ebner tendit une serviette à Ryan qui sortit de la baignoire, perdu dans ses pensées. Peut-être devrait-il choisir une maîtresse sans plus tarder... Le mariage était prévu pour Noël : la lune de miel serait une corvée moins pénible à la perspective de retrouver une voluptueuse créature dès son retour. Mais ce n'était pas si simple. Ryan ne se contenterait pas d'une femme sensuelle et amoureuse : il la voulait cultivée, intelligente...

Keith, qui s'était installé au salon pour déguster un cognac, bondit sur ses pieds en apercevant son ami.

— Ah! J'ai vraiment eu peur que tu annules quand Ebner m'a dit que tu passais la journée au lit. Je tiens à te remercier encore une fois, sincèrement.

— J'espère en tout cas que tu trouveras l'épouse idéale parmi ces petites pintades.

— On a parfois de la chance... J'avais rencontré Laetitia au bal des Roses, tu te rappelles?

Ryan esquissa un sourire.

— Oui, naturellement. Tu avais déniché la perle rare... Eh bien, je te souhaite le même bonheur cette fois-ci.

Ils gardèrent un instant le silence. Puis Keith releva la tête avec un clin d'œil, cherchant à dissiper sa mélancolie.

— Mais toi, tu n'as plus ce genre de souci! Te voilà casé... Quoique, d'après le charmant minois que je viens d'entrevoir, tu ne sembles pas t'ennuyer en l'absence de ta fiancée!

Ryan haussa les épaules avec un rire complice.

— Si seulement tes débutantes étaient moins... comme il faut, j'irais au bal avec plus d'enthousiasme!

Lorena se laissait patiemment coiffer par Letty, dont l'expression réservée l'intriguait toujours. Qu'avait-il pu se produire pour qu'elle devienne si distante? Enfants, elles étaient inséparables jusqu'à ce que le beau-père de Lorena lui interdise de jouer avec une esclave. Malgré tout, les deux petites filles s'étaient retrouvées en secret, gardant toute leur complicité. Puis Lorena était partie cinq ans à Atlanta et, à son retour, Letty n'était plus qu'une étrangère.

— Mère avait raison, hasarda Lorena dans l'espoir de renouer le contact, tu as un don pour la coiffure. Quand je pense à toutes nos bêtises d'autrefois...

Letty lui lança un regard inquiet dans le grand miroir ovale. Le passé? Elle ne voulait surtout pas y songer...

— Vous devez être la plus belle, mam'selle Lorena. C'est votre maman qui l'a ordonné.

Lorena poussa un soupir.

— Je m'en moque... Je ne veux pas y aller!

— Allons, allons. Votre mère a commandé cette robe chez le couturier le plus chic de Richmond! Vous avez vu les perles cousues dans la dentelle? Elles ont dû coûter une fortune... On n'aura d'yeux que pour vous!

— Je n'en doute pas, répliqua Lorena avec amertume. Mais uniquement à cause du scandale : je n'ai même pas été invitée à ce bal ! Je voudrais me cacher dans un trou de souris…

— Mais, mam'selle Lorena, vous trouverez peut-être à vous marier, ce soir, et…

— Ne m'appelle pas « mam'selle » ! explosa Lorena. Pourquoi es-tu devenue si froide ?

— On change, murmura Letty, tâchant de contrôler le tremblement de ses mains. Et puis, si le maître m'entend, je serai fouettée.

— Je voudrais bien voir cela ! Dieu que je hais l'esclavage et ces pratiques inhumaines ! Je…

— Ce ne sont pas tes affaires, mon enfant, intervint doucement Katherine Tremayne qui s'était glissée derrière elles.

Fine et élancée quoique moins grande que sa fille, elle était d'une élégance raffinée dans sa robe de soie ivoire. Elle regarda Letty tresser des rubans de perles dans les boucles de Lorena.

— C'est magnifique, conclut-elle en posant un bol qu'elle tenait à la main. Je ne sais pas comment nous pourrions nous passer de toi, Letty. Laisse-nous maintenant, je terminerai.

Letty acquiesça d'un hochement de tête, puis disparut après la petite révérence que le maître, Zachary Tremayne, exigeait de tous ses esclaves.

— Es-tu devenue folle pour parler ainsi devant Letty ? s'exclama Katherine dès qu'elle fut seule avec sa fille. Et si ton beau-père t'avait entendue ? (Elle frissonna.) De toute manière, les demoiselles bien élevées ne se mêlent pas de politique !

— Mais tu partages mes sentiments là-dessus, rétorqua Lorena. Toi-même, tu préfères parler de domestiques plutôt que d'esclaves.

Katherine hésita.

— Eh bien... dans la vie, on est parfois obligé de fermer les yeux sur certaines choses, que cela nous plaise ou non. (Elle coupa court, indiquant d'un geste la mixture qu'elle venait d'apporter.) C'est tout frais : je l'ai préparé cet après-midi.

Lorena hocha la tête. Depuis sa plus tendre enfance, sa mère l'avait habituée à se frictionner la peau de ce mélange de persil et de radis noir macérés dans du jus de citron et de raisin vert. Pour avoir la peau douce et lisse, avait-elle expliqué.

— Ensuite, Letty t'aidera à enfiler ta robe, continua Katherine. Elle est ravissante, n'est-ce pas ? Ce rose pâle te sied à merveille. Et le corset ? D'après la couturière, les dames n'en portent plus mais je me sens toute nue sans le mien. En ce qui te concerne...

— Je t'en prie, maman... l'interrompit Lorena en lui prenant les mains d'un geste suppliant. N'y allons pas ! Je n'ai pas été invitée et tu sais très bien pourquoi : personne ne reçoit Zachary à Richmond. Quelle que soit sa fortune, il sera toujours méprisé parce qu'il n'est qu'un escroc.

— Lorena ! s'exclama sa mère en s'affaissant dans le fauteuil le plus proche, les jambes tremblantes. Tais-toi, ma fille, ne parle plus jamais ainsi... (Elle chuchotait maintenant, le regard inquiet.) S'il t'entendait, il serait affreusement blessé. Ce n'est pas un saint, loin de là, mais Zachary est mon mari et ton beau-père. Tu lui dois de l'affection, ou au moins du respect.

Lorena garda un instant le silence, émue par la détresse de sa mère.

— Je ne peux pas le supporter, soupira-t-elle enfin. J'aurais dû rester à Atlanta ! Je n'arrive pas à surmonter mon dégoût envers lui, même si je me le reproche sans cesse.

Katherine luttait pour refouler ses larmes. Dans quelques minutes, elle se présenterait chez Zachary avec sa fille pour lui dire au revoir, car il n'assisterait pas au bal et s'absenterait quelques jours. Quelle catastrophe si elle avait les yeux rouges !

— Un dernier effort, je t'en conjure. Tu ne pouvais pas rester éternellement à Atlanta chez ta tante... (Elle se tut un instant.) Je ne comprends pas cette répugnance que t'inspire Zachary ! Tu ne penses qu'à le fuir...

La jeune fille baissa la tête. La vérité aurait tué sa mère ! Si elle savait ce que cette brute avait tenté quand Lorena avait douze ans...

— C'est un tyran, maman. Et la manière dont il traite les serviteurs...

— N'oublie pas que, sans lui, nous serions aussi pauvres que ta tante Sarah !

— Alors tu as épousé cet être méprisable pour son argent ?

— Lorena, je t'en prie... gémit sa mère en ravalant un sanglot. J'ai aussi pensé à toi, à l'enfance que je pourrais t'offrir ! J'étais belle et Zachary voulait me posséder à tout prix. Mais j'ai résisté jusqu'au mariage et, maintenant, regarde où je vis, conclut-elle avec un geste large. Il n'a pas mauvais fond. C'est seulement quand il boit...

— C'est-à-dire tout le temps !

Katherine soupira.

— Si tu veux quitter cette maison, raison de plus pour aller au bal te trouver un mari. Et ne songe plus à cette invitation : tu aurais dû la recevoir de toute manière... Personne ne criera au scandale. Allons, il est temps de prendre ton bain.

Restée seule, Lorena contempla son reflet dans le miroir. Elle ne se vendrait pas au plus offrant ! A Atlanta, elle avait suivi des études et se considérait d'une intelligence au-dessus de la moyenne. Pas question de devenir l'esclave d'un mari, d'avoir un bébé chaque année et de coudre du matin au soir pour tromper l'ennui ! La prenait-on pour une handicapée mentale ? Elle aurait préféré trouver un travail et rester indépendante...

Dénicher un mari ne l'inquiétait guère, par ailleurs. Elle avait noté que les hommes appréciaient sa beauté fière et élancée, bien différente des petites porcelaines de Saxe qui minaudaient dans les salons.

Elle irait à ce bal, mais sans se donner la moindre peine pour se caser !

Sur cette résolution, Lorena s'immergea dans son bain avant de se frictionner avec l'étrange mixture de sa mère.

— Vous n'avez pas besoin de corset, vous, observa Letty en venant l'aider à s'habiller, admirant sa taille fine et sa poitrine opulente. Ni de ces nouveaux maintiens pour les seins. Les autres femmes donneraient leur âme au diable pour posséder un corps comme le vôtre !

Lorena lui sourit, soulagée de retrouver la Letty d'autrefois, chaleureuse et complice. Se tournant vers le miroir, elle contempla les perles blanches et fumées qui chatoyaient à son corsage. Sur les hanches, l'étoffe tournoyait en un dégradé de rose, depuis le pastel le plus clair jusqu'à l'insolent fuchsia, voilée d'une mousseline transparente où brillaient d'autres perles. Même les manches bouffantes lançaient de précieux reflets nacrés. En toute autre occasion, Lorena se serait réjouie. Mais ce bal était dégradant ! Se pavaner devant les hommes, attiser leur désir avant d'exiger le mariage...

— La seule différence entre ce bal et une vente d'esclaves, proclama-t-elle, c'est l'hypocrisie !

Effrayée, Letty préféra s'éclipser tandis que Lorena partait rejoindre Katherine dans le bureau de Zachary.

— Que je suis fière d'être ta mère ! s'exclama cette dernière avec émotion. Tu es si belle...

Zachary se leva à demi pour saluer la jeune fille, dissimulant prudemment son trouble. Ce n'était pas la fierté paternelle qui l'animait, loin de là...

— Un toast à l'enchanteresse de toute la Virginie, proposa-t-il.

Sentant le regard de son beau-père s'appesantir sur elle, Lorena frissonna de dégoût.

— Allons-y, suggéra-t-elle en refusant le verre que lui tendait le majordome.

— Mais non, protesta Zachary d'une voix soudain plus rauque. Prends le temps de boire un peu de sherry : rien de tel que d'arriver en retard pour attirer l'attention !

Et surtout, il pourrait l'admirer un peu plus longtemps...

Lorena étouffa une réplique cinglante. Elle prévoyait au contraire de passer inaperçue en laissant sa mère se mêler aux autres. Et puis, pour le moment, elle ne pensait qu'à fuir Zachary.

— Je préfère attendre dans la voiture, conclut-elle en relevant le menton avec défi.

Consternée, Katherine se tourna vers son mari dont les yeux lançaient des éclairs.

— Vous qui espériez tant de cette petite réunion de famille... Je suis désolée. Lorena est parfois étrange, ces temps-ci.

16

— Sa tante lui a passé tous ses caprices, voilà tout. Elle devrait tâter du fouet comme les esclaves pour apprendre sa place !

— Excusez-la, Zachary. Je... je vais tâcher de la raisonner.

Puis elle s'éclipsa dans un frou-frou de jupons, craignant que, dans sa colère, il ne leur interdise de sortir.

2

La calèche remontait lentement l'allée bondée de magnifiques équipages et de pur-sang qui piaffaient. Même si la nuit n'était pas tombée, des lucioles dansaient déjà sous les ramures des chênes centenaires. Sur la pelouse évoluait un arc-en-ciel de jeunes filles en tons pastel dont les joyaux étincelaient, rivalisant avec les regards pétillants des messieurs.

Le manoir de la plantation des Manning était immense. Un escalier de marbre blanc menait à une large terrasse qui courait tout autour de la maison. Des colonnades blanches s'élançaient jusqu'au toit, dont l'avancée protégeait le porche et le balcon du second étage.

Lorena se crispa comme leur voiture ralentissait devant les marches. Tout en haut, Tyler Manning et sa femme Opal accueillaient leurs invités. Lorena reconnut Carolyn, leur fille, qui se tenait à leurs côtés dans une robe blanche à volants. Etait-elle toujours aussi hautaine et vaniteuse ? se demanda-t-elle fugitivement.

— Nous n'allons pas entrer avec les autres, j'imagine.

— Bien sûr que si ! répliqua Katherine avec un petit rire forcé.

— Mais nous pourrions nous mêler à la foule discrètement un peu plus tard, protesta Lorena, horrifiée. Imagine qu'ils ne nous laissent pas entrer ! Oh, je n'aurais jamais dû céder...

— Je ne t'ai pas laissé le choix, lui rappela sa mère d'un ton sec. Et puis tu exagères un peu. Je connais tout le monde, ici. Zachary se conduit peut-être en mécréant mais je suis une bonne chrétienne et j'ai rencontré toutes ces dames à l'église ou aux charités. Détends-toi...

Lorena grinça des dents et gravit l'escalier au prix d'un gros effort sur elle-même. A mi-chemin, elle lisait déjà la stupéfaction sur les visages des Manning... Une fois à leur hauteur, glacée par leur indignation contenue, elle ne put articuler une parole. Sa mère, au contraire, était l'aisance même.

— Tyler, Opal, Carolyn, minauda-t-elle. Quelle joie de vous revoir ! Lorena est si contente d'être rentrée d'Atlanta à temps pour votre petite soirée...

Puis elle pivota sans attendre de réponse et disparut dans la foule, suivie une fraction de seconde trop tard par Lorena.

— Vous n'êtes même pas débutante ! siffla Carolyn, tirant parti de cet instant de flottement.

Puis elle tourna la tête dédaigneusement, rappelée à l'ordre par sa mère.

Lorena en profita pour s'échapper, consciente des regards masculins qui s'attardaient sur elle tandis qu'elle pénétrait dans la demeure. Les dames rivalisaient d'élégance, soucieuses d'afficher leur richesse.

Lorena et sa mère acceptèrent une coupe de champagne d'un domestique en gants blancs qui souffrait visiblement de la chaleur dans sa livrée de velours rouge et noir. Puis elles se dirigèrent vers la salle de bal où le parquet luisant et les murs chargés de miroirs reflétaient les flammes des bougies que l'on allumait petit à petit. Un orchestre à cordes jouait au fond et des mets somptueux avaient été disposés sur les tables repoussées contre les cloisons.

Par les portes-fenêtres qui s'ouvraient sur le jardin, on apercevait une fontaine d'où jaillissait du champagne retombant sur des corbeilles de fraises. Des jeunes filles riaient déjà trop fort en goûtant les fruits, imitées par leurs soupirants.

— Quel conte de fées ! souffla Katherine. Jamais je n'ai vu de soirée aussi luxueuse...

Et pour cause... Lorena se mordit la lèvre : en réalité, sa mère n'appartenait pas à ce milieu. Lorena gardait un souvenir cuisant de son dixième anniversaire, par exemple : Katherine avait loué un vrai cirque, lancé des invitations à cinquante kilomètres à la ronde — et personne, absolument personne, n'avait répondu. Tous ses efforts s'étaient soldés par des humiliations. Pour l'amour de sa mère, Lorena résolut de se prêter au jeu — au moins une soirée.

C'est sans difficulté qu'elle devint le centre de tous les regards. Entourée de jeunes gens empressés qui la couvraient de compliments, la suppliaient de leur accorder une danse ou couraient lui chercher un sorbet, elle se détendit petit à petit. Comment résister à ces galanteries charmantes, à la musique romantique, à ce décor merveilleux?

Rayonnante, elle ne remarqua même pas la haute silhouette qui l'observait depuis les ombres de la terrasse...

Ryan avait fui les coquettes qui paraissaient oublier qu'il était déjà fiancé à l'une d'elles. De son côté, Keith semblait avoir le coup de foudre pour une jeune personne qu'il ne quittait plus. Soulagé, Ryan s'était réfugié sur la terrasse pour attendre la fin du bal quand, tout à coup, cette beauté flamboyante avait attiré son attention.

Qui pouvait-elle être? Elle rayonnait, épanouie, insouciante, sans afficher la tension presque désespérée des autres débutantes qui devaient séduire à tout prix. Jamais il ne l'avait rencontrée, il en était sûr: on ne pouvait oublier une telle grâce.

Keith apparut soudain derrière lui, impatient de chanter les louanges d'une certaine Mary Susan Hightower déjà chère à son cœur. Ryan semblait si absorbé dans ses pensées que son ami suivit machinalement son regard — et fronça les sourcils. Il avait déjà surpris quelques potins échangés à voix basse...

— Eh bien, finalement, observa-t-il avec un soupir théâtral, on ne trouve pas que des jeunes filles à marier ce soir... Lorena Sterling n'entre pas dans cette catégorie.

— Comment cela? s'étonna Ryan. Qui est-ce?

— La belle-fille de Zachary Tremayne... Elle n'a pas été invitée. En fait, elle a débarqué avec sa mère en espérant sans doute trouver un fiancé, mais elle se trompe lourdement: ces jeunes coqs ne pensent qu'à la culbuter dans la première meule de foin! Ils ne risqueraient pas leur héritage pour de la racaille... Mais elle est ravissante, je dois l'avouer...

— Racaille? répéta Ryan en lui coupant la parole. Pourquoi? Que lui reproche-t-on?

— Euh... rien à ma connaissance, reconnut Keith, un instant désarçonné. Mais tu as entendu parler de Tremayne, c'est un bandit. Il pratique la contrebande des esclaves avec l'Afrique et les Antilles alors que c'est illégal depuis plus de dix ans. Il paraît qu'il a amassé une fortune considérable.

— Et Lorena Sterling? L'as-tu déjà rencontrée?

— Je la voyais à l'église avec sa mère autrefois, et puis elle s'est volatilisée. En tout cas, elle a irrité beaucoup de monde ce soir. Et j'en connais plus d'un qui se fera taper sur les doigts en rentrant chez lui. Courtiser cette fille au lieu de se consacrer aux vraies débutantes!

— Elle est superbe... Et ils ne s'ennuient pas en sa compagnie, au moins! Les autres sont tellement crispées, affectées... C'est la plus jolie femme de la soirée.

— Mais c'est une question de classe. Ta mère changerait de trottoir plutôt que de croiser un Tremayne... Bon, je retourne voir Mary Susan: le bal commence.

Ryan resta seul, de plus en plus intrigué. Si Lorena Sterling avait osé s'imposer ce soir, elle devait avoir ses raisons. Connaissant la piètre réputation de son beau-père, elle ne pouvait espérer trouver un fiancé. Alors?

Cherchait-elle seulement un protecteur, un amant?

Il brûlait justement de tenir ce rôle...

Un jeune homme obstiné qui ne quittait pas Lorena d'une semelle lui prit la main dès que retentirent les premières notes de musique. Avant qu'elle ne puisse protester, il l'entraîna au milieu des danseurs qui se plaçaient en ligne pour le quadrille. D'abord prise au dépourvu, la jeune fille se laissa bientôt gagner par l'excitation et battit des mains en rythme comme les autres.

— Quel toupet ! monta soudain une voix grinçante. D'abord vous vous imposez comme une pique-assiette, et maintenant vous vous jetez à la tête de nos invités !

Piquée au vif, Lorena pivota pour se trouver nez à nez avec Carolyn Manning, cramoisie de rage. Derrière elle, d'autres jeunes filles foudroyaient l'intruse du regard. Bouleversée, humiliée, Lorena s'enfuit, disparaissant dans la foule des spectateurs.

Où était sa mère ? Si seulement elle pouvait partir sur-le-champ ! Respirant à fond, elle sortit à l'air libre : avant tout, elle devait reprendre ses esprits. Autour de la fontaine, la terrasse était maintenant déserte. Saisissant une coupe, Lorena se servit un peu de champagne frappé.

Elle tremblait encore — mais pas de honte. En réalité, elle bouillait de fureur. Pour qui se prenaient-ils, tous ?

Elle se moquait bien de ne pas être invitée mais, pour sa mère, les Manning auraient pu faire un geste : il n'y avait pas âme plus charitable dans tout le comté ! Katherine Tremayne aidait les démunis avec une générosité inlassable... Et on la méprisait à cause de son mari ?

Lorena fixa la foule des danseurs d'un œil noir avant de tourner les talons, écœurée. Quittant la terrasse, elle descendit dans le parc où les roses embaumaient. En contrebas, une allée serpentait dans une direction inconnue. Peu importe : Lorena cherchait seulement un instant de répit...

Elle s'arrêta pour cueillir une rose rouge, sa couleur préférée, parmi les corolles roses, blanches et jaunes. La portant à ses narines, elle allait s'enfoncer plus profondément dans la nuit quand elle entendit un bruit derrière elle. Se retournant avec nervosité, elle aperçut un homme qui s'approchait d'un pas lent mais déterminé, presque menaçant.

— Mille pardons, monsieur. Me suivez-vous ?

— Non, mentit Ryan sans se démonter. Pourquoi seriez-vous la seule à fuir ce bal sinistre ?

Rassurée par cette note d'humour, elle l'examina à la lumière des lanternes qui se balançaient dans le jardin. Il était grand et d'une carrure impressionnante. Son visage n'était pas vraiment beau, mais séduisant comme celui d'un aventurier. Il avait d'épais cheveux blonds et des yeux bleu indigo qui l'enveloppaient d'un regard caressant. Elle se sentit rougir. Que lui arrivait-il ? Les hommes ne produisaient jamais pareil effet sur elle ! Mais celui-ci était différent. Il était sans doute plus âgé que les jeunes gens du bal, au moins la trentaine. Et puis il dégageait une certaine force, une impression de confiance et même de tendresse... Elle lui tendit poliment la main.

— Nous n'avons pas été présentés... Je m'appelle Lorena Sterling.

Il effleura ses doigts avec nonchalance.

— Je sais. Vous êtes la jeune fille par qui le scandale arrive et qui devient l'héroïne du bal comme dans un conte de fées. Sachez que j'ad-

mire votre audace, mais elle pique ma curiosité...
Pourquoi êtes-vous venue?

Elle retira sa main.

— Ma mère me l'a demandé, expliqua-t-elle à
contrecœur. Elle me cherche un mari alors que je
m'en soucie comme d'une guigne... Et vous, qui
êtes-vous? Pourquoi ne restez-vous pas avec les
chasseurs de femme?

Il nota le pétillement sarcastique de ses yeux
d'ambre. Elle était encore plus belle de près...
Avec ce teint de miel, sa peau laiteuse qui appelait
les caresses, tout en elle évoquait la volupté.

Se reprenant au vol, Ryan s'aperçut qu'il avait
failli se pencher pour cueillir un baiser sur ses
lèvres pulpeuses.

— Je m'appelle Youngblood, répliqua-t-il enfin.
Ryan Youngblood. J'accompagne un ami qui
cherche l'âme sœur. Ce n'est pas mon cas.

— Alors où est votre femme?

— Je ne suis pas marié, répondit-il sans évoquer sa fiancée.

La famille Youngblood? Lorena savait qu'ils
élevaient des pur-sang, mais le nom de Ryan ne
lui disait rien.

Penchant la tête de côté, elle ne put s'empêcher
de le taquiner:

— Vous gâchez une occasion unique, ce soir. Je
ne vous ai même pas vu dans la foule.

— Je n'avais pas envie de me mêler aux
autres... jusqu'à maintenant, ajouta Ryan avec un
léger sourire.

Flattée malgré elle, Lorena dissimula son trouble
derrière un sursaut d'indignation.

— Vous perdez votre temps avec moi! Je ne
suis pas à marier et d'ailleurs cette comédie me
répugne...

24

Il leva un sourcil. Pourquoi s'exposer au mépris et au scandale, dans ce cas? Quelle pouvait bien être la motivation profonde de Lorena pour subir pareille humiliation? Sa mère était sans doute de mèche...

— Puisque nous nous connaissons mieux à présent, pourquoi ne pas profiter de la soirée? (Il lui tendit le bras.) M'accorderez-vous cette danse, mademoiselle?

«Oui, de tout mon cœur», songea-t-elle avant de revenir à la réalité.

— Il n'y a que des quadrilles là-haut, monsieur Youngblood, et on ne veut pas de moi... Si vous voulez vous amuser, rejoignez les autres et lais-sez-moi à mes roses.

Il éclata de rire. Elle était si différente des autres: franche, spirituelle, sans arrière-pensée. Décidément, il la trouvait délicieuse... Il mourait d'en apprendre plus long sur elle. Peut-être même avait-il trouvé la maîtresse de ses rêves...

— J'ai une idée, reprit-il. Si vous osez, naturel-lement...

Lorena releva le défi sans hésiter. L'affront qu'elle venait de subir était encore trop brûlant... Et puis, avec son charme teinté de mystère, Ryan éveillait sa curiosité. Elle lui prit le bras d'un geste résolu pour le suivre dans la salle de bal où le quadrille venait de s'achever.

Les danseurs bavardaient par petits groupes, attendant le morceau suivant.

— Je reviens de Paris, expliqua-t-il à Lorena après un mot au chef d'orchestre. Et j'y ai appris une nouvelle danse, qui s'appelle la valse. On se place comme ceci, précisa-t-il en guidant la main gauche de la jeune fille sur sa taille tandis qu'il lui prenait l'autre main.

25

Quand les notes langoureuses retentirent, il l'entoura de son bras libre.

— Suivez-moi, laissez-vous aller, chuchota Ryan à son oreille. Tournez en rythme... Un... deux... trois. Un... deux... trois...

Rassurée par sa gentillesse, oubliant les exclamations qui fusaient autour d'eux, Lorena s'abandonna à son étreinte. Ils évoluaient avec une grâce parfaite, leurs regards noués, leurs corps en harmonie.

Transportée sur un nuage, Lorena se demanda fugitivement si ses joues en feu trahissaient son émotion. Mais bientôt, le reste du monde s'évanouit et elle crut s'envoler comme un papillon sur la brise nocturne, portée par les accents divins des violons...

Pendant ce temps, Katherine considérait le couple d'un air pensif. Ryan Youngblood, le riche et séduisant héritier... Il paraissait sous le charme de sa fille. Mais il était fiancé à Evelyn Coley. Pourquoi était-il donc venu au bal ? Katherine se mordit les lèvres, perplexe. Bah ! Peu importe... Elle tenait le mari idéal pour Lorena. Bien sûr, il demeurait des zones d'ombre : Ryan avait la réputation de fréquenter des maisons louches et l'on ignorait ce qui l'avait retenu si longtemps en France...

Certains prétendaient même qu'il était fâché avec sa mère. Rien d'étonnant à cela : Victoria était une femme arrogante et autoritaire. Personne ne trouvait grâce à ses yeux... Lorena aurait à s'accommoder d'une détestable belle-mère en échange de la fortune familiale. Ce serait le prix à payer pour garantir sa sécurité jusqu'à la fin de ses jours — rien d'insurmontable.

Opal Manning ne perdait pas non plus une miette du spectacle.

— C'est dégoûtant, indécent, scandaleux! Quel toupet! Mais où se croient-ils? Se tenir si près l'un de l'autre, se toucher comme ça, c'est... inouï!

Tyler Manning réprima un sourire. En réalité, il enviait cette canaille de Ryan, qui avait trouvé le moyen de prendre Lorena dans ses bras au nez et à la barbe de tout le monde...

— C'est la nouvelle danse en vogue à Paris, ma chère, expliqua-t-il d'une voix ferme. Je n'y vois rien de répréhensible...

— Eh bien moi, oui, siffla-t-elle entre ses dents. Et si vous n'intervenez pas auprès de l'orchestre, je m'en chargerai moi-même!

Voyant Tyler se diriger vers les musiciens avec un soupir, Ryan devina que l'instant de grâce allait s'achever. Il serra Lorena plus fort contre lui, savourant l'étincelle de surprise dans le regard de la jeune fille.

— Je vais bientôt vous souhaiter bonne nuit, murmura-t-il, un sourire flottant sur ses lèvres. Mais si vous ressentez la même émotion que moi, nous nous reverrons peut-être.

Il la libéra au moment où la musique mourait, lui baisant la main avec un profond salut avant de la reconduire au bord de la piste.

Lorena le regarda partir, encore sous le charme. Oui, elle espérait bien le revoir...

3

— Raconte-moi tout! s'exclama Katherine avec impatience dès qu'elles furent seules dans la voiture. Ryan Youngblood est issu d'une excellente famille, il te conviendrait à merveille! Et séduisant, en plus… On dit qu'il a beaucoup de succès auprès des femmes.

— Il est gentil, reconnut Lorena du bout des lèvres, bien décidée à ne pas trahir sa propre excitation. Mais il n'y a pas grand-chose à ajouter. Nous avons dansé une fois, c'est tout.

— Comment cela, « c'est tout » ? Vous avez scandalisé toutes les grandes familles du comté! T'a-t-il au moins demandé s'il pouvait revenir te voir?

Lorena secoua la tête.

— Mais alors de quoi parliez-vous? Il t'a chuchoté quelque chose juste avant la fin, n'est-ce pas? Il te jetait de ces regards… Il m'a rappelé ton père, ajouta Katherine avec un sourire nostalgique. Et il n'a pas souhaité te rendre visite?

Lorena secoua à nouveau la tête. Inutile d'entretenir les illusions de sa mère… Si Ryan était un bourreau des cœurs, ses belles paroles n'étaient sans doute que du badinage.

— Désolée, maman. Nous n'avons échangé que les politesses d'usage.

Katherine en resta muette de stupéfaction. Pourtant, Lorena avait séduit Ryan, elle en aurait mis la main au feu!

Il était même leur seul espoir, maintenant… Les autres jeunes gens n'étaient que des blancs-becs à peine sortis des jupes de leur mère : ils épouseraient forcément des demoiselles de bonne famille. Ryan au contraire était un rebelle... S'il tombait amoureux de Lorena, il enverrait Evelyn Coley au diable. Cette fille n'était pas son genre : sophistiquée comme du sucre soufflé sur un gâteau, et tout aussi artificielle ! Alors que Lorena ne se contentait pas d'être belle : elle était aussi intelligente, spirituelle, pleine de vie... Un homme aussi raffiné que Ryan apprécierait la différence.

Tout compte fait, Katherine restait persuadée que Ryan n'avait pas dit son dernier mot. Et tant mieux : Lorena avait besoin d'un homme capable d'accepter sa nature indomptable.

— Ne t'inquiète pas, murmura-t-elle autant pour elle-même que pour sa fille, il reviendra. Tu serais contente ?

Lorena haussa les épaules en regardant le paysage défiler dans la nuit embaumée.

— Nous n'aurions pas dû aller à ce bal, tu sais. Rien n'a changé : nous ne sommes toujours pas de leur monde. Je devrais repartir à Atlanta chercher un travail au lieu de me morfondre ici comme si j'avais peur de rester vieille fille... Ce qui ne me préoccupe guère, honnêtement : je ne veux pas épouser n'importe qui.

Katherine hocha la tête en silence. Comme elle la comprenait ! Son mariage avec Jacob Sterling avait été si heureux... Jamais une dispute, ni un mot plus haut que l'autre... Ils avaient été amants, unis dans les soucis de la vie quotidienne, et les meilleurs amis du monde.

Quand il était mort d'une mauvaise chute à cause d'une vipère qui avait effrayé son cheval, elle avait été anéantie. Plongée de longues semaines dans une profonde dépression, elle avait failli le rejoindre dans la mort : seule Lorena l'avait retenue. Il fallait vivre pour l'enfant née de leur amour.

Plus tard, Zachary avait demandé sa main. Elle avait su aussitôt qu'elle ne pourrait jamais l'aimer comme Jacob, mais s'était juré d'être une bonne épouse. Comment aurait-elle pu deviner qu'elle épousait un être abject ? Pour assurer l'avenir, elle avait vendu son âme au diable...

Zachary, tout riche qu'il fût, se montrait égoïste, mesquin et sans scrupule quand son intérêt était en jeu. Avec lui, la vie était un enfer. Pourtant elle avait souffert en silence pour l'amour de sa fille, quitte à défendre son mari afin de sauvegarder les apparences.

Une lourde tâche l'attendait maintenant : marier Lorena le plus tôt possible malgré ses réticences. Le sombre diagnostic du docteur Bowman lui revint à l'esprit et elle frissonna d'angoisse : incurable... Ses quintes de toux deviendraient des spasmes et elle cracherait de plus en plus de sang. Il ignorait combien de temps il lui restait à vivre, mais elle s'affaiblirait irrémédiablement.

Katherine n'avait pas peur de mourir, mais elle souhaitait partir en paix, laisser Lorena entre de bonnes mains. Jamais elle ne confierait sa fille à Zachary, qui ignorait la nature et la gravité de sa maladie.

Etonnée de ce long silence, Lorena se tourna vers sa mère.

— Tout ira bien, maman, promit-elle en surprenant son expression inquiète. Un jour ou l'autre, l'homme de ma vie croisera mon chemin. Pourquoi nous humilier de la sorte ? C'est inutile. Mais tes efforts me touchent énormément. Cette robe, tous tes préparatifs… Merci de tout cœur. La soirée n'a pas été entièrement gâchée.

— Mais non, ma chérie, murmura Katherine avec un sourire satisfait en s'adossant au siège capitonné.

Même si sa fille l'ignorait encore, elle venait de rencontrer le Prince Charmant !

Le jour suivant, à l'heure de la messe, Lorena dormait toujours profondément. Hantée par l'image de Ryan Youngblood, elle n'avait pas trouvé le sommeil : ces regards caressants, sa crainte — ou son désir — qu'il l'embrasse… Comment aurait-elle réagi ? A Atlanta, quelques jeunes gens l'avaient courtisée sans éveiller la moindre émotion chez elle. Les baisers volés sous la véranda lui avaient semblé gauches et maladroits.

Elle sentait qu'avec Ryan, ce serait différent — tout en se répétant que, de toute manière, elle ne le reverrait jamais !

Quant à Letty, elle bouillait d'impatience d'entendre le récit du bal. Elle se faufila chez sa jeune maîtresse pour la réveiller.

— Alors, comment c'était ? Avez-vous rencontré quelqu'un ?

Elle s'installa en tailleur au pied du lit, les coudes sur les genoux, retrouvant d'instinct son attitude d'enfant. Lorena, à peine réveillée, ne se fit pas prier pour tout lui raconter.

— Ah ! s'exclama Letty. J'ai vu missié Youngblood quand…

— Monsieur, la corrigea Lorena gentiment. Tu n'as pas oublié ce que je t'ai appris, tout de même ?

Letty sursauta, nerveuse à l'idée que Lorena trahisse leur secret : si le maître apprenait qu'elle savait lire, écrire et parler comme les Blancs, il la mettrait aux champs, ou pire...

— J'ai vu monsieur Ryan en allant porter du coton en ville, une fois. Il bavardait dans la rue et je l'ai trouvé tellement séduisant que j'ai demandé son nom à ma mère. Il paraît que les Youngblood sont une des plus riches familles de Virginie. Ils élèvent des pur-sang et... (elle hésita un instant) ... il ne bat jamais ses esclaves, comme son père avant lui. Quelle bénédiction ce serait d'avoir un maître pareil ! Alors, il viendra vous courtiser ?

Lorena eut un petit rire amer.

— Ce serait merveilleux, mais je n'y crois guère. D'après ce que je sais, Victoria Youngblood ne laissera jamais son fils épouser la belle-fille de Zachary Tremayne.

Letty gloussa d'indignation.

— Mais il a dansé avec vous ! Jolie comme vous êtes, il viendra...

Lorena se renversa dans les oreillers, pensive.

— Je ne me sens pas prête, Letty. Ni pour lui ni pour un autre.

— Prête à quoi ?

— L'amour, les baisers, les caresses...

Elle croisa les mains sous la nuque et contempla le ciel de lit en dentelle bleu.

— Au contraire, ajouta-t-elle, cela m'inquiéterait plutôt.

— Mais pourquoi ? s'exclama Letty, effarée.

Lorena la considéra longuement, tentée une fois de plus de lui révéler le secret de cette horrible nuit. Mais non... Tant qu'elle n'en parlait pas, le drame restait à distance comme un mauvais rêve.

— Assez parlé de moi, conclut-elle avec un sourire contraint. Et toi ? Qu'es-tu devenue en cinq ans ? Nous n'avons même pas pris le temps d'en parler...

Letty ne put réprimer un ricanement.

— Pour une esclave, qu'est-ce qui peut changer, en cinq ans ? Ah si ! Je ne travaille plus aux champs et ce n'est pas dommage. Cueillir le coton, traîner des sacs plus gros que soi avec la ficelle qui cisaille les doigts et le soleil qui tape sur la tête, c'est un cauchemar. Non, maintenant on m'emploie aux cuisines ou à la maison parce que missié Zachary, il dit que je suis en âge de porter des enfants et qu'il faut laisser les travaux pénibles aux autres.

Elle haussa les épaules avec mépris puis se pencha en chuchotant :

— Mais je ne vais pas avec n'importe qui, même si le maît' veut me faire engrosser. En fait, j'aime quelqu'un et il m'aime aussi. C'est avec lui que je veux mes bébés. Et je voudrais l'épouser !

Lorena se redressa en poussant un petit cri de joie.

— Et tu prétends qu'il ne s'est rien produit en cinq ans ? Décris-le-moi !

Soudain rayonnante, Letty lui parla de Ben, qui travaillait aux écuries. Ils se fréquentaient depuis l'année précédente. Puis Letty s'assombrit.

— Mais missié Zachary, il veut pas de mariages chez lui. Parce qu'il veut choisir les pères lui-même. Et puis c'est difficile de vendre deux époux séparément... Il dit que ça fait toujours des histoires.

Lorena serra les poings, furieuse.

— Il n'a pas le droit de se conduire comme ça ! C'est un péché et...

— Oh, vous ne savez pas le pire, l'interrompit Letty, incapable de se contenir plus longtemps. Il est horrible, inhumain. Il a même battu ma mère !

Vous la connaissez, pourtant, il n'y a jamais de problème avec elle. Eh bien une nuit, le maît' est rentré ivre et il est devenu fou de rage parce qu'elle ne lui avait pas gardé son dîner au chaud. Elle a tenté de lui expliquer qu'il était minuit passé, que ma'ame Katherine avait ordonné de tout ranger, mais il a sorti ma mère du lit sans rien écouter et il l'a jetée par terre pour la fouetter avec sa ceinture. Heureusement qu'il avait trop bu et qu'il n'avait pas beaucoup de forces...

Lorena sentit un étau glacé lui enserrer le cœur.

— Ma mère le sait-elle ?

Letty hésita un instant, ne voulant pas en dire trop.

— Oui, mam'selle Lorena, répondit-elle dans un soupir. Mais, ma'ame Katherine, elle peut rien dire. Elle a trop peur de lui.

Lorena se mordit les lèvres. Si jamais elle surprenait Zachary à frapper sa mère, elle le tuerait ! Déjà autrefois... Mais elle repoussa les mauvais souvenirs, tâchant de se concentrer sur le présent.

Sa seule chance de bonheur semblait être de se marier le plus rapidement possible, pour échapper à cet enfer. Elle emmènerait sa mère avec elle et le tour serait joué.

Quant à choisir un époux, Ryan Youngblood paraissait tout indiqué...

Letty la contemplait avec appréhension, ne sachant comment interpréter son silence.

— Eh bien... croisons les doigts pour que Ryan Youngblood vienne me voir. Il représente peut-être notre seule planche de salut !

— Je crois vraiment qu'elle serait parfaite.

Keith vida le reste de son whisky et remplit son verre. Depuis une bonne heure déjà, il ne tarissait pas d'éloges au sujet de Mary Susan Hightower. Une soirée lui avait suffi pour jeter son dévolu sur elle et il tenait à faire partager son enthousiasme à Ryan — qui s'en moquait éperdument. Tout en restant poli, celui-ci ne songeait qu'à sa propre découverte au bal de la veille : Lorena Sterling.

Son visage délicieux revenait sans cesse le hanter : ses yeux pailletés d'or et d'argent, ses cheveux d'ébène qu'il imaginait répandus sur un oreiller de satin. Il revoyait son corps sensuel, sa démarche langoureuse. Fine, élancée, elle devait posséder de longues jambes fuselées qu'il brûlait de dénuder, de caresser, de goûter.

Ryan aimait donner du plaisir aux femmes. Un regard noyé de volupté, des frissons irrépressibles, un rire de gorge multipliaient sa propre jouissance. Jamais une femme ne le quittait frustrée.

Avec Lorena, il connaîtrait des heures passionnées... Même s'il restait discret par respect des convenances, il veillerait à son confort : une petite maison au centre de Richmond pour qu'elle puisse sortir au restaurant ou au théâtre quand il serait retenu chez lui. Et puis des bijoux, des toilettes, des domestiques... Rien ne serait trop beau pour elle.

Jetant un coup d'œil sur les vertes prairies qui s'étendaient à perte de vue sous sa fenêtre, Ryan eut tout de même un regret : jamais il ne partagerait ses plus beaux trésors avec elle. Pourtant, elle aurait aimé les longues randonnées à cheval, la vie à la plantation... Quel dommage de la confiner en ville ! Mais c'était dans l'ordre des choses. Peut-être pourrait-il l'emmener lors de ses déplacements ? En quelques minutes, il avait su qu'elle serait une compagne idéale.

Et une maîtresse de choix...

Tandis qu'Evelyn serait l'épouse parfaite, songea-t-il avec résignation.

— Tu ne m'écoutes même pas! s'exclama Keith, indigné, le tirant brutalement de ses réflexions.

— Pardon, pardon. Que disais-tu?

— Je te demandais si Noël te semblait une bonne date pour le mariage. Ce serait un peu rapide mais, ainsi, nous pourrions fêter les deux noces en même temps. (Ryan le regardait sans comprendre.) Les miennes et les tiennes!

— Ah oui, oui... Très bien, très bonne idée, approuva Ryan, qui poursuivit le cours de ses pensées.

Tout le problème était d'approcher Lorena. Impossible de lui rendre visite chez elle comme s'il la courtisait officiellement: autant se passer tout de suite la corde au cou! Non, il devait trouver un autre moyen de la rencontrer. Le reste irait de soi: puisqu'elle ne cherchait pas de mari, elle comprendrait vite où il voulait en venir.

Keith s'était finalement tu, considérant son ami d'un air soupçonneux.

— C'est à cette Lorena Sterling que tu penses, n'est-ce pas? explosa-t-il enfin. Eh bien, laisse-moi te prévenir que l'on jase, en ville. Ce matin à l'église, on ne parlait que de cette... valse d'hier soir — et de ta cavalière!

— C'est une créature de rêve, Keith. Quant à son beau-père, elle ne l'a pas choisi. Mais dis-moi, que sais-tu d'elle? Quelles sont les origines de sa famille?

— Aucune idée, marmonna Keith en haussant les épaules avec dédain. Elle est de Caroline du Sud, peut-être.

— Et Zachary Tremayne?

— Il n'a jamais eu sa place en société. Avant même de se lancer dans la contrebande d'esclaves, quand il était déjà un riche planteur, il n'était reçu nulle part. Et son épouse non plus. Une femme charmante, pourtant... Je l'ai connue à l'église. Après la disparition de Laetitia, elle m'a rendu plusieurs visites. Mais cela ne compte pas quand il s'agit de milieu social, Ryan, tu le sais bien. Alors ne pense plus à Lorena, elle n'est pas de notre monde.

— L'un n'empêche pas l'autre...

— Comment cela ?

— Qui te parle de l'épouser ?

— Ah... Je commence à comprendre ! s'exclama Keith en éclatant de rire.

— Mais je ne sais pas comment la voir. Il faut que notre rencontre ait l'air d'une coïncidence. Je ne peux tout de même pas sonner à sa porte pour lui présenter mes hommages !

Keith réfléchit une minute.

— Je l'ai aperçue plusieurs fois à la rivière du moulin, dans le coin sud-est de la plantation Tremayne. Avant, j'y allais souvent pêcher quand ce bout de terrain appartenait à Pete Dabner. Pete l'a perdu au poker contre Tremayne — dans des conditions assez louches, d'ailleurs... Et Tremayne a fermé le moulin, posé des pancartes partout et chassé tout le monde. Il serait capable de me tirer dessus s'il me trouvait chez lui, l'animal ! Alors je pêche un peu plus loin en aval, même si le coin est moins...

— Et Lorena ? s'impatienta Ryan.

— J'y arrive ! De là où je m'installe, je vois encore les terres de Tremayne et souvent, vers quatre heures de l'après-midi, elle s'y promène à cheval.

4

Après plusieurs jours de crachin et de ciel couvert, le soleil fut le bienvenu pour Katherine qui vint s'asseoir sous la véranda avec sa couture : elle respirait toujours mieux à l'air libre et s'y installait dès que possible.

Concentrée sur sa broderie, elle chantonnait en laissant son esprit vagabonder. Avec le retour du beau temps, Ryan Youngblood viendrait peut-être leur rendre visite... Sinon, elle se permettrait de l'inviter à la plantation pour le thé. Elle en avait touché deux mots à sa fille le matin même, et à sa grande surprise, Lorena ne s'était pas récriée. Depuis le bal, elle se montrait plus conciliante, moins révoltée — quoique préoccupée. Mais si elle avait des soucis, elle refusait de les confier.

Du moins à sa mère, car elle avait renoué son amitié avec Letty. Katherine voyait souvent la jeune esclave monter dans la chambre de Lorena à la tombée de la nuit. Zachary avait pourtant interdit l'accès de la maison aux domestiques après le coucher du soleil... Par prudence, expliquait-il. Katherine approuvait la mesure : les esclaves le haïssaient tellement que certains le poignarderaient sans hésiter — ce qu'elle comprenait très bien aussi.

Rosa, la mère de Letty, sortit sous la véranda avec un verre de citronnade fraîche où flottait une feuille de menthe. Katherine s'était attachée à elle, peut-être parce que Zachary avait acquis Rosa à sa demande.

Ils n'étaient alors mariés que depuis quelques jours et traversaient Wilmington en Caroline du Nord pour rejoindre Richmond. Une vente d'esclaves étant organisée après l'arrivée d'un vaisseau négrier en provenance d'Afrique, Zachary lui avait suggéré de choisir des domestiques pour la maison.

L'idée d'acheter des êtres humains, de lancer des enchères comme sur du bétail, la répugnait profondément, mais elle n'avait pas osé l'avouer. En voyant Rosa sur l'estrade, elle avait eu le cœur brisé. Après avoir arraché les vêtements de la jeune femme, le marchand l'avait promenée nue devant des centaines de spectateurs, essentiellement des hommes.

— Elle sera prolifique, celle-là ! Regardez ses hanches… Et pas de problème pour allaiter les petits ! avait-il hurlé en désignant sa lourde poitrine avec une cravache. Elle a déjà une gosse, avait-il ajouté en montrant Letty, qui n'était alors qu'un bébé terrorisé accroché aux jambes de sa mère. Et je peux vous garantir qu'elle est résistante ! Sinon elle n'aurait pas survécu à la traversée…

Katherine avait été bouleversée. Peut-être parce qu'elle avait une petite fille du même âge, ou peut-être à cause du secret qu'elle portait dans son cœur. En tout cas, elle avait voulu écourter ce supplice.

— Je vous en prie, Zachary, achetez-les.

— Bonne idée. J'ai besoin d'une femelle solide.

Puis il avait lancé un prix si élevé que personne n'avait renchéri. Rosa et son bébé avaient voyagé sur le toit de la voiture, au milieu des malles et des bagages et sous un soleil de plomb. Par la suite, Rosa avait eu trois fils robustes que Zachary avait vendus l'un après l'autre. Si Letty n'avait pas subi le même sort, c'était grâce aux supplications de Katherine…

Rosa arrosait les fougères disposées le long du porche quand un galop furieux attira l'attention des deux femmes.

— On dirait missié Zachary, observa Rosa en mettant une main en visière. File vent' à terre, en tout cas.

Katherine se crispa aussitôt. Elle l'avait attendu la veille, supposant finalement qu'il resterait boire en ville. Elle ignorait où l'emmenaient ses « voyages d'affaires » — comme il les appelait — et préférait ne rien savoir. Elle se leva lentement et s'avança au bord de la véranda tandis que Rosa s'attardait, curieuse.

Zachary tira sur les rênes, si fort que l'animal se cabra de panique. Puis il sauta à terre en jetant les rênes à Ben, accouru en hâte. Le maître avait bu — mais il était aussi livide de rage.

— Hé toi ! hurla-t-il à l'adresse de Rosa. Rentre aux cuisines ! Tu ne sais pas encore que je coupe les oreilles qui traînent ?

Rosa déguerpit tandis que Katherine, effrayée, se redressait pour affronter son mari. Zachary était grand, charpenté, avec un poitrail de débardeur. Devant sa barbe hirsute et ses yeux porcins, Katherine se demanda ce qu'elle avait pu lui trouver autrefois. Mais cela remontait à tant d'années… Avant que l'alcool ne lui donne un teint de brique et que la méchanceté ne déforme son visage.

Furieux que Katherine osât lui tenir tête, il la repoussa brutalement dans son rocking-chair, déclenchant une quinte de toux.

— Ne commence pas à aboyer, tu sais que ça me rend fou!

— Mais... mais que vous arrive-t-il? articula-t-elle à grand-peine, tâchant de maîtriser ses spasmes.

Il s'accroupit devant elle, plaçant son visage grimaçant à hauteur du sien.

— Je rentre du saloon, où tout le monde se moque de toi et de Lorena parce que vous êtes allées au bal des Roses sans invitation! J'aurais dû me douter qu'il y avait anguille sous roche quand tu as prétendu le contraire! As-tu perdu la tête? Tu crois que tu peux forcer les portes et imposer ta fille chez ces snobs?

Elle prit une longue inspiration.

— Je savais qu'il y avait une erreur, un oubli, que nous étions forcément sur la liste et...

Il agita un poing menaçant.

— Menteuse! Tu n'as jamais été invitée nulle part dans ce foutu pays... Ces aristos me regardent de haut parce que je travaille pour gagner ma vie! Je ne suis pas né avec une cuillère d'argent dans la bouche, moi. Tout ce que je possède, je le dois à la sueur de mon front. Et ça, ils ne le supportent pas! Tu ne peux pas t'enfoncer ça dans la tête une fois pour toutes? Qui plus est, continua-t-il, les veines saillant sur son cou de taureau, il paraît que Lorena s'est donnée en spectacle avec un débauché! Et tu n'es même pas intervenue, ce qui te rend aussi coupable qu'elle!

— Lorena n'a rien fait de mal. Ryan Young-blood est issu d'une des meilleures familles de Virginie. Lorena ne peut pas toujours vivre en marge de la société! Elle n'est pas responsable de votre isolement... Et d'ailleurs, osa-t-elle préciser, on ne vous méprise pas pour vos origines mais à

41

cause de votre conduite. L'alcool, les mauvais coups, et puis la manière dont vous traitez vos domestiques...

— Suffit! explosa-t-il. Après toutes ces années, tu ne sais pas encore que je n'ai de leçon à recevoir de personne? Et surtout pas de ceux qui m'appartiennent? Car je te possède, tout comme mes esclaves, que cela te plaise ou non... Laisse-moi te dire encore une chose, ajouta-t-il d'une voix plus rauque. Ne m'accuse pas de te couper du monde car s'ils savaient qui tu es, ils ne te laisseraient même pas t'asseoir à l'église!

Katherine poussa un petit cri étranglé avant de jeter un coup d'œil furtif autour d'elle. Heureusement, ils étaient seuls. Mais une fois de plus, il n'avait pas hésité à lui lancer ces horreurs...

— Tiens-toi-le pour dit, femme! rugit encore Zachary. Reste à ta place et que je n'entende plus jamais parler de ce genre de frasques! Et préviens ta pimbêche de fille avant que je ne m'en charge moi-même. Je la marierai sans passer pour un imbécile!

Incapable de se contrôler plus longtemps, Katherine éclata en sanglots, ce qui avait le don d'exaspérer Zachary. L'agrippant par les cheveux, il lui tira la tête en arrière, la forçant à le regarder.

— A cause de toi, ma vie est un enfer, gronda-t-il entre ses dents. Tu m'as tourné autour, tu m'as rendu fou de toi pour que je t'épouse malgré ce que je savais. Mais c'est le passé, tout ça: alors obéis et Lorena aussi, sinon je vous chasse de cette maison. Compris? Maintenant disparais, j'en ai assez de tes pleurnicheries...

Katherine courut s'enfermer à double tour dans la salle de couture, s'effondrant en larmes sur le sol. Pourquoi lui avait-elle confié dans un moment de faiblesse qu'elle avait du sang noir dans les veines ? Il ne s'en serait jamais douté autrement, surtout avec la potion dont elle se frictionnait la peau. C'est sa mère qui la lui avait transmise, et Lorena l'utilisait à son tour. Mais à l'époque, elle ne voulait pas de secrets entre eux, comme avec Jacob... Elle avait eu la naïveté de croire Zachary qui prétendait l'aimer envers et contre tous.

Quand il était ivre, il l'accusait de l'avoir ensorcelé, de l'avoir rendu fou de désir pour obtenir le mariage. Alors il la battait et, pour se venger, la forçait à s'avilir de la manière la plus répugnante. Une fois sobre, il pleurait de honte et s'excusait, implorait son pardon et jurait qu'il l'aimait. Mais petit à petit, ses remords l'avaient abandonné.

Katherine vivait dans la hantise que Zachary, dans un accès de colère, n'apprenne la vérité à Lorena. Même s'il avait promis de garder le secret, comment pouvait-elle se fier à sa parole ? Or, jamais Lorena ne devait le savoir : si elle le répétait à son futur mari, elle passerait son existence à le regretter...

En réalité, Zachary préférait se taire pour garder un moyen de chantage. Un jour où elle lui demandait pourquoi il ne divorçait pas puisqu'il la haïssait tant, il avait ricané.

— Parce que tu es à moi, Katherine, comme les autres. Quand je serai fatigué de toi, je te vendrai !

Mais Katherine n'y croyait guère. Après tout, personne ne se doutait de rien et, au fil des ans, elle avait appris à se tenir à l'écart. Quand il ne buvait pas, il la laissait tranquille.

Puis Lorena l'avait suppliée de l'envoyer chez sa tante à Atlanta. Devant son insistance, Katherine avait fini par céder, consacrant son temps libre aux bonnes œuvres. Elle avait ainsi rencontré d'autres femmes qui étaient devenues ses amies. Mais à cause de la réputation de son mari, elle ne les voyait qu'à l'église.

Maintenant le temps lui manquait. Elle se mourait et n'avait plus qu'un vœu : savoir sa fille en sécurité.

Soudain on frappa à la porte. Elle se redressa en hâte, s'essuyant les yeux du dos de la main.

— Oui ? Qui est-ce ?

— C'est moi, répliqua Lorena. Je vais me promener à cheval.

— Excellente idée, ma chérie, répondit Katherine sur un ton léger, amuse-toi bien. Excuse-moi de ne pas te laisser entrer mais je ne peux pas lâcher ma broderie.

Bien qu'étonnée, Lorena n'insista pas, pressée de sortir : ces promenades étaient son seul plaisir — et un moyen de fuir Zachary.

Ayant préparé sa jument préférée, Ben attendait devant l'écurie. Quand Lorena parut avec ses culottes de cheval, il regarda ailleurs comme d'habitude, choqué qu'elle ne porte pas d'amazone et monte à cru.

La journée était chaude. Un soleil de plomb inondait de lumière les champs de coton et de blé. Lorena traversa les terres jusqu'aux méandres de la rivière qui se jetait dans le fleuve James. Sa destination favorite était le vieux moulin que Zachary avait fermé quelques années auparavant. L'eau n'y était pas très profonde et, quand la canicule pesait trop lourd, c'était un lieu de baignade idéal. La crique était même protégée par un gracieux saule pleureur dont les branches balayaient la rive herbeuse.

Mais Lorena n'avait guère envie d'en profiter.

Le visage sombre, elle méditait sur les changements qu'elle avait trouvés à son retour. Il régnait une atmosphère oppressante sur toute la maisonnée : les domestiques filaient yeux baissés, dos courbé, accomplissant leurs tâches sans le moindre entrain. Quant à sa mère, elle avait perdu goût à la vie. Même si devant sa fille elle soignait les apparences, Lorena lisait en elle un désespoir sans fond.

Mettant pied à terre, elle enroula les rênes de son cheval autour d'un arbre avant de longer la rivière. Elle contempla un instant le courant. L'eau savait où elle allait, au moins... Lorena, elle, n'avait aucune idée de ce que l'avenir lui réservait.

A son grand soulagement, Zachary ne s'était guère préoccupé d'elle depuis son retour. Peut-être s'en prenait-il surtout aux enfants... songea-t-elle avec un frisson de dégoût.

Jamais elle n'oublierait l'horreur de cette nuit où il s'était introduit dans sa chambre puis glissé dans son lit pendant son sommeil. Elle s'était réveillée en sursaut pour trouver ses doigts entre ses cuisses... D'un geste, il avait étouffé son cri, serrant sa gorge comme un étau jusqu'à ce qu'elle perde à moitié conscience, révulsée par son haleine empestant le whisky.

— Je te tuerai si tu n'es pas gentille, avait-il chuchoté. Ou si tu répètes notre secret.

Terrorisée, elle avait dû subir ces attouchements, sentant ses mains la fouiller, l'explorer sans honte tandis qu'il remuait contre sa cuisse en grognant comme un porc. Après elle s'était sentie souillée.

Mais elle n'avait osé en parler à personne, pas même à Letty. Toutes les nuits jusqu'à son départ pour Atlanta, elle repoussait une commode contre sa porte avant de dormir cachée sous son lit.

Maintenant qu'elle était de retour, Lorena verrouillait sa chambre et dormait avec un couteau de cuisine. S'il revenait, il trouverait à qui parler.

Un craquement de brindille derrière elle l'alerta soudain. Zachary l'avait peut-être vue partir seule ! En proie à la panique, Lorena chercha autour d'elle et s'empara d'une grosse pierre. Quand elle se redressa, le souffle court, le cavalier sortait des bois. Mais c'était Ryan Youngblood, qui montait un splendide étalon blanc.

Apercevant l'éclat de rocher, Ryan comprit qu'elle avait eu peur.

— Excusez-moi, dit-il aussitôt sans se troubler le moins du monde, je me croyais seul. J'étais sorti me promener et j'ai dû m'égarer sans m'en apercevoir.

En réalité, il était venu chaque jour, même sous la pluie, et finissait par désespérer.

— Je comprends... Ce n'est pas grave, répliqua-t-elle, notant qu'il portait une chemise blanche ouverte jusqu'à la taille.

Ses yeux s'attardèrent malgré elle sur la toison blonde qui couvrait son torse musclé, ses cuisses dures moulées dans des culottes d'équitation. Il émanait de lui une force animale, presque sauvage. Elle frissonna, non de peur mais plutôt d'une impatience délicieuse.

— Eh bien, c'est le destin qui nous réunit.

Il mit pied à terre et s'approcha lentement d'elle.

— Je n'ai pensé qu'à vous depuis l'autre nuit, ajouta-t-il.

Bien que flattée, Lorena garda une certaine réserve.

— En tout cas, les invités ont beaucoup jasé.

— Vous aimez choquer, n'est-ce pas ?

— Pas particulièrement, répliqua-t-elle avec franchise, mais j'aime faire ce qui me plaît.

— Nous nous ressemblons beaucoup et je l'ai senti tout de suite. C'est peut-être ce qui m'attire en vous, votre caractère, et quelques autres qualités... précisa-t-il avec un regard admiratif. C'est un bel endroit. Vous venez souvent ?

— Toujours, reconnut-elle d'une voix assurée malgré son agitation. J'y trouvais la solitude — jusqu'à maintenant.

Il fit faire quelques pas à son cheval, comme s'il cherchait quelque chose, et désigna des traces laissées sur la rive.

— Des roues de chariot, observa-t-il, et beaucoup de sabots. Il y a du passage, par ici.

— Des braconniers peut-être, mais ils viennent la nuit.

Se rappelant une anecdote sur cette rivière, il réprima un petit rire.

— Quand j'étais petit, j'avais fabriqué un radeau avec un camarade. Nous voulions descendre le fleuve jusqu'à l'estuaire et nous embarquer sur un voilier pour l'Angleterre.

— Et vous êtes allés loin ?

— Mon père nous attendait au pont de Cooley, à deux kilomètres en aval. Avec sa ceinture, je dois préciser... Je n'ai pas pu m'asseoir pendant quinze jours !

— Mais vous avez fini par y aller, puisque vous avez appris la valse. A moins que vous ne vous soyez moqué de moi ?

— Bien sûr que non, protesta Ryan, j'ai appris cette danse à Paris et vous êtes une excellente élève... Il faudra recommencer l'expérience !

Notant l'étincelle espiègle dans son regard bleu, elle sourit, séduite.

— Vous avez de la chance d'être un homme, observa-t-elle. Vous pouvez voyager aussi loin que vous le désirez... Je voudrais être libre comme vous.

— Qu'est-ce qui vous en empêche ? Votre beau-père est riche, si je ne m'abuse.

— Cet argent n'est pas à moi ! s'exclama aussi-tôt Lorena. Et puis, ma mère ne me laisserait pas partir seule.

— Votre mari vous emmènera peut-être à la découverte du monde.

Elle eut un rire lumineux.

— D'ici là, je serai trop vieille pour me dépla-cer !

— Une belle jeune fille comme vous ? Allons donc, Lorena. Vous devez avoir une bonne dizaine de soupirants.

— Si c'était le cas, pourquoi ma mère m'aurait-elle imposé ce bal ? répliqua-t-elle avec défi.

— Je voulais dire...

— Vous étiez poli, voilà tout, le corrigea-t-elle sèchement. Parce que vous connaissez la réputa-tion de mon beau-père et vous savez très bien que nous ne sommes pas reçus en société.

— Effectivement, admit-il, et c'est injuste.

— Mais, monsieur Youngblood, je ne crois pas que ma mère ait été invitée chez vous non plus ! Ryan se raidit, pris au dépourvu.

— A vrai dire, j'ignorais tout de votre existence. Où vous cachiez-vous, toutes ces années ?

— A Atlanta, chez ma tante. Sinon ma mère m'aurait traînée à toutes les réceptions du comté.

Il sourit, amusé par son cynisme.

— Vous êtes trop modeste, Lorena. Comment

se laisserait-on dissuader de vous épouser à cause de la réputation de Tremayne ? En tout cas, je n'hésiterais pas — si je cherchais à me marier.

— Merci bien, mais j'estime que le mariage n'est pas une fin en soi, déclara-t-elle avec dédain. Il y a sûrement des alternatives.

— Lesquelles ? relança-t-il, curieux.

— Eh bien, je ne sais pas encore. Je l'espère, en tout cas... Mais parlez-moi plutôt de Paris, et de la France, suggéra-t-elle pour détourner le sujet. Comment est-ce ?

Malgré ses mauvais souvenirs, Ryan avait gardé des images éblouies de la France. Il décrivit Paris, Versailles, les châteaux de la Loire.

Ils se promenèrent tout ce temps, longeant la rive couverte d'une herbe moelleuse, et finirent par s'asseoir sous les ramures du saule. Quand les premières lucioles voltigèrent autour d'eux, Lorena se leva en sursaut.

— Le temps a passé si vite ! Il faut que je rentre, ma mère va s'inquiéter.

Elle se détournait lorsque Ryan céda enfin à la tentation qui le tourmentait depuis le début. La prenant brusquement par la taille, il la fit pivoter vers lui. Un seul regard suffit à Lorena pour comprendre : comme leurs lèvres allaient se toucher, elle se mit à trembler et céda dans un soupir.

Lentement, timidement, elle posa les mains sur ses épaules, puis, s'enhardissant, passa les bras autour de son cou. Bientôt, elle se cambrait contre lui, emportée par une ivresse inconnue, délivrée du temps et de l'espace.

— Vous me rendez fou, murmura-t-il d'une voix rauque avant de se pencher encore, posant la main sur son sein.

Lorena sursauta, brutalement assaillie par un

horrible souvenir. Son bonheur éclata comme une bulle : soudain il ne restait plus qu'une enfant terrifiée se débattant dans le noir, des attouchements répugnants, des cris étouffés par une brute...

— Non ! hurla-t-elle en s'arrachant à son étreinte.

Elle s'écarta en s'essuyant la bouche d'un revers de la main, avant de croiser son regard sidéré. Ramenée à la réalité, elle fut horrifiée par son geste.

— Je... Excusez-moi. Tout cela va trop vite...

Comment aurait-elle pu lui expliquer ?

Il la dévisageait toujours, incrédule. Elle était trop sensuelle, trop attirante pour se laisser effaroucher ainsi ! A quoi jouait-elle ? A le séduire avant de se dérober ? Lisant une panique sincère dans son regard d'ambre, il préféra s'excuser.

— Vous n'avez rien à vous reprocher, répliqua-t-elle. Tout est ma faute. Je n'aurais pas dû...

Elle s'interrompit, ne sachant pas de quoi s'accuser. En réalité, elle ne regrettait rien : c'est ce cauchemar qui avait surgi pour tout gâcher...

Détachant les rênes, elle monta en selle et talonna sa monture. Plutôt fuir que s'enferrer davantage !

— Demain ! s'écria-t-il. Je vous attendrai demain !

Trop bouleversée pour se retourner ou lui répondre, Lorena ressentit pourtant un frisson délicieux.

Oh oui, elle y serait.

5

Letty, suspendue à ses lèvres, écoutait Lorena raconter sa rencontre avec Ryan. Quand la jeune fille en arriva au baiser, décrivant sa brusque réaction de dégoût, Letty ouvrit de grands yeux.

— Mais pourquoi ? On vous a déjà embrassée, non ?

— Ryan est un homme, répliqua Lorena. Il savait très bien où il voulait en venir, mais moi non.

Letty fronça les sourcils.

— Peut-être devriez-vous jouer l'innocente jusqu'au bout.

— Quoi ? Mais je me sens si niaise !

— Vous ne connaissez pas Sudie, n'est-ce pas ? Non, sûrement pas, poursuivit Letty sans attendre de réponse. Elle travaille aux champs la plupart du temps. Eh bien, missié Zachary l'a achetée au printemps dernier. Figurez-vous que ses anciens propriétaires l'avait vendue parce qu'ils n'avaient plus besoin d'elle : sa maîtresse devait partir. Et vous savez pourquoi la jeune demoiselle quittait sa maison ?

Lorena secoua la tête, perplexe. Que de mystères...

— Eh bien, cette mam'selle Coralee, elle était courtisée par un jeune homme et les familles préparaient même un grand mariage. Et puis un jour il n'est pas revenu : soi-disant qu'il avait déjà obtenu ce qu'il cherchait et qu'il n'avait plus besoin de l'épouser... Le père est devenu fou de rage et il a administré une de ces corrections à mam'selle Coralee! Il criait qu'on n'achète pas une vache si on a le lait pour rien... Il disait que plus aucun homme ne voudrait d'elle maintenant, qu'elle était perdue de réputation! Alors il l'a envoyée chez des cousins, très loin, où personne n'était au courant du scandale... Pour lui trouver un mari quand même, vous comprenez?

Lorena reprit un gâteau en soupirant. Il était presque minuit et elle s'était installée sur son lit avec Letty pour un pique-nique clandestin.

— Pourquoi me racontes-tu cette histoire? Quel rapport avec la mienne?

— C'est simple, articula Letty avec difficulté, la bouche pleine de biscuit. S'il n'a pas le lait, il achètera la vache!

Lorena la dévisagea une seconde, au bord du fou rire.

— Tu me prends pour une génisse ou quoi?

Elles pouffèrent, étouffant leurs gloussements sous le couvre-lit.

— N'empêche... reprit Letty. C'était sûrement très habile d'avoir l'air bête, justement. Et à votre place, je ne m'arrêterais pas en si bon chemin.

— Tu es insupportable, ce soir! s'exclama Lorena avec un petit rire gêné. Tu me conseilles de le provoquer tout en jouant les saintes nitouches?

Letty haussa les épaules.

— Et alors? C'est dans l'ordre des choses: il ne vous aura qu'après le mariage! Quand le revoyez-vous?

— Demain.

— Pensez bien à l'histoire de mam'selle Coralee... Si vous suivez mes conseils, vous serez Mme Youngblood en deux temps trois mouvements! Et nous irons tous habiter à Jasmine Hill...

Lorena la considéra longuement. Si ce mariage pouvait rendre tant de monde heureux... Pourtant il demeurait un obstacle de taille : sa répulsion pour les hommes. Elle devrait fournir un gros effort sur elle-même sous peine de décourager Ryan pour de bon !

Zachary gravit l'escalier de service sans bruit. Seuls les domestiques l'empruntaient et uniquement de jour, mais par prudence, il s'arrêtait à chaque marche pour tendre l'oreille. Les appartements de sa femme étaient situés de l'autre côté de la maison, alors que la chambre de Lorena était juste à cet étage. Rien de plus pratique : il avait tout prévu !

Après cinq ans d'attente, il s'imposa quelques minutes de patience supplémentaires. La rose avait éclos en une beauté épanouie, prête à être cueillie. Et maintenant Lorena comprendrait son propre intérêt : finis les réticences et les meubles poussés derrière la porte ! En échange de sa docilité, il lui offrirait de l'argent, des bijoux, des toilettes...

Il arrivait en haut. Encore un virage vers la droite et cinq marches. Au cas où elle se serait enfermée, il avait apporté des outils pour arracher le verrou...

Il se figea net avant de tourner, reconnaissant soudain cette respiration sifflante qui lui mettait les nerfs à vif : Katherine était là, devant la porte de sa fille ! Il distinguait à peine sa silhouette dans la pénombre... Des rires lui parvinrent aussi, et des voix. Letty ! Elle avait rejoint Lorena dans sa chambre !

De rage, il faillit bondir pour châtier les deux insolentes. Mais un réflexe de prudence le retint au dernier moment : comment expliquerait-il sa présence à Katherine ? Elle devinerait immédiatement ses projets...

Il fallut donc battre en retraite. Mais il s'embusqua près de l'escalier d'honneur, surgissant de l'ombre au moment où sa femme passait devant lui. Elle hurla de terreur pour s'étrangler aussitôt dans une quinte de toux. Il la saisit par un coude et la reconduisit à sa chambre.

Refermant la porte derrière lui, il la considéra longuement tandis qu'elle attendait avec angoisse, les pupilles dilatées à la lueur de la chandelle, luttant contre les spasmes.

— Letty était chez Lorena, n'est-ce pas ?

Katherine secoua la tête sans répondre.

— Oh que si ! Et maintenant, je sais ce qu'il me reste à faire.

Le voyant tourner les talons, Katherine s'écria :

— N'y allez pas maintenant, Zachary ! Je vous en prie. Pas sur un coup de colère...

Il eut un petit rire.

— Oh non, je ne vais pas les déranger. Qu'elles en profitent... car ce sera la dernière fois !

Il disparut sur ces mots. La porte claqua derrière lui.

Poussant un profond soupir, Katherine saisit une bouteille de sirop. Parfois, il calmait sa toux... Appuyée contre l'oreiller, elle se força à prendre de petites respirations comme le lui avait recommandé le docteur.

Mais la peur la tenaillait. Zachary n'avait pas proféré des menaces en l'air : maintenant, rien ne l'empêcherait plus de vendre Letty...

Elle se mordit la lèvre jusqu'au sang. Peut-être

serait-il trop tard pour Letty mais elle sauverait sa fille à tout prix : en la mariant à Ryan Young-blood !

Lorena l'observait depuis une colline, frappée une fois encore par son charme. Assis dans l'herbe sous le saule, Ryan jouait distraitement avec une pâquerette en regardant la rivière. Il portait une chemise bleu pâle qui laissait deviner ses larges épaules. Ses cuisses moulées dans l'étoffe semblaient dures et puissantes. Les rayons filtrant par les branches pailletaient ses cheveux d'or.

Il l'attirait, c'était indéniable. En même temps, malgré sa chaleur et sa tendresse, elle devinait en lui une certaine fermeté. Il n'était pas homme à se laisser manipuler... Rassemblant son courage, elle poussa son cheval en avant.

Dès qu'il la vit, Ryan s'approcha et la prit par la taille pour l'aider à descendre.

— Alors je ne suis pas un monstre, finalement ? la taquina-t-il avec un sourire.

Il ne l'avait pas lâchée. Se sentant rougir, Lorena s'écarta et ôta son chapeau pour se donner une contenance. Ses cheveux retombèrent en cascade sur ses épaules.

— Je ne vous ai jamais pris pour un monstre, répliqua-t-elle. Mais nous nous connaissons à peine...

Il pencha la tête, amusé par sa réserve.

— Certaines choses ne vont pas assez vite à mon goût, j'en ai bien peur ! (Il lui montra un panier.) J'ai apporté des fruits et un peu de vin.

Saisissant une nappe blanche damassée, il la déploya sur l'herbe.

— Un beau cheval que vous montez là, observat-il en connaisseur, une fois qu'ils furent installés.

— Le vôtre est magnifique, lui retourna Lorena avant de l'interroger sur son élevage.

Ryan se montra intarissable. Lorena l'écoutait avec intérêt, multipliant les questions auxquelles il s'empressait de répondre. Bientôt elle s'allongea dans l'herbe, de plus en plus détendue, et posa la tête sur son chapeau comme sur un oreiller. Tant pis s'il était cabossé, il était si ridicule! Au-dessus d'elle flottaient les branches de saule dans le soleil. Ryan s'installa à son côté, apportant les verres de cristal où rougeoyait un fin bourgogne.

Ils parlaient de tout et de rien, riant, savourant ces moments de complicité.

— J'irai à La Nouvelle-Orléans à l'automne, déclara Ryan. Pour une grande vente de pur-sang arabes. Je voudrais acheter un couple de reproducteurs.

— La Nouvelle-Orléans, répéta-t-elle sur un ton émerveillé. J'ai toujours eu envie de la visiter...

— Eh bien, venez avec moi.

— Je ne peux pas! s'exclama-t-elle en riant. Vous le savez bien.

— Mais vous aimeriez m'accompagner, n'est-ce pas?

Elle le considéra avec perplexité.

— Pourquoi en parler puisque c'est impossible?

Ryan dissimula un sourire en lui versant un peu de vin.

— Si cela vous tente, j'arrangerai tout.

Elle rit à nouveau, certaine qu'il la taquinait, tandis qu'il repoussait une mèche brune égarée sur sa joue. Qu'elle était belle...

— Lorena, reprit-il en se penchant sur elle. Si j'ai appris une chose en ce bas monde, c'est qu'il faut cueillir les roses de la vie sans attendre qu'on vous les offre sur un plateau... Alors si vous voulez me suivre, nous trouverons un moyen.

Devinant qu'il allait l'embrasser, elle se sentit gagnée par une vague de panique.

— Il est tard, observa-t-elle avec nervosité. Je dois rentrer.

Mais il la prit dans ses bras presque rudement et, roulant sur le dos, la hissa sur lui. Quand leurs lèvres se touchèrent, il sentit fondre la résistance de Lorena. Alors ses mains s'enhardirent le long de son dos, étreignirent sa taille étroite pour la caresser plus bas encore, la serrant très fort contre lui. Il aurait voulu arracher ses vêtements, explorer son corps, goûter sa peau... Mais il ne devait pas la brusquer : malgré son désir de jouer les femmes, Lorena n'était qu'une jeune fille ingénue.

Partagée entre le plaisir et une terreur montante, Lorena s'efforçait de se détendre. Ouvrant les lèvres, elle laissa Ryan la pénétrer de sa langue, méfiante puis séduite par sa douceur.

Roulant sur le côté, elle se cambra contre lui d'instinct pour se raidir aussitôt, comme choquée par leur intimité. Quand elle voulut s'écarter, Ryan la maintint d'une main tandis que de l'autre il remontait vivement sa jupe sur ses cuisses.

— Non ! hurla-t-elle soudain en s'arrachant à son baiser.

Elle lui agrippa le poignet pour arrêter sa progression, mais en vain : il remontait inexorablement vers le centre de son plaisir. Bientôt elle s'alanguit en gémissant doucement. Il lui ouvrit les jambes de son genou et glissa la main contre sa chair humide.

Il la désirait comme aucune autre avant elle. Pourtant, il savait qu'une fois ne lui suffirait pas. Lorena représentait ce qu'il avait toujours cherché chez une femme sans jamais le trouver.

Malgré le feu liquide qui courait dans ses veines, la jeune fille n'avait pas perdu la tête. Elle devait partir avant qu'il ne soit trop tard! Rassemblant ses forces, elle se dégagea soudain, prenant Ryan au dépourvu. Il était tellement sûr de sa reddition qu'il ne songea même pas à la retenir.

— Non!

Elle secoua la tête en s'éloignant à reculons, ses cheveux d'ébène lui fouettant le visage. Comment lui expliquer ce qu'elle ressentait? Malgré les sermons de Letty, elle se refusait à pareille compromission. Pas question de l'acculer au mariage en jouant les séductrices: elle ne pourrait plus jamais se regarder en face... Si l'amour était au rendez-vous, tant mieux, mais elle ne tricherait pas.

— Je suis désolée, Ryan, je ne peux pas. Pas comme ça...

Il la suivit des yeux tandis qu'elle se dirigeait vers son cheval. Bon sang! Il ne s'était jamais imposé à une femme et ne commencerait pas aujourd'hui. Mais on ne l'avait jamais repoussé non plus, surtout à ce stade! Vexé, il la rattrapa d'un bond et lui prit le bras pour la forcer à le regarder.

— Si vous prétendez que je vous laisse froide, Lorena, vous vous mentez à vous-même, et à moi aussi! Pourquoi nous infliger ce supplice?

Elle avait trop honte pour s'expliquer... Comment lui dire qu'elle était venue le capturer dans ses filets pour qu'il l'épouse et que, dans un sursaut d'orgueil, elle avait changé d'avis?

— Je suis désolée, répéta-t-elle en détournant les yeux, incapable de supporter son expression de mépris. Je ne voulais pas en arriver là.

— Mais qu'aviez-vous en tête, alors? Pourquoi m'avez-vous rejoint ici?

Irritée à son tour, elle le foudroya du regard.

— Et pourquoi m'avez-vous donné rendez-vous? Pour assouvir vos désirs dans l'herbe comme un... mâle en rut?

Malgré sa frustration, il ne put s'empêcher de la trouver ravissante, avec ses yeux d'ambre qui étincelaient de paillettes d'or. Il retrouva son sens de l'humour.

— En toute franchise, avoua-t-il avec un sourire taquin, je préférerais vous aimer dans un lit, mais cela me semble difficile dans les circonstances actuelles. Si je vous emmène chez moi ou dans un hôtel, je vous déshonore. Donc avant de nous mettre tout à fait d'accord, de nous organiser, de vous installer, cet endroit paraissait la meilleure solution.

Lorena l'écouta en écarquillant les yeux.

— Mais de quoi parlez-vous? demanda-t-elle, la gorge serrée. Organiser quoi? Comment cela, m'installer?

— Lorena, arrêtez de jouer les innocentes! Je veux que vous deveniez ma maîtresse et vous le savez très bien...

— Quoi? explosa-t-elle, indignée. Espèce de... Vous croyez que je suis venue pour ça? Pour être votre... grue?

Elle se mordit les lèvres jusqu'au sang pour

refouler ses larmes. Pas question de lui montrer combien il l'avait blessée !

— Je croyais que nous aimions être ensemble, reprit-elle avec toute la dignité qu'elle put rassembler. Je vous trouvais sympathique, je voulais apprendre à vous connaître. J'ai osé croire que dans un avenir lointain, nous aurions des sentiments l'un pour l'autre et que vous viendriez me courtiser. Je me suis trompée.

Sidéré, il la regarda monter sur son cheval sans réussir à articuler un mot. Tournant bride, elle lui assena le coup de grâce :

— Nous ne nous verrons plus, monsieur Youngblood. Et à l'avenir, je vous serais reconnaissante de ne plus pénétrer sur ces terres.

Ryan la regarda disparaître dans un nuage de poussière, les poings serrés.

Mais que voulait-elle de lui ? Elle ne s'attendait tout de même pas qu'il la supplie de l'épouser ? A moins qu'elle ne cherche à le prendre au piège...

De rage, il ramassa la bouteille de vin presque vide et la jeta au milieu de la rivière.

Jamais plus ! Jamais plus il ne perdrait la tête pour une femme ! Il se l'était juré... Mais il lui fallait Lorena Sterling à tout prix, et il trouverait le moyen de l'obtenir.

Reprenant son cheval, il s'éloigna en direction de Jasmine Hill, si préoccupé qu'il ne remarqua même pas l'esclave et la femme blanche qui avaient observé la scène depuis un chariot, à la lisière de la forêt.

Katherine Tremayne ôta de sa bouche le mouchoir qu'elle pressait pour étouffer sa toux. Malgré sa faiblesse, elle eut un pâle sourire puis donna le signal du retour à Ben.

Ce qu'elle avait vu lui suffisait : maintenant elle pourrait réaliser son rêve — si Dieu lui prêtait vie.

6

— Il sait que Letty vient la nuit dans ta chambre, déclara Katherine à sa fille sans lever les yeux de sa broderie.

Elles étaient dans la salle de couture où elles pouvaient bavarder sans crainte d'être espionnées, Zachary étant sorti à cheval un peu plus tôt.

— Et alors ? se rebella Lorena. C'est moi qui l'ai invitée ! Letty est mon amie. Quel mal y a-t-il à bavarder entre nous le soir ?

— Tu sais bien que c'est interdit.

Par la fenêtre, Lorena contemplait la vaste pelouse ombrée par les magnolias et les pacaniers feuillus. De gros nuages blancs parcouraient le ciel comme pour abriter les promeneurs du soleil brûlant. Elle aurait aimé partir à cheval, mais où ? Ryan l'attendait sans doute au moulin malgré la scène de la veille. Il n'était pas homme à accepter une rebuffade ! Or, après une nuit blanche, elle devait reconnaître qu'elle avait peur d'elle-même et non de lui, parce que dans ses bras, quand il l'embrassait, elle...

— Lorena ! Tu m'écoutes ?

— Que veux-tu que je te dise ? répliqua la jeune fille en haussant les épaules, brutalement arrachée à ses pensées. Je me moque bien qu'elle soit noire !

— Tu veux que Zachary la vende? Que cela nous plaise ou non, c'est une esclave et elle doit rester à sa place, comme toi à la tienne!

— Mon Dieu! s'écria Lorena en tombant à genoux devant sa mère. Tu ne peux pas laisser Zachary agir ainsi!

— Je n'ai guère d'influence sur lui, tu sais. Mais si tu me promets que cela ne se reproduira plus, que Letty redeviendra une domestique comme les autres, alors j'essaierai de mon mieux.

Etreignant les mains de sa mère, Lorena les porta à ses lèvres avant de retourner à la fenêtre. Si seulement Ryan avait vu plus loin qu'une simple liaison, beaucoup de problèmes auraient été réglés. Malheureusement, il n'y avait plus d'espoir de ce côté-là...

Katherine l'observait attentivement. Quand, l'autre nuit, elle avait entendu à la porte de Lorena qu'elle irait à un second rendez-vous avec Ryan Youngblood, elle s'était promis de la suivre. Mais au lieu d'assister à une scène d'amour, elle avait surpris une discussion animée qui ressemblait fort à une dispute. Lorena était partie sur un coup de tête et Ryan paraissait furieux.

Peu importe... Une fois Letty sauvée, Katherine avait de quoi forcer Ryan à épouser sa fille.

— Si je n'ai pas ta promesse, Letty est perdue, reprit-elle.

Mais Lorena l'écoutait à peine.

— Je hais l'esclavage depuis que je suis en âge de comprendre! s'exclama-t-elle. C'est injuste, c'est insupportable! Pourquoi tous les politiciens du Congrès tolèrent-ils cette barbarie?

— Tu sais bien que le Nord prospère grâce à une industrie en pleine expansion, tandis que le Sud vivote de plus en plus chichement de son agriculture : sans main-d'œuvre gratuite, ce serait la catastrophe. Aider les esclaves autant que possible, c'est tout ce que nous pouvons faire.

— Mon père n'en avait pas, n'est-ce pas ?

Katherine eut un sourire ému.

— Non, bien sûr. Mais il était pêcheur et nous vivions dans une petite maison au bord de l'océan, près de Charleston. Nous ne possédions que notre amour l'un pour l'autre, et toi bien sûr. Et cela nous suffisait pour être heureux.

— Mais un jour, tu m'as dit qu'il était contre l'esclavage.

— Effectivement.

— Et Zachary ? Tu savais qu'il avait des esclaves avant de l'épouser ?

Une ombre traversa le visage de Katherine.

— Il m'avait parlé de sa plantation et je suppose que cela allait de soi. Mais à l'époque, je ne voyais rien sinon que nous nous aimions et que nous allions échapper à la misère. J'avais tant de mal à gagner un peu d'argent : je préparais des appâts, je récurais des ponts de bateaux, je mendiais même parfois... Puis Zachary est entré dans ma vie. C'est seulement plus tard que j'ai découvert le revers de la médaille, poursuivit-elle avec tristesse. Mais dans la vie, rien n'est jamais sûr.

Lorena se mordit la lèvre, pensive. Sa mère en était alors réduite aux dernières extrémités, sans un sou, mourant de faim avec son bébé... Rien d'étonnant à ce qu'elle se soit laissé séduire par un homme fortuné.

— Mais s'il ne t'avait pas demandée en mariage ? S'il n'avait songé qu'à une liaison ?

— Pourquoi aurait-il pris une maîtresse alors qu'il était célibataire ? s'étonna Katherine en haussant les sourcils.

— Parce que tu étais pauvre ! Les riches préfèrent les jeunes filles de bonne famille... Imaginons qu'il ne t'ait pas offert son nom mais qu'à la place il t'ait proposé de t'entretenir comme sa maîtresse. Qu'aurais-tu répondu ?

Subitement alertée par la question de sa fille, Katherine la dévisagea. Y avait-il un rapport avec la scène de la veille ? Elle était arrivée tard au moulin mais avait tout de même vu Lorena dans les bras de Ryan. Et puis sa fille s'était levée et les deux amoureux s'étaient disputés...

— Alors ? insista Lorena. Comment aurais-tu réagi ?

— Eh bien... répliqua Katherine en choisissant ses mots avec le plus grand soin. Je suppose qu'avant tout j'aurais tenu à la responsabilité et à la sécurité du mariage. En acceptant une liaison avec lui, je serais tombée entièrement à sa merci. Et que serions-nous devenues s'il m'avait jetée dehors une fois lassé de moi ? Tout n'a pas été rose dans ce mariage, mais au moins, j'étais protégée.

Lorena hocha la tête, convaincue.

Et Katherine devina que son intuition était la bonne. Loin de rompre ses fiançailles avec Evelyn Coley, Ryan ne cherchait qu'une maîtresse. Voilà pourquoi il préférait des rendez-vous clandestins ! En découvrant le pot aux roses, Lorena s'était révoltée. Un bon point pour elle, songea Katherine avec fierté. Maintenant elle disposait d'une arme supplémentaire pour atteindre son objectif...

— Tu devrais sortir à cheval comme d'habitude, suggéra Katherine, pressée d'agir. Zachary rentrera ce soir et je lui parlerai de Letty à ce moment-là.

— Il fouette ses esclaves, tu sais?

Katherine poussa un soupir.

— Je n'y peux rien et toi non plus. Letty serait peut-être plus heureuse dans une autre famille, finalement.

— Et Rosa? Elle n'a déjà aucune nouvelle de ses fils. Si Letty disparaît à son tour, elle en mourra! Non, reprit-elle en secouant la tête, je ne laisserai pas vendre Letty sans lever le petit doigt. Dis à Zachary que je ne la verrai plus, que je t'ai donné ma parole de la traiter comme... comme une esclave, articula-t-elle avec difficulté.

— Je ne sais même pas si cela suffira...

— Et comment a-t-il découvert qu'elle était dans ma chambre? Pourquoi rôdait-il dans la maison en pleine nuit?

Comme elle aurait voulu confier son terrible secret à sa mère, lui révéler quel être méprisable était Zachary...

Katherine baissa les yeux, se sentant coupable. Si elle n'avait pas espionné Lorena, Zachary n'aurait sans doute rien soupçonné.

— Il est chez lui. Cela lui donne tous les droits.

Lorena grinça des dents. Sa mère n'imaginait pas à quel point! Zachary n'avait donc pas abandonné ses projets: c'est en l'espionnant qu'il avait reconnu la voix de Letty! Il ne voulait s'en débarrasser que pour avoir la voie libre... Eh bien, il trouverait à qui parler s'il osait pénétrer dans sa chambre! Elle le recevrait avec son couteau à découper...

Ryan s'était avachi dans son fauteuil préféré, les pieds sur sa table de travail. Un cigare froid entre les dents, il contemplait sa cheminée vide sans la voir, une bouteille de whisky à moitié bue à portée de main.

Il avait perdu toute notion du temps, mais quelle importance ? Il pouvait bien s'enterrer dans son bureau : ses contremaîtres dirigeraient Jasmine Hill sans lui. Il n'avait à s'occuper de rien — sauf d'aller à Richmond passer une nuit folle dans les bras de Corrisa. Mais cela ne le tentait même pas. Ce qu'il désirait vraiment, c'était revoir Lorena Sterling.

Dieu comme elle était belle... Ses longs cils pailletés d'or qui ombraient ses joues au teint de pêche, ses boucles d'ébène cascadant sur ses épaules... Il revoyait ses seins dressés haut, ses longues jambes fuselées. Lorena était la plus jolie femme qu'il ait jamais vue, la plus voluptueuse, la plus séduisante. Il rêvait de lui faire l'amour jusqu'à l'épuisement. Il la voulait chaque nuit, pour forcer ses lèvres boudeuses à se soumettre, pour éveiller en elle la fièvre qui le dévorait.

Il tendit la main vers la bouteille, dédaignant le verre posé sur un plateau. Le soleil de l'après-midi glissait vers l'ouest, projetant de longues ombres dans la pièce. Mais rien ne l'intéressait plus, sinon de comprendre à quel jeu se prêtait Lorena. Elle n'avait pas la moindre chance d'épouser un beau parti — et ne pouvait l'ignorer. Il ne lui restait qu'une alternative : épouser quelqu'un de condition modeste, ou bien vivre dans le luxe en devenant la maîtresse d'un homme riche.

Alors pourquoi était-elle montée sur ses grands chevaux ? Pendant leurs baisers, elle n'était pas restée de marbre, loin de là... Ce casse-tête le rendait fou et l'alcool achevait de l'abrutir. Une seule idée demeurait claire : au lieu de l'écouter poliment, il aurait dû la prendre sur place, dans l'herbe !

Un instant, il fut tenté de se présenter chez elle et d'exiger des explications. Mais on y verrait une visite de politesse, sa mère en tirerait immédiatement ses conclusions et ce serait encore pire...

Non, il valait mieux oublier ces yeux limpides et ce corps lascif, prendre un bain et aller voir Corrisa. Elle, au moins, ne se faisait pas prier et savait lui plaire. Puisqu'il lui restait deux mois avant le retour de sa mère et d'Evelyn, pourquoi ne pas l'installer chez lui ? Les domestiques n'oseraient piper mot et le domaine était assez grand pour que sa présence passe inaperçue. Et surtout, sa compagnie lui changerait les idées.

Il allait sonner Ebner pour le bain quand il entendit gratter à sa porte.

— Missié Ryan, chuchota Ebner derrière le battant. Pardon de vous déranger mais vous avez une visite.

Il n'attendait personne ! Qui osait se présenter sans être invité ?

— Envoie-le au diable et chauffe-moi un bain.

— Elle m'a dit d'annoncer Mme Tremayne.

Persuadé d'avoir mal entendu, Ryan alla ouvrir sa porte.

— Quoi ? Tu es sûr ?

— Absolument, confirma Katherine d'une voix acide en pénétrant d'autorité dans la pièce.

Elle avait discrètement suivi Ebner qui, très gêné, bafouilla des explications confuses.

— C'est bien, c'est bien, le congédia Ryan avec impatience. Monte-moi du café fort et du thé pour Madame.

Refermant la porte, il maudit la migraine qui lui brouillait l'esprit.

— Madame Tremayne, articula-t-il avec difficulté, la langue pâteuse. Que me vaut ce plaisir inattendu ?

— Inattendu ? En effet... observa-t-elle en le toisant sans indulgence.

Il était pieds nus et mal rasé, sa chemise pendait sur son pantalon froissé et un coup de peigne aurait été le bienvenu.

— Pardonnez-moi, mais si vous aviez été invitée, vous auriez été mieux reçue... (Il désigna d'un geste le canapé le plus proche.) Alors, que me vaut cet honneur ?

— L'honneur... répéta Katherine avec ironie. Justement, c'est ce dont il s'agit. Celui de ma fille.

Elle restait perchée au bord du sofa, le dos raide, tâchant de l'intimider. Pris au dépourvu, Ryan la dévisagea quelques secondes.

— Quelques explications s'imposent, lança-t-il enfin d'un ton sec.

— Vous avez sali ma fille en essayant de la séduire, monsieur Youngblood. Vous lui avez donné des rendez-vous clandestins, vous avez cherché à l'enivrer en apportant du vin, vous avez tenté de la violer. J'ai tout vu hier, près du moulin. Mais elle s'est débattue et vous a finalement échappé, Dieu soit loué.

Ryan l'écoutait, les yeux écarquillés, n'en croyant pas ses oreilles. Elle se tut un instant, le laissant méditer ses déclarations.

— Je suis sûre que nous trouverons un accord à l'amiable, conclut-elle. Sans préjudice pour nos deux familles.

— Une seconde, articula Ryan en secouant la tête pour remettre de l'ordre dans ses idées. Si vous nous espionniez, vous avez pu constater qu'elle était consentante.

Katherine prit un air choqué.

— En tous les cas, un homme honnête ne se cache pas pour rencontrer une jeune fille !

— S'il veut l'épouser ! Or, je suis déjà fiancé, figurez-vous…

— Mais alors, pourquoi étiez-vous au bal des Roses ? Pourquoi avez-vous entaché la réputation de ma fille avec cette valse indécente ? Pourquoi l'avez-vous fréquentée comme si vous étiez libre de tout engagement ?

Furieux, Ryan se redressa, la dominant de toute sa taille.

— Je n'ai pas forcé votre fille à venir et je n'ai rien tenté contre elle. Si Lorena prétend le contraire, c'est une fieffée menteuse et je le lui dirai moi-même !

Katherine ne céda pas un pouce de terrain.

— Au risque de me répéter, je pense que nous pouvons parvenir à un accord.

— Où voulez-vous en venir ? s'exclama Ryan avec un rire incrédule.

— Mon mari sera fort contrarié s'il apprend ce que vous proposez à sa belle-fille… Lorena, votre maîtresse ? Il ne laissera jamais passer cette insulte !

« La petite garce ! » songea Ryan, ulcéré. C'est ainsi qu'elle espérait le prendre au piège ?

— Je suis certaine que vous détestez le scandale autant que nous, poursuivait Katherine d'une voix égale. Si ce mariage intervient assez vite, personne ne saura que vous avez cherché à détourner une jeune fille du droit chemin… On croira au coup de foudre : cela arrive, vous savez.

Ryan leva les bras au ciel en signe d'impuissance, avant de pivoter nerveusement au bruit de la porte. Mais ce n'était qu'Ebner, qui apportait les boissons chaudes et une assiette de biscuits au citron.

— Autre chose, missié ? demanda-t-il avec inquiétude tandis que la visiteuse se servait elle-même.

Il avait entendu des éclats de voix et pressentait des ennuis.

— Non ! Euh, si, se reprit Ryan. Prépare-moi un bain et sors la voiture. Nous allons en ville : j'ai rendez-vous avec une dame !

Il lança un regard appuyé à Katherine qui ajoutait un nuage de lait dans sa tasse. Y laissant tomber deux morceaux de sucre, elle remua posément son thé puis lui adressa son sourire le plus charmant.

— Puisque vous paraissez si occupé ce soir, monsieur Youngblood, remettons à demain les préparatifs du mariage. Disons quatre heures chez moi, pour le thé...

7

Après le départ de Katherine Tremayne, Ryan n'avait pas trouvé l'énergie de partir à Richmond. Elle l'avait quitté en lui prédisant la visite de Zachary pour cinq heures s'il n'était pas chez elle pour le thé, et cette flèche lui avait ôté toute envie de sortir en ville.

Il avait bu un bon litre de café pour s'éclaircir les idées, furieux de l'état dans lequel elle l'avait trouvé. Comment aurait-il pu se défendre après tout l'alcool qu'il avait absorbé ? D'ailleurs, cela ne lui ressemblait pas. Il s'était peut-être enivré trois ou quatre fois dans sa vie : avec un camarade pour goûter un tord-boyaux chapardé dans une grange, à la mort de son père, après la trahison de Simone...

Et à cause de Lorena.

A présent qu'il était sobre, la situation lui semblait complètement inextricable. Mais au moins, il avait percé à jour les manigances des deux femmes : faute d'obtenir le mariage directement, Lorena et sa mère tentaient de l'intimider.

Bah ! Il se moquait bien d'un voyou comme Zachary Tremayne ! Et qu'avait-il à craindre d'un scandale ? Personne ne gardait d'illusion sur sa moralité ! Sa mère lui reprochait son mépris des convenances depuis des années et ne s'étonnerait pas d'une nouvelle incartade. Quant à Evelyn, elle ne s'attendait pas à le trouver fidèle, pourvu qu'il préserve les apparences...

Mais alors, pourquoi était-il si agité ? Pourquoi cet ultimatum le troublait-il autant ? Au fil de la nuit, comme sa colère retombait, il finit par reconnaître la vérité : l'idée d'épouser Lorena n'était pas pour lui déplaire... Elle possédait tout ce qu'il cherchait chez une femme.

Mai comment tolérer ce chantage ? Lorena était visiblement de la même race que sa mère : prête à tout pour arriver à ses fins ! Eh bien, il ne se laisserait pas manipuler comme une marionnette...

Au lever du soleil, Ryan avait décidé de régler cette affaire au plus vite. Inutile de gâcher une journée entière à bouillir de fureur !

Il sella donc son cheval sans réveiller les valets encore endormis et fila vers la plantation Tremayne. La brume se levait sur les prairies baignées de rosée. Une biche et son faon le regardèrent avec curiosité, relevant la tête d'une source où ils s'abreuvaient.

Après une vingtaine de minutes, la maison de Tremayne apparut à l'horizon. Elle n'aurait pu rivaliser avec l'opulence de Jasmine Hill, tout comme la fortune de Zachary Tremayne ne se comparait pas aux richesses des Youngblood.

Lorena soupçonnait-elle d'où provenait l'argent de son beau-père ? Après une enquête discrète, Ryan avait vérifié les rumeurs que lui avait rapportées Keith : on soupçonnait Zachary de passer des esclaves en contrebande, notamment parce qu'il fréquentait Nate Donovan, un des négriers les plus cruels du Sud.

On racontait que Tremayne prenait livraison de ses esclaves sur la côte de Virginie, avant de les convoyer en Caroline. En quittant rapidement la région, il courait peu de risques d'être pris. Ce gibier de potence avait tout prévu…

Il était encore très tôt dans la matinée quand Ryan arriva devant le porche. Devinant que personne ne viendrait ouvrir la porte, il contourna la maison jusqu'à la cuisine installée à l'arrière, dans un petit bâtiment séparé. En cas d'incendie, le feu ne pouvait se propager au corps de logis.

Des Noirs qui attendaient en rang leur déjeuner de maïs bouilli et de biscuits au lard, leur gamelle en fer-blanc à la main, le dévisagèrent avec curiosité. Contrairement aux autres planteurs qui accordaient le dimanche aux esclaves, Tremayne poussait les siens au bout de leurs ressources. Pourtant la fatigue se lisait sur les visages, et le moindre geste paraissait leur coûter un effort tandis qu'ils avançaient pour recevoir leur ration.

Une odeur de café flottait dans l'air, éveillant

en Ryan l'irrésistible envie d'une dernière tasse avant d'affronter Mme Tremayne. Il attacha son cheval à un poteau puis se dirigea vers les cuisines.

C'est à la porte qu'il entendit les sanglots. Une femme prostrée sur un petit tabouret pleurait de désespoir, entourée d'autres esclaves qui se dispersèrent à l'arrivée de l'intrus.

— Qu'est-ce qu'il y a pour vot' service, missié?

— Du café.

Il s'apprêtait à lui demander des explications sur son chagrin quand un brusque remue-ménage à l'extérieur attira son attention.

— Laissez-moi entrer! criait une femme au milieu d'un tumulte de voix.

Ryan sursauta en apercevant Lorena qui jouait des coudes. Elle passa devant lui sans le voir. Une chemise de nuit fine flottait sur son corps sculptural. Pétrifié, Ryan détailla le galbe de ses seins éclairés à contre-jour, ses cuisses parfaites et le trésor soyeux qui s'y nichait.

Il fut brutalement ramené à la réalité lorsque Lorena se jeta aux pieds de la femme et lui prit les mains.

— Quand l'as-tu appris, Rosa? Depuis combien de temps ce criminel l'a-t-il emmenée?

Rosa hoquetait, incapable de parler.

— Just' avant que j'vous fasse prévenir, mam'selle Lorena, articula-t-elle enfin. Quand je m'suis levée ce matin, elle était pas au lit. Alors j'ai pensé qu'elle dormait chez Ben. Mais quand je suis arrivée, j'ai trouvé Ben dans un état... (Elle jeta un regard plein de terreur à Lorena.) Ils l'ont sûrement frappé dans son sommeil, il a le crâne défoncé! Il y avait du sang par terre, Letty a dû se débattre comme une tigresse. (Elle se cacha le visage entre les mains.) Ils m'ont pris ma petite fille, comme mes garçons avant elle. Je ne la reverrai plus jamais...

— Non! décréta Lorena. Je vais suivre leur piste et...

— Tu n'iras nulle part! coupa sa mère qui entrait à son tour. (Contrairement à Lorena, elle avait pris le temps d'enfiler un peignoir.) C'est trop tard, tu n'as aucune chance de les retrouver. Rosa... reprit-elle sans pouvoir continuer, soudain prise d'une violente quinte de toux.

Se détournant, la main à la gorge, elle aperçut Ryan et s'étrangla de plus belle.

— Que faites-vous là? s'écria Lorena qui avait suivi son regard.

Elle s'avançait quand sa mère, toujours incapable de parler, l'arrêta d'un geste. Pas de scandale devant les domestiques!

— Lorena, chuchota Katherine d'une voix cassée, va t'habiller plus décemment.

Prenant soudain conscience de sa tenue, Lorena battit en retraite non sans foudroyer Ryan du regard.

— Allez-vous-en! lança-t-elle avant de s'éclipser.

Apercevant Roscoe, le valet de Zachary, qui surveillait la scène d'un air inquiet, Katherine l'appela d'un geste.

— Conduis M. Youngblood à ma salle de couture et apporte-lui du café ou ce qu'il voudra. Que l'on s'occupe de son cheval aussi.

Puis elle regarda Ryan droit dans les yeux:

— Je vous rejoindrai dès que je serai prête.

Installé dans la salle de couture, Ryan n'avait pas encore fini sa tasse quand Mme Tremayne entra à son tour, très calme. Elle avait natté ses cheveux en couronne et portait une robe de coton jaune pâle qui accentuait encore son teint cireux.

— Je vous attendais pour le thé cet après-midi... observa-t-elle en prenant place sur le divan.

— Je voulais en finir le plus vite possible.

— Etes-vous prêt à fixer la date du mariage ?

Ryan ouvrit la bouche pour lui débiter le petit discours qu'il avait préparé : ni les cajoleries, ni le harcèlement, ni les menaces, ni le chantage ne l'influenceraient le moins du monde ! Il n'épouserait jamais Lorena...

Et puis l'image de la jeune fille dans sa chemise de nuit revint danser devant ses yeux, et un brandon de désir l'enflamma. Il la voulait à tout prix ! Pourquoi devrait-il se marier avec une fille de notable ? Pour le pedigree de sa descendance ? Mais il n'était pas un chien !

Au diable Evelyn et sa mère ! L'idée de passer le reste de ses jours entre ces deux harpies lui était intolérable.

— Eh bien... oui, répliqua-t-il finalement d'une voix méconnaissable.

Stupéfaite, Katherine porta la main à sa gorge.

— Vous n'y croyez pas vous-même, on dirait, se moqua-t-il. Mais n'imaginez surtout pas que votre numéro d'hier m'a impressionné. Il se trouve simplement que Lorena est la créature la plus fascinante que j'aie jamais rencontrée. Je la prends parce que je la veux, c'est tout.

Katherine faillit sauter de joie en battant des mains.

— Eh bien, l'honneur de ma fille est sauf, dans ce cas, et c'est tout ce qui m'importe, conclut-elle d'une voix posée.

— Oh oui, bien sûr ! ironisa Ryan. Maintenant,

expliquez-moi pourquoi Lorena est si bouleversée par le départ de cette esclave.

Les larmes aux yeux, Katherine dissimula son chagrin en regardant par la fenêtre.

— Elles s'aimaient beaucoup, sans doute trop. Mon mari leur avait interdit de se voir et puis... je n'ai rien pu faire, murmura-t-elle avec un soupir, gênée d'évoquer des histoires de famille devant un étranger. Mais il nous reste beaucoup de détails à régler, monsieur Youngblood, reprit-elle, soudain pressée d'en finir.

Il faudrait encore annoncer la nouvelle à Lorena, et Dieu sait comment elle réagirait après la disparition de Letty !

— Je pense que le mariage devrait avoir lieu sans délai, acheva-t-elle.

Ryan garda un instant le silence. Au lieu de trouver une maîtresse, il se passait bel et bien la corde au cou...

— Très bien. Je vous préviendrai dès que j'aurai pris mes dispositions.

Katherine se leva pour le reconduire. Ils s'immobilisèrent dans le hall, ne sachant comment prendre congé.

— Je dois vous rendre hommage, madame Tremayne, observa soudain Ryan. Beaucoup de femmes auraient échoué là où vous avez réussi.

— Nécessité fait loi...

— Peut-être. Je n'avais jamais traité avec des nécessiteux avant vous, ne put-il s'empêcher de lancer.

L'orgueil de Ryan avait trop souffert de cette transaction honteuse, et il était furieux.

— Lorena sera une bonne épouse, répliqua Katherine sans prendre la mouche. Ne vous vengez pas de moi sur elle...

— Je ne la maltraiterai pas. Mais je ne l'aime pas, ne l'oubliez jamais.

Il tourna les talons et la porte claqua sèchement derrière lui. Epuisée mais heureuse, Katherine esquissa un pâle sourire. Quoi qu'il arrive, Lorena serait en sécurité après sa mort... Ryan était un homme séduisant qui lui donnerait de beaux enfants. Ils finiraient peut-être même par s'aimer. Elle s'apprêtait à retourner aux cuisines quand une silhouette attira son regard.

Lorena se tenait au milieu des marches, figée comme une statue. Visiblement, elle avait tout entendu.

8

— Comment as-tu osé m'humilier de la sorte ? fulminait Lorena en arpentant la chambre d'un pas furieux.

Katherine se laissa glisser contre son oreiller en buvant doucement une potion calmante. Une simple contrariété pouvant déclencher une crise, elle tâchait de maîtriser son émotion.

— Tu n'aurais pas dû écouter notre conversation : tu as mal compris...

— Eh bien, dis-moi tout, rétorqua Lorena qui s'assit brusquement au bord de son lit. Je veux comprendre par quel moyen tu l'as convaincu de cette folie !

Sa mère haussa les épaules.

— C'est une question d'honneur, énonça-t-elle comme une évidence. Il a essayé de te séduire, il voulait que tu deviennes sa maîtresse...

— Comment le sais-tu ?

— Peu importe. Il te devait réparation, c'est ce qui compte.

— Et maintenant il me déteste, j'en suis sûre ! Il doit être persuadé que nous étions de mèche ! Tout cela m'écœure, je n'ai même plus envie de l'épouser… De toute manière, reprit-elle avec amertume, il n'avait qu'une idée en tête : me culbuter dans l'herbe ! Mais puisqu'il n'a rien obtenu, nos routes se séparent là.

— Sois raisonnable ! insista sa mère. Je ne serai pas toujours là pour te protéger…

— Eh bien, tant pis ! Je préfère me débrouiller toute seule plutôt que de me jeter au cou du premier venu comme toi avec Zachary !

Voyant sa mère tressaillir, Lorena regretta immédiatement son éclat.

— Excuse-moi, maman, mais j'ai l'impression que le monde s'effondre autour de moi ! D'abord l'enlèvement de Letty, et maintenant ce mariage avec un homme que je hais…

Katherine ferma les yeux, accablée.

— Il ne faut pas semer la révolte chez nos esclaves en leur promettant de ramener Letty… Zachary écrasera toute rébellion dans le sang. Et je t'en prie, réfléchis à ce que tu gagnerais à épouser Ryan.

— C'est hors de question. Il ne m'a pas jugée digne de devenir sa femme, ne l'oublie pas !

Lorena consacra le reste de la matinée à soigner Ben. Il avait probablement le nez cassé et son visage n'était qu'une plaie. Tulwah, le vieux docteur des Noirs, vint le recoudre avec une aiguille fine et du crin de cheval.

Ben ne se rappelait pas grand-chose, sinon qu'il

s'était réveillé en entendant Letty hurler. Puis quelqu'un l'avait frappé et il avait sombré dans l'inconscience.

— Bien sûr, Zachary a préféré attendre que tout le monde dorme, commenta Lorena avec amertume. De jour, il nous aurait trouvés sur son chemin ! Mais ne t'inquiète pas, Ben. A son retour, j'essaierai d'en apprendre davantage.

Quand elle arriva au chevet de Rosa, la vieille femme gisait, prostrée. Elle ne pleurait plus, gémissant doucement dans le demi-sommeil où l'avait plongée une tisane du docteur, appelant Letty et ses fils dans une incessante litanie funèbre.

Lorena demeura près d'elle, lui tenant la main. Tout était sa faute ! Elle avait sous-estimé la cruauté de Zachary...

Son beau-père tenait la liste de ses esclaves sur un gros registre qu'il rangeait avec ses actes de vente dans un tiroir de son bureau. Dès qu'il reviendrait, Lorena irait fouiller dans ses papiers : elle saurait au moins où et à qui la jeune femme avait été vendue.

Une semaine plus tard, Lorena lisait dans sa chambre quand Rosa arriva en courant, dans tous ses états.

— Il est là, mam'selle. Missié Zachary vient de rentrer : il est dans son bureau avec missié Frank.

Frank était l'un des meilleurs contremaîtres de Zachary. Sans doute buvaient-ils au succès de leur entreprise, comme chaque fois. Zachary en profiterait pour classer l'acte de vente...

— Ecoute-moi, murmura Lorena en maîtrisant son agitation pour ne pas inquiéter Rosa davantage. Va dans ta case et restes-y : tu n'es pas en état de travailler et je ne veux pas que Zachary te voie. Si tu aperçois Ben, préviens-le de ne pas bouger non plus. Je vais tâcher de découvrir où ils ont emmené Letty.

Rosa sortit en hâte tandis que Lorena montait la garde, guettant le départ de Frank. L'attente semblait interminable. Dans ces cas-là, Zachary buvait le plus souvent jusqu'à l'ivresse, avant de monter se coucher dans sa chambre. Mais s'il s'écroulait sur le sofa, il faudrait patienter encore plus longtemps.

Enfin les deux hommes reparurent, traversant la cour qui menait aux pavillons des contremaîtres. Zachary, qui titubait déjà, envoya un esclave agiter la cloche pour rassembler les surveillants. Malgré sa perplexité, Lorena ne s'attarda pas davantage.

Dévalant l'escalier de service, elle arriva au premier étage composé de quatre grandes pièces disposées autour de l'escalier d'honneur. D'un côté s'ouvrait le salon qui communiquait avec la salle à manger, de l'autre, le bureau de Zachary et la salle de couture. Un couloir s'enfonçait ensuite vers l'arrière de la maison, desservant un débarras et un office.

Lorena se faufila directement chez Zachary, ouvrant à la volée le tiroir où il rangeait ses documents dans une grosse boîte. Le coffre était bien là mais, quand elle souleva le couvercle de ses mains tremblantes, pas de registre... Cédant à l'affolement, elle renversa le contenu sur le bureau pour vérifier une fois encore : tant pis si Zachary se doutait de quelque chose !

La porte claqua soudain comme un coup de tonnerre. Lorena releva brusquement la tête : son beau-père se dressait devant elle. Dans son agitation, elle ne l'avait même pas entendu arriver... Mais la rage l'emporta sur la crainte.

— Où l'avez-vous emmenée ? rugit-elle.

D'abord outré de la surprendre chez lui, Zachary éclata de rire devant son audace.

— Tu ne la trouveras jamais, petite idiote.

— Comment avez-vous osé ? Il ne vous suffisait pas de vendre ses frères ? Rosa n'avait plus que Letty !

— Rosa est une esclave et les esclaves ne possèdent rien par définition, ricana-t-il. Du reste, mes affaires ne te regardent pas. Alors sors d'ici avant que je ne te donne une bonne leçon.

— Je vous hais ! Je vous hais depuis cette horrible nuit, et encore plus maintenant que vous avez vendu Letty. Vous êtes abject !

Mais il ne l'écoutait même pas, les yeux brillants de désir.

— Tiens, tiens, tiens... Ta maman est partie lécher les bottes de ces dames de Richmond et j'ai vu Rosa filer dans sa case. On se retrouve tous les deux, bien tranquilles dans mon petit nid douillet...

Elle battit en retraite comme il contournait la table.

— Je vous interdis de me toucher ! siffla-t-elle en cherchant désespérément une arme autour d'elle. Sinon je le dis à ma mère et...

— Et alors ? Tu crois que ça m'impressionne ? Elle m'appartient comme tout le monde ici. Je suis chez moi et je fais ce que je veux : plus tôt tu le comprendras, mieux ça vaudra ! Toutes ces années, poursuivit-il d'une voix rauque, je t'ai nourrie, habillée, entretenue comme une princesse et maintenant, sale petite pimbêche, tu ne supportes même pas ma présence ? Il est temps de me prouver ta gratitude. Viens embrasser ton papa.

— Jamais ! hurla-t-elle, la gorge serrée d'angoisse, tandis qu'il s'approchait à pas lents.

— Dans le fond, on devrait peut-être aller la trouver tous les deux, ta mère. On lui dirait que j'ai le béguin pour toi depuis longtemps et que, si elle est malade, c'est toi qui rempliras le devoir conjugal à sa place... Allons, viens ! J'ai trop attendu !

Il plongea, la plaquant au sol dans son élan. Elle avait beau se débattre de toutes ses forces, il était lourd, fort et déterminé. L'agrippant au corsage, il déchira sa robe, lui dénudant les seins qu'il étreignit avec frénésie sans prêter attention aux ongles qui lui lacéraient le visage.

— Deux colombes prêtes à s'envoler, grogna-t-il.

Il roula sur elle et remonta ses jupes d'une main.

— Tu es à moi. Je vais te prendre et tu aimeras tellement ça que tu me supplieras de recommencer ! Et si tu es gentille, je t'épouserai peut-être à la mort de ta mère...

Terrifiée, Lorena n'arrivait pas à se dégager, écrasée par son poids. De son genou, il lui pilonna les cuisses jusqu'à ce qu'elles s'écartent. Lui saisissant les poignets, il les plaqua au sol tandis que de l'autre main il l'explorait sans douceur. C'est au moment où il dégrafa sa ceinture qu'elle sentit sa prise se relâcher. Rassemblant toutes ses forces, elle lança le poing sur l'organe répugnant qui allait l'envahir. Plié de douleur, Zachary s'arracha d'elle avec un hurlement.

Lorena bondit aussitôt sur ses pieds.

— Si vous recommencez, je vous tue !

Se hissant à genoux, il lui lança un regard noir.

— Pour qui tu te prends, ma petite ? articula-t-il avec difficulté. Tu oses me menacer ? Je vais te dire quelque chose, sale garce…

Lorena recula vers la porte, saisissant un vase au passage tandis qu'il se remettait lentement debout.

— La prochaine fois, je serai sobre, figure-toi, et nous discuterons d'abord de certaines choses. Il est temps que tu apprennes à qui tu as affaire… et que tu voies où est ton intérêt. N'oublie jamais que si tu me tiens tête, c'est ta mère qui paiera !

Fouillant dans un tiroir, il en retira un flacon de whisky qu'il vida d'un trait sans la quitter du regard.

Lorena frissonna de répulsion — et de peur. En un éclair, elle comprit que ce cauchemar n'avait qu'une issue : son mariage avec Ryan Youngblood.

— Mais ne t'inquiète pas, ricana Zachary. Tant que tu sauras me plaire, ta mère ne se doutera de rien. Dans son état, elle ne devrait pas nous déranger très longtemps, de toute manière…

Lorena se détournait quand il la rappela.

— Au fait, ne viens plus fourrer ton nez dans mes affaires : tu ne retrouveras jamais Letty.

La jeune fille le dévisagea, méfiante.

— La petite garce s'est enfuie.

— Dieu merci ! s'exclama Lorena.

— Mais je m'en occupe personnellement. Je pars avec les chiens à la frontière de la Caroline du Nord : on la ramènera en morceaux s'il le faut. Elle m'a filé entre les doigts, conclut-il avec un ricanement cynique, mais toi, n'y compte pas…

9

Après ce pénible face à face, Lorena s'était enfuie dans sa chambre, cachant sa robe en lambeaux au fond d'un placard avant de se changer en hâte. Sa mère ne devait se douter de rien... Il faudrait éliminer cette preuve gênante dès que possible.

Mais d'abord, elle voulait apprendre la nouvelle à Rosa. En quittant la maison par la porte de derrière pour rejoindre le quartier des esclaves, elle aperçut Zachary près de la grange qui distribuait des armes à ses hommes. Voilà pourquoi il était retourné dans son bureau : c'est là qu'il gardait ses fusils sous clef.

Lorena suivit le chemin qui serpentait jusqu'à la rivière, dépassant toutes les bâtisses attenantes au corps de logis : la cuisine, la forge, les tissages, la briqueterie et divers entrepôts. Elle traversa le coin des contremaîtres, qui habitaient de petites cabanes de rondins assez coquettes sur un terrain bien dégagé. Un peu plus loin, la végétation avait repris ses droits, envahissant les abords d'un sous-bois dense et marécageux. Zachary interdisait d'élaguer cette zone qui séparait les Blancs des Noirs.

Lorena marcha presque un kilomètre, sur le qui-vive : pendant l'été, des serpents corail somnolaient sous les broussailles et plus d'un esclave avait été mordu. Un enfant y avait même laissé la vie.

Elle arriva enfin dans une clairière où s'élevaient une quarantaine de cases. Des enfants agglutinés sur les porches délabrés examinèrent la nouvelle venue avec curiosité. Ils devaient avoir moins de cinq ans, songea Lorena, sinon ils travailleraient aux champs.

Elle était souvent venue ici jouer avec Letty mais, à l'époque, ses yeux d'enfant ne voyaient pas la misère. Maintenant, elle était frappée par les rondins mal équarris et les morceaux de chiffons que l'on avait fourrés dans les interstices du bois contre la pluie. Les portes restaient toujours ouvertes afin que l'air circule sous la canicule malgré le manque de fenêtres. En effet, la plupart des murs restaient aveugles pour protéger les masures du froid en hiver.

Lorena entra chez Rosa, assaillie par une chaleur de fournaise. Tâchant de s'absorber dans ses tâches journalières pour ne pas céder au chagrin, la vieille femme grillait un opossum à la broche qui répandait une âcre odeur de fumée et de graisse brûlée.

— Alors ? s'exclama-t-elle dès qu'elle vit Lorena. Est-ce que vous avez découvert où il a vendu ma petite fille ?

— Non... Apparemment, elle s'est enfuie, répliqua Lorena, pressée de lui répéter ce qu'elle savait.

A sa grande stupéfaction, Rosa tomba à genoux, remerciant Dieu d'une fervente prière, rapidement rejointe par ses voisines. La jeune fille n'en croyait pas ses yeux. Ignoraient-elles les dangers que courait Letty ? Sur son chemin, elle trouverait Zachary mais aussi des milices armées qui traquaient les fuyards pour des récompenses. Comment saurait-elle à qui se fier ? Sans argent, sans amis, vêtue de ses hardes, où espérait-elle se réfugier?

Et pourtant, ces femmes se réjouissaient, criant et pleurant de joie comme si Letty était sauvée! Ben arriva bientôt en courant. Il avait triste allure, avec son visage tuméfié et son pantalon déchiré qui ne tenait que par une ficelle à la taille. Contrairement aux autres planteurs qui habillaient leurs esclaves avec un minimum de décence, Zachary n'accordait aux siens que de la toile de jute pour y couper leurs vêtements. Quant aux enfants, ils étaient nus la plupart du temps.

Tulwah surgit à son tour en silence, drapé de sa longue tunique rouge et mauve. Au grand déplaisir de Zachary et de quelques autres, c'était un affranchi — avec les papiers pour le prouver. Il marchait pieds nus, avec des anneaux d'or à ses orteils. A un lacet de cuir autour de son cou pendaient des gris-gris aux formes étranges et de petites poches d'herbes à l'odeur fétide. Reconnaissant une patte de coq séchée parmi les amulettes, la jeune fille frissonna.

Quand ses yeux tombèrent sur Lorena, Tulwah fronça les sourcils et entraîna Rosa à l'écart pour lui parler à l'oreille. Puis il disparut comme il était venu, laissant la vieille femme encore plus souriante.

— Mais va-t-on m'expliquer? explosa Lorena. Vous ne voyez pas qu'elle sera tirée comme un lapin?

— Mais non, mam'selle Lorena, intervint Ben. Pas si elle peut s'échapper. Il lui suffit d'aller voir un Passeur et…

Il s'interrompit, sa voix couverte par un concert d'exclamations.

— Tais-toi, Ben, tu parles trop ! s'écria une femme.

— Non, on peut se fier à mam'selle Lorena, décréta Rosa. Elle est d'notre côté, je m'en porte garante.

Grommelant toujours, les autres femmes finirent par s'éclipser l'une après l'autre. Lorsque Lorena se retrouva seule avec Ben et Rosa, elle les vit échanger un regard de connivence.

— Je crois qu'on peut tout vous dire, mam'selle Lorena, conclut Ben. Vous, vous nous traitez pas comme des chiens. Alors voilà, poursuivit-il, il y a un réseau clandestin qu'on appelle « les Passeurs » parce qu'ils aident les esclaves fugitifs à s'installer dans le Nord. Ce sont des Noirs libres la plupart du temps. Letty sera en sécurité quand elle en aura trouvé un, surtout que grâce à vous elle sait lire et écrire…

» Pour ne rien vous cacher, continua-t-il après une hésitation, il y a longtemps que nous voulions partir mais… (il jeta un regard accusateur en direction de Rosa) … Letty ne voulait pas laisser sa mère ici.

— Je ne pouvais pas les accompagner ! Comme si j'avais encore l'âge de courir… soupira la vieille femme avec lassitude.

— Où les fugitifs sont-ils emmenés ?

— Dans l'Etat libre de… Penn… sylvie ou quelque chose comme cela, hésita Ben. Dans la ville de Phi… Phil…

— Philadelphie ? En Pennsylvanie ? Ah oui, reprit Lorena comme Ben hochait la tête, rien d'étonnant : c'est un port international, un lieu de rencontre idéal pour les navires en provenance du Sud. Mais qu'arrive-t-il aux fuyards, ensuite ?

— C'est une communauté religieuse qui s'en occupe, les quakers, je crois.

— Je vois, médita Lorena. La Pennsylvanie est une position de repli idéale avec la barre des montagnes au sud. Bien sûr, les Appalaches sont difficiles à franchir mais, ensuite, c'est un rempart naturel contre les chasseurs de primes… Eh bien, je suis très contente d'avoir appris l'existence de ces Passeurs. Peut-être que moi aussi, je pourrais les aider. (Ben et Rosa lui lancèrent un regard interrogateur.) J'ai toujours été contre l'esclavage… S'il existe un réseau, je veux y participer.

— Mais, mam'selle Lorena, c'est beaucoup trop dangereux ! s'exclama Ben. Si missié Zachary apprend ça, il vous fera fouetter jusqu'au sang ! On vous aime bien, mam'selle Lorena, mais il ne faut pas vous mettre en danger pour nous.

— Aucun risque, rétorqua Lorena avec désinvolture. Et puis j'ai un plan.

Elle leur expliqua ses projets de mariage avec Ryan Youngblood.

— Une fois que je serai la maîtresse de Jasmine Hill, conclut-elle, je pourrai donner de l'argent, aider la cause de différentes manières. Je veux te sortir d'ici, Rosa.

— De toute façon, je ne quitterai pas ma'ame Katherine, murmura la vieille femme en essuyant une larme.

— Mais elle viendra vivre avec moi à Jasmine Hill ! Elle n'a supporté Zachary que le temps de m'élever, pour que je ne manque de rien. Et elle compte bien me rejoindre dès que je serai mariée.

— Il n'y a pas que ça, persista Rosa. Votre maman, elle est malade, elle perd toutes ses forces. Je la connais depuis longtemps et je vois bien qu'elle dépérit à cause de cette toux… J'en ai même parlé à Tulwah qui lui prépare justement une potion. Vous, vous devez partir. Mais moi, je reste, sinon elle sera toute seule après votre mariage.

Lorena baissa la tête.

— Je comprends. Merci... Et Letty, comment aurez-vous de ses nouvelles ?

— Par un vendeur itinérant, expliqua Ben. Il vend soi-disant des médicaments contre les rhumatismes mais, en fait, il est Passeur.

— Et tu vas la rejoindre ?

— Je voudrais bien mais, pour le moment, ce serait trop dangereux. Le maît' va garder l'œil sur nous comme après chaque évasion.

— Je ne savais même pas qu'il y en avait ! observa Lorena sans cacher son étonnement.

— Partout dans le Sud, de plus en plus d'esclaves s'enfuient pour ne plus être traités comme des chiens. Plutôt mourir...

Lorena, gagnée par l'émotion, leur prit la main.

— Comptez sur moi. Je vous promets de tout faire pour vous aider.

— Alors autant que vous soyez au courant, répliqua Rosa en consultant d'abord Ben du regard. Si Letty était tellement pressée de s'échapper, c'est parce que missié Zachary l'a violée plusieurs fois.

10

Ryan s'affairait aux écuries quand on vint lui annoncer l'arrivée d'une cavalière. Il aidait une jument à mettre bas et le travail durait depuis des heures.

— Qu'elle aille au diable! gronda-t-il, une mèche blonde lui retombant sur l'œil. Depuis quand débarque-t-on chez moi sans être invité, bon sang?

Mais, quelques minutes plus tard, Lorena pénétrait dans l'écurie, embrassant la scène d'un coup d'œil: Ryan, les manches remontées jusqu'aux coudes, les bras couverts de sang, agenouillé près d'une jument particulièrement nerveuse qu'il s'employait à délivrer. Loin de battre en retraite, la jeune fille l'observa, fascinée, jusqu'à ce que le poulain apparaisse enfin.

— Ce sera un magnifique étalon, prédit Ryan avec fierté, s'adressant à ses aides. Il vaut tout le mal que nous nous sommes donné!

Il se relevait pour s'essuyer les mains quand il s'aperçut que les regards convergeaient vers la porte. C'est alors qu'il la vit.

Lorena Sterling.

Une vague de rancœur envahit Ryan au souvenir de ses manigances. Mais, en même temps, elle était si belle… En cette fin d'après-midi, elle portait une robe en dentelle de coton d'un rose virginal, avec un ruban de satin assorti pour soutenir la masse de ses boucles brunes et soyeuses. Son corsage ajusté soulignait le galbe de ses seins avant de s'étrangler à la taille, tandis que les plis de sa jupe laissaient entrevoir une cheville à la finesse insolente. Mais c'est à son regard d'ambre que Ryan revenait inlassablement, captivé par les flammes d'or qui s'y reflétaient.

Déconcerté par cette apparition, épuisé par la journée qu'il avait passée aux écuries, le jeune homme resta muet.

— Mon Dieu, monsieur Youngblood, est-ce

ainsi que l'on reçoit une demoiselle venue vous accorder sa main ?

Jetant la serviette souillée, Ryan enjamba la jument pour sortir de la stalle.

— Merci bien, mais je ne vous ai rien demandé, rétorqua-t-il avec morgue, quittant les écuries. Et du reste, votre mère est venue me dire que vous ne souhaitiez pas me revoir.

— Disons que j'ai changé d'avis, lança Lorena sur un ton capricieux. Vous m'avez offensée mais on jase... Je ne peux pas laisser souiller ma réputation.

Ryan la considéra d'un œil sarcastique. Soudain elle ralentit le pas, écarquillant les yeux devant la maison.

— Elle est... grandiose, murmura-t-elle. Combien de pièces y a-t-il ?

— Je ne les ai pas comptées depuis longtemps. Une vingtaine, je crois.

— Mon Dieu ! Mais à quoi servent-elles donc ?

— Eh bien, nous avons une salle de bal au premier, deux salles à manger, une pour les grands dîners et une autre plus petite pour les repas en famille. Il y a également un salon et un boudoir plus intime où ma mère reçoit ses amies pour le thé. Et puis la bibliothèque, la salle de couture, la véranda, deux offices... En haut, les chambres se déploient sur deux ailes. Cinq en tout, plus un salon de musique.

Il l'invita d'un geste à gravir l'escalier de derrière :

— Puis-je vous proposer une visite guidée ?

Si elle avait pu dissimuler sa nervosité jusque-là, leur brusque proximité éveillait des souvenirs trop brûlants pour qu'elle accepte un tête-à-tête chez lui.

— Non, merci, répliqua-t-elle. Nous aurons le temps plus tard.

Ryan lui lança un coup d'œil irrité. Pour qui se prenait-elle, à la fin?

— Vous êtes juste venue me dire que vous acceptiez de m'épouser? Il aurait suffi d'envoyer un mot ou votre mère: elle connaît le chemin. Maintenant, si vous voulez bien m'excuser, j'ai d'autres chats à fouetter.

— Non! s'exclama-t-elle avec nervosité en le voyant se détourner. Je voulais aussi vous proposer de fixer la date du mariage au dimanche de la semaine prochaine. J'irai voir le prêtre pour qu'il organise une petite cérémonie privée à l'église. Vous pourrez envoyer quelqu'un prendre mes malles la veille et... (Elle s'interrompit, alarmée par son expression.) Il y a un problème?

Il la prit par le coude et l'entraîna à l'intérieur.

— Il me semble que vous devriez entrer malgré tout, gronda-t-il, les dents serrées. Pour une petite mise au point...

Il la poussa dans un office rempli d'ustensiles de cuisine qui débouchait sur un couloir étroit et sombre. La propulsant sans ménagement devant lui jusqu'au bout du corridor, il ouvrit enfin une porte. Un flot de soleil aveugla Lorena. Clignant des paupières, elle aperçut de hautes baies vitrées, une cheminée massive en pierre sculptée et d'innombrables trophées de chasse accrochés au mur. La pièce sentait le cuir et le tabac.

— Asseyez-vous, ordonna-t-il sèchement. Je vais sonner Ebner pour le thé.

— Mais...

— Taisez-vous. C'est à votre tour de m'écouter, maintenant.

Il s'assit à son bureau, les pieds sur la table,

attendant sans un mot qu'Ebner serve le thé tandis que Lorena bouillait d'impatience.

— Tout d'abord, reprit-il une fois qu'elle fut servie, la date me convient mais la cérémonie aura lieu ici, dans les jardins d'apparat, pour que je puisse inviter toute ma famille. Pas question de me marier à la sauvette comme si j'avais quoi que ce soit à me reprocher. Pour expliquer les noces, il n'y aura qu'à invoquer un coup de foudre au bal des débutantes.

— Mais...

— Ne me coupez jamais la parole, Lorena. Sachez que j'exige le respect qui m'est dû dans cette maison de la part de tous mes serviteurs et...

— Bon sang! s'écria Lorena en se levant d'un bond sans prendre garde à la boisson brûlante qui se répandit sur sa jupe.

Elle ne s'arrêta qu'au bureau, abattant ses deux poings sur le bois.

— Me prenez-vous pour une domestique? Je vais devenir votre épouse et il faudra me traiter avec tous les égards! Je ne veux pas d'un tyran qui décide de tout sans me consulter: qui sera invité, quel mensonge je devrai débiter...

— Pour les domestiques, vous serez la maîtresse de Jasmine Hill. Mais, à votre tour, vous m'obéirez.

— Ne comptez par sur moi pour...

— Vous croyez peut-être que vous allez tout régenter ici? rugit-il. Me mener à la baguette? Ecoutez-moi bien, Lorena, lança-t-il en se levant brusquement, le visage à quelques centimètres du sien. Si votre mère crie sur les toits que j'ai tenté de séduire sa vertueuse fille, je m'en moque! Quand vous me connaîtrez mieux, vous saurez que l'opinion d'autrui m'importe peu... Je vous épouse pour une seule raison, Lorena. C'est que je vous désire. Et une fois ne suffira pas... Je veux vous garder sous la main et, croyez-moi, vous serez à ma disposition !

Elle le gifla de toutes ses forces.

Il resta figé un instant, sans broncher ni battre un cil. Puis son bras s'abattit sur elle et il l'attira par-dessus le bureau, renversant tout sur son passage.

— Lâchez-moi ! hurla-t-elle en se débattant furieusement tandis qu'il la serrait contre lui.

Glissant la main entre les plis de sa jupe, il caressa sa chair moite et lisse, entre ses cuisses. D'abord cabrée, Lorena s'alanguit malgré elle, incapable de résister au désir. Puis elle s'abandonna complètement, soulagée qu'il la maintienne de force. S'il l'avait lâchée, c'est elle qui se serait accrochée à lui ! Les yeux fermés, elle sentait son cœur battre plus vite, sa respiration s'accélérer.

Ryan n'était pas dupe de son silence. Il voyait ses seins se dresser contre la fine étoffe du corsage. Elle ne portait ni corset ni maintien...

Il lui fallait tout son contrôle pour ne pas la renverser sur le bureau et la prendre enfin. Mais elle devait comprendre qui était le maître et quelle était sa place : celle d'une esclave de l'amour.

Même si elle avait honte de sa faiblesse, elle se cambra, s'offrant totalement. Se mordant la lèvre, Ryan recula soudain pour la libérer.

— J'ai failli oublier un détail, mademoiselle Sterling : votre vertu... Mais ne vous inquiétez pas. Si vous vous montrez assez étourdie pour recommencer un éclat de ce genre, je saurai désormais comment vous calmer !

Elle s'écarta, rouge de honte et de confusion, à

la fois révoltée et déçue, défripant sa jupe pour se donner une contenance. Les insultes les plus viles se bousculaient dans sa tête, mais elle garda le silence et se dirigea tête haute vers la porte.

— C'est justement le moment de prendre congé, approuva Ryan, sarcastique. Entendu pour les malles. Mes hommages à Madame votre mère…

Lorena sortit sans rien voir autour d'elle, ni les meubles précieux ni les regards étonnés des domestiques. Repérant son cheval dès qu'elle arriva dehors, elle sauta en croupe sans accepter la main du valet accouru pour l'aider, envahie d'une colère si brûlante qu'elle partit au galop. Après cette humiliation, elle aurait voulu se réfugier au bout du monde ! Mais ce n'était plus possible… Elle devait fuir Zachary et prendre soin de sa mère.

Une idée la frappa soudain : les caresses de Ryan ne lui avaient inspiré aucune terreur, n'avaient pas réveillé ses vieux cauchemars. Qu'est-ce que cela voulait dire ?

Ryan la regarda partir. Lorena était une cavalière remarquable… Il se détourna en souriant. Cette fois, elle avait compris qu'il ne se laisserait pas mener par le bout du nez. Il n'avait plus qu'une précaution à prendre : ne pas lui montrer qu'il était tombé amoureux d'elle…

11

Dès le lendemain, Ryan envoya plusieurs bouquets de roses pourpres cueillies dans les jardins de Jasmine Hill et une carte d'invitation pour Lorena et sa mère : le samedi suivant, il réunissait tout le comté pour annoncer officiellement leurs fiançailles.

Katherine exultait.

— Tu me rends si heureuse ! C'est le début d'une vie de rêve pour toi...

«Pour toi aussi, maman», aurait voulu répliquer sa fille. Mais il était trop tôt pour se prononcer. Heureusement, Zachary ne reviendrait pas avant deux semaines.

Il demeurait un seul obstacle : l'argent nécessaire aux toilettes de Lorena pour ses fiançailles et son mariage. Or, Katherine n'avait plus un sou : après le scandale du bal des débutantes, Zachary s'était vengé en lui coupant les vivres. Poussée à la dernière extrémité, Katherine se rendit chez un joaillier de Richmond pour vendre son collier d'émeraudes, cadeau de noces de Zachary. Que représentait-il aujourd'hui, sinon des rêves brisés ?

Même si Lorena se prêtait docilement aux préparatifs, apparemment satisfaite, son esprit était ailleurs : Rosa avait organisé une rencontre avec Mahalia, la seule esclave de Virginie qui travaillait avec les Passeurs. Son propriétaire l'avait achetée sans se douter qu'elle savait lire et écrire, ni qu'elle travaillait déjà pour le réseau. En réalité, elle avait été vendue pour infiltrer la plantation.

Le rendez-vous se tint en pleine nuit, sur les rives du fleuve James. D'abord très méfiante, Mahalia finit par se laisser convaincre, séduite par le rôle stratégique que pourrait jouer une riche épouse de planteur. Le réseau avait besoin d'argent pour nourrir, habiller et installer les fuyards dans les colonies fondées par les quakers. Sans parler des dessous-de-table versés aux témoins gênants afin qu'ils ferment les yeux...

Quand Rosa évoqua le sort de Letty, Mahalia s'assombrit.

— Je n'ai reçu aucune nouvelle de ta fille, Rosa. Et à moins de croiser une âme charitable qui l'emmène en Pennsylvanie, elle n'a guère de chances de trouver seule le chemin de la liberté...

Avant de la quitter, Lorena lui répéta son engagement à la cause.

— Mais mon identité doit demeurer secrète, insista-t-elle. Si l'on apprenait que je finance les Passeurs, ce serait terrible !

Mahalia prêta un serment solennel, rejointe par Rosa qui s'exprimait aussi pour Ben et Tulwah.

Une fois la question réglée, Lorena se sentit libre de songer à son mariage. Malgré la scène déplaisante que Ryan lui avait infligée, elle restait optimiste pour l'avenir. Et si c'était lui qui devenait esclave de l'amour ? Si elle réussissait à l'envoûter, on verrait bien lequel obéirait à l'autre...

Sa mère avait choisi une robe somptueuse pour les fiançailles : un décolleté profond et une taille haute pour un sobre drapé de satin champagne qui s'épanouissait en plis chatoyants dans le dos. Un ruban incrusté de grenats retenait ses cheveux en une savante cascade venant effleurer sa nuque gracile. Pour tout bijou, elle ne portait que des boucles d'oreilles : deux rubis flamboyants.

Quand leur voiture déboucha sur l'allée principale, Katherine ne put retenir une exclamation.

— Mon Dieu, tous ces équipages ! Je m'attendais à une réception plus intime...

Lorena hocha la tête, mal à l'aise. Etant donné les circonstances, elle aurait préféré plus de discrétion...

L'allée était bordée de flambeaux et des lanternes japonaises éclairaient pelouses et jardins. Comme la calèche s'immobilisait au pied de l'escalier d'honneur, Lorena aperçut des vasques de roses disposées à chaque marche. Cette attention la rasséréna un instant, jusqu'à ce que, dans la foule des invités, elle reconnût les visages hostiles du bal des débutantes. Mon Dieu, pourquoi Ryan lui imposait-il cette épreuve ?

Comme elle s'apprêtait à sortir de la voiture, le majordome s'effaça et Ryan se dressa devant elle, lui tendant la main pour descendre.

— Ma chérie, s'exclama-t-il assez fort pour que les autres entendent. Vous êtes plus belle de jour en jour ! (Il se pencha pour lui baiser la main.) En réalité, reprit-il plus bas, ce sont les nuits qui m'intéressent...

S'il s'attendait à la choquer, il en fut pour ses frais.

— Moi aussi, répliqua-t-elle avec audace, lui adressant un sourire radieux.

Trop homme du monde pour marquer le moindre étonnement devant ses invités, Ryan dissimula son amusement. Que lui réservait encore cette petite comédienne ?

Lorena se surprit à l'admirer. Sa redingote bleue était assortie à un pantalon d'un ton plus clair. Avec sa chemise blanche à jabot, il joignait l'élégance à la séduction.

Cependant l'épreuve ne pouvait être retardée plus longtemps : un instant plus tard, Ryan la guidait parmi ses invités. Si les noms glissaient sur elle sans qu'elle les entende, les regards froids et méprisants la transperçaient. Bien peu masquaient leurs sentiments même si Ryan affectait de ne rien remarquer.

— Je l'ai vite épousée avant qu'on ne m'enlève ce trésor, badinait-il. N'est-elle pas aussi belle que le jour ?

Tandis que Ryan évoluait avec aisance, la main de Lorena délicatement posée sur son bras, elle ne put s'empêcher de contempler le décor grandiose de la maison : les hautes baies dont les vitraux filtraient la lumière déclinante de l'extérieur, les portes de chêne ciselé qui ouvraient sur de vastes pièces lambrissées. Des bibelots de jade et d'ivoire accrochaient la lumière, des tableaux de maître arrêtaient le regard.

Par les portes-fenêtres qui menaient à une terrasse, Lorena apercevait d'impeccables jardins à la française qui descendaient jusqu'au fleuve. Entre de vastes bassins reflétant les massifs de fleurs, les domestiques dressaient des tables car la nuit s'annonçait trop chaude pour dîner à l'intérieur.

Remarquant la fascination de Lorena, Ryan l'accompagna dehors. Il lui montra d'abord un véritable labyrinthe constitué de buis taillés. Mimosas et magnolias en fleurs chargeaient l'air de lourds parfums.

— C'est mon grand-père qui a construit cette propriété, expliqua-t-il. La fleur préférée de ma grand-mère étant le jasmin, elle en a mis partout.

Si elle avait eu une fille, nul doute qu'elle l'aurait prénommée Jasmine. Malheureusement, elle n'eut qu'un fils, mon père, et mourut en couches. Mon grand-père, qui l'adorait, ne voulut jamais se remarier et la fit enterrer dans ce petit jardin clos là-bas. Il est envahi par le jasmin, maintenant.

Scrutant les massifs, Lorena aperçut en effet une statue de marbre gracieuse et élancée qui ressemblait à un ange.

Puis le couple rentra. Comme Ryan partait donner ses ordres à l'office, Lorena rejoignit sa mère.

— C'est merveilleux! s'exclama Katherine. Penser que tu seras maîtresse de Jasmine Hill et que tu élèveras tes enfants ici... Sans compter que Ryan Youngblood est vraiment beau garçon! ajouta-t-elle avec un clin d'œil.

Voyant sa mère de si belle humeur, Lorena s'enhardit à poser la question qui lui trottait dans la tête.

— Crois-tu qu'un jour tu pourras venir vivre avec nous? Pour t'occuper de tes petits-enfants...

Sa mère la regarda, incertaine.

— Pourquoi pas?

Des cochons de lait et des veaux tournaient à la broche. Aux cuisines, on plongeait du poisson et des poulets dans la friture tandis que des domestiques apportaient des salades de pommes de terre et de chou, des terrines de légumes, des ramequins de sauces plus ou moins épicées, des branches de fenouil et de céleri et des condiments de toutes sortes. Les desserts étaient disposés sur de grandes tables: tartes, gâteaux et puddings, entremets et mousses aux fruits. Des fillettes agitaient des branches feuillues pour écarter les insectes.

Une fois qu'ils furent servis, Ryan guida Lorena jusqu'à une petite table réservée. Non loin de là, la jeune fille observa que le sol avait été retourné.

— Je fais planter des massifs de roses, expliqua Ryan avec fierté, juste en dessous de nos appartements. Pour vous...

— Vous ne comptez pas m'y enterrer tout de suite, j'espère, le taquina Lorena. Laissez-moi une chance...

— Hum... je vais y réfléchir.

Elle le contempla un instant en silence.

— Pourquoi montrez-vous toutes ces attentions pour moi ? Surtout après notre dispute de l'autre jour...

— Oh, je voulais seulement vous montrer qui était le maître, rien de plus.

Dépitée, Lorena baissa les yeux. Il verrait bien assez tôt qu'elle n'avait pas rendu les armes !

Plusieurs amis de Ryan vinrent échanger quelques politesses, puis Katherine se joignit à leur conversation avec tant d'aisance que Ryan et elle semblèrent vite les meilleurs amis du monde.

Quand les musiciens s'installèrent, le souper s'acheva tout naturellement. Les invités se rassemblèrent dans la somptueuse salle de bal. Ryan conduisit Lorena au centre et demanda l'attention de chacun. D'abord, il annonça solennellement leurs fiançailles avant d'inviter tous les présents à revenir le dimanche suivant pour fêter les noces. Enfin, il passa une bague au doigt de Lorena dans un concert d'exclamations étouffées. Quand elle baissa les yeux, elle retint son souffle. C'était un diamant taillé en forme de rose et serti de rubis, qui étincelait de tous ses feux sous les lustres de cristal.

Sur un signe de Ryan, l'orchestre entama une valse. Comme il l'enlaçait, Lorena s'abandonna à son rythme, sous les accents langoureux des violons.

— Vous goûtez les premiers fruits de votre entreprise, observa Ryan avec douceur. Et ce n'est qu'un début...

— Merci, cette bague est magnifique, répliqua gracieusement Lorena, préférant ignorer le sarcasme.

— Quant à moi, je savourerai dès dimanche les délices auxquelles j'aspire. Et là encore, ce ne sera que le commencement...

12

Pour Katherine, il ne restait qu'une ombre au tableau : le sort de Letty.

— Je voudrais tant t'aider, murmura-t-elle un jour à Rosa, alors que celle-ci lui apportait le plateau du petit déjeuner.

Assise à son bureau, elle relisait une dernière fois la liste des invités, vérifiant que personne n'avait été oublié. Elle avait envoyé des invitations calligraphiées de sa main à toutes les dames de charité qu'elle fréquentait.

— Nous pouvons bavarder une minute, reprit-elle. Si mon mari n'est pas rentré, c'est qu'il n'a pas retrouvé Letty.

— Oh, pour ça, y a aucun risque, ma'ame, répliqua Rosa avec un sourire épanoui. Elle est pas là où ils cherchent !

Katherine releva la tête, surprise de son accent joyeux.

— Tu es au courant de quelque chose?

La vieille femme s'assombrit immédiatement, rappelée à la prudence.

— Non, ma'ame, répliqua-t-elle en baissant les yeux, se tordant les mains en signe d'affliction. Mais je m'en remets au Seigneur! Je sais bien qu'Il la protège puisque c'était Sa volonté qu'elle s'échappe.

Katherine se mordit les lèvres, à demi convaincue.

— Mais si tu as reçu des nouvelles... Tu sais que tu peux compter sur moi en cas de besoin.

— Oui, ma'ame, répondit Rosa, mais je ne sais rien de plus. Sauf que, dans mon cœur, je préfère qu'elle soit n'importe où plutôt que vendue.

Katherine hocha la tête en soupirant.

— Dieu sait que j'aurais voulu changer Zachary. Mais il est tellement buté... S'il n'en tenait qu'à moi, vous seriez libres.

— C'est sûr, ma'ame. On pense tous que vous êtes charitable et généreuse. Même que... on prie pour qu'un matin il se réveille pas et que vous en soyez enfin débarrassée!

Katherine retint son souffle, prise de court. Dire qu'elle n'arrivait même plus à défendre son mari...

— N'en parlons plus, Rosa.

— Mais, vous devez être contente de marier mam'selle Lorena en l'absence de missié Tremayne. (Katherine hocha imperceptiblement la tête.) J'espère... Oh, ma'ame Katherine, si seulement vous partiez vivre avec votre fille...

Katherine garda un instant le silence. Elle n'avait pas oublié la suggestion de Lorena lors de ses fiançailles... Si Dieu lui prêtait vie, ce fol espoir deviendrait peut-être réalité.

— Je t'emmènerai ! s'exclama-t-elle sur une impulsion qui lui arracha une douloureuse quinte de toux.

Rosa bondit pour lui tapoter le dos, tâchant de lui faire absorber une cuillerée de sirop. Pourtant, même après plusieurs gorgées, la toux empira, de plus en plus déchirante, un sifflement montant des poumons à chaque spasme. Tout à coup, Katherine lâcha avec horreur le mouchoir dont elle se couvrait la bouche : il était trempé de sang.

Les deux femmes se dévisagèrent, épouvantées.

— Tulwah dit que sa potion est quasiment prête, déclara enfin Rosa pour réconforter sa maîtresse.

— Merci, murmura Katherine en se redressant. Mais il vient presque tous les jours ici. Il doit se montrer plus prudent ! Si mon mari le surprend chez lui...

— Bah ! Il a peur de Tulwah.

— C'est possible, répliqua Katherine après une pause, mais il l'accuse de pratiquer la sorcellerie et le vaudou. Il a même donné l'ordre de l'abattre comme un chien s'il rôdait dans les parages.

— Alors j'irai chercher le médicament moi-même.

— De toute manière, je n'y crois guère. Mes crises se rapprochent et sont de plus en plus violentes. Il ne me reste qu'un objectif : tenir jusqu'au mariage. Ensuite, je pourrai me reposer et glisser tout doucement dans l'au-delà... Bien ! se secoua-t-elle. A propos de préparatifs, Mme Cherise a-t-elle apporté nos achats ?

— Oui, ma'ame, il y a eu deux livraisons, ce matin.

— Deux ? C'est curieux... De quelle boutique ?

Rosa entreprit d'épeler les quelques lettres qu'elle avait reconnues sur les paquets.

— *Parures de Dames* ? s'exclama Katherine. Mais je n'y mets jamais les pieds ! C'est Mme Estelle qui dirige le magasin. Non seulement elle ne vend que de la lingerie intime mais elle tient une...

Elle laissa sa phrase inachevée, ne sachant comment s'exprimer.

— Une maison close ! explosa Lorena qui arriva sur ces entrefaites, livide de rage, portant plusieurs cartons recouverts de toile lavande et fermés par des rubans de satin rose.

Les jetant sur le lit comme s'ils lui brûlaient les doigts, elle souleva un couvercle pour brandir une chemise de nuit vaporeuse... et fort courte.

— Ne me regarde pas ainsi, maman, reprit-elle. Tout le monde sait ce qui se passe au second étage de *Parures de Dames*.

— Mais je me demande bien d'où vient cette erreur...

— Il n'y en a pas ! C'est ce débauché de Young-blood qui me les offre pour mon trousseau de mariage...

Sa mère et Rosa échangèrent un regard gêné.

— Et ta robe de mariée, ma chérie ? questionna Katherine pour changer de sujet. L'as-tu essayée ?

— Elle est parfaite, décréta Lorena sur un ton glacial.

Elle s'en moquait bien ! Mais comment Ryan avait-il eu le toupet de lui envoyer des vêtements aussi osés ?

— Et l'autre paquet de Mme Cherise ? insista sa mère.

— Un tailleur de voyage en soie tourterelle,

ravissant, très élégant. Ce n'est pas lui qui l'aurait choisi... Il est bien trop raffiné!

Sur quoi, Lorena entreprit de remballer les chemises de nuit.

— Qu'as-tu en tête? s'inquiéta soudain sa mère.

— Je vais tout rapporter au magasin. Quelle honte! fulmina-t-elle en déployant un caraco de dentelle noire.

Elle suspendit son geste, considérant un instant la lingerie fine, presque troublée à l'idée de la revêtir pour lui. Mais un sursaut d'orgueil l'emporta: un homme n'offre pas de toilette si intime à sa fiancée! A sa maîtresse peut-être, mais...

Bon sang... Bien entendu! Il voulait une fois de plus lui rappeler quel serait son rôle... Eh bien, il verrait de quel bois elle se chauffait!

— Dis à Ben de seller mon cheval! lança-t-elle à Rosa en partant se changer.

— Prends une voiture fermée, voyons! s'écria Katherine, alarmée. Sinon tout le monde verra les cartons de *Parures de Dames*! On va jaser...

— Tant mieux! Ryan Youngblood ne s'en tirera pas comme ça!

Katherine s'affaissa contre son oreiller en secouant la tête.

— Ils sont aussi butés l'un que l'autre...

Les paquets de Mme Estelle accrochés à sa selle, Lorena ne passa pas inaperçue dans les rues de Richmond — d'autant qu'elle portait une culotte de cavalier et montait comme un homme...

L'établissement de Mme Estelle se tenait à l'écart d'une avenue très passante, au bout d'une rue pavée. Un auvent aux rayures roses et rouges abritait les marches qui conduisaient à un porche dissimulé derrière une cascade de lierre et de chèvrefeuille. Sur les tables traînaient encore des bouteilles et des verres sales, preuve de l'affluence de la veille.

Pourtant, rien ne laissait deviner le commerce qui s'y déroulait la nuit. Une plaque fort discrète indiquait seulement près de la porte : *Parures de Dames*, mais les rideaux fermés aux fenêtres décourageaient les curieux. Lorena actionna le lourd heurtoir de bronze.

— Qu'est-ce que c'est ? demanda une femme en entrouvrant la porte.

Elle avait posé de la poudre orange sur ses pommettes et du violet sur ses paupières, choisissant un rouge à lèvres écarlate qui jurait avec son peignoir jaune citron bordé de plumes.

Si la jeune fille l'examinait de haut en bas, Estelle ne demeurait pas en reste. Or, ce visage-là lui était inconnu : pourtant, toutes les maîtresses des notables des environs se fournissaient chez elle, et ces cartons roses venaient de sa boutique...

— Je crois que M. Youngblood vous a acheté quelques articles, récemment, déclara Lorena sur un ton acide.

Elle brûlait de visiter ces lieux interdits mais s'interdit de céder à la tentation.

— Eh bien ? reprit-elle avec impatience comme le silence se prolongeait. Vous connaissez M. Youngblood, non ?

Estelle s'énerva à son tour, devinant soudain l'identité de sa visiteuse.

— Ecoutez, ma petite, je n'ai pas de temps à perdre et...

— Moi non plus, figurez-vous ! explosa Lorena

en laissant tomber les cartons à ses pieds. Informez M. Youngblood que je ne veux pas de ces horreurs... Qu'il les envoie plutôt à sa maîtresse !

Sur ce, elle tourna les talons et partit aussi vite que ses jambes tremblantes le lui permettaient. Exaspérée, Estelle dut ouvrir sa porte en grand pour ramasser les paquets.

— Pour qui se prend-elle, celle-là ? fulmina-t-elle. Ryan est complètement fou d'épouser un glaçon pareil... En tout cas, qu'elle ne compte pas sur moi pour tout lui raconter : il serait furieux !

Quelques minutes plus tard, dans sa boutique, Mme Cherise leva les yeux en entendant le carillon de la porte d'entrée.

— Mademoiselle Sterling, la salua-t-elle avec déférence avant d'apercevoir le carton qu'elle portait sous le bras. La robe de mariée ne vous va pas ? Je n'ai travaillé que d'après vos mesures, alors...

— Il ne s'agit pas d'elle, la rassura Lorena. En fait, je ne l'ai pas encore essayée.

Posant le carton sur le comptoir, elle tira le ruban pour montrer un tailleur soigneusement emballé dans du papier de soie.

— Je viens vous rapporter ceci. Il a dû y avoir une erreur.

— Pas du tout, répliqua Mme Cherise. C'est M. Youngblood qui me l'a commandé pour vous, à livrer en même temps que la robe de mariée. J'y ai travaillé nuit et jour pour respecter les délais, ajouta la couturière, déjà sur la défensive.

Lorena resta muette de stupéfaction. Encore une surprise de Ryan, mais délicieuse, celle-là...

Le carillon résonna à nouveau et Mme Cherise, reconnaissant Carolyn Manning et Mary Susan Hightower, les salua poliment.

— Je le remballe? suggéra la couturière avec un brin d'impatience. Ou voulez-vous le passer pour les retouches?

— Non, merci, je suis sûre qu'il est parfait, répliqua Lorena en reprenant le carton.

Tournant les talons, elle se trouva nez à nez avec Carolyn.

— Vous devez être débordée, ma pauvre Lorena, se moqua-t-elle. Tant d'achats à terminer avant le grand jour : un tailleur ici, votre lingerie à *Parures de Dames*...

Mme Cherise eut un haut-le-corps. Mais Lorena choisit d'ignorer Carolyn, peu soucieuse de se laisser entraîner dans une scène. Celle-ci enfonça le clou :

— Mais, bien entendu, tous les moyens sont bons pour entrer dans une grande maison de Virginie. Parfois, il faut commencer par la chambre à coucher...

Mary Susan étouffa un gloussement derrière sa main tandis que Carolyn hurlait de rire, ignorant le regard noir de Mme Cherise. Lorena ouvrit la porte puis se retourna, ne pouvant résister à la tentation.

— Au fait, Carolyn, à propos de *Parures de Dames*... Mme Estelle m'a dit que Carl, ton fiancé, y venait toutes les nuits. Tu devrais t'occuper un peu de lui.

Sur cette remarque assassine, Lorena s'éclipsa, laissant Carolyn pétrifiée d'horreur.

13

Quand leur voiture enfila l'allée bordée de chênes qui menait à Jasmine Hill, Katherine se sentait un peu étourdie. La veille, Rosa était partie chez Tulwah, traversant bayous et marécages pour chercher la potion qu'il avait concoctée : un mélange noirâtre et nauséabond où flottaient des filaments mystérieux. Pourtant, malgré son aspect peu engageant, les effets de la mixture tenaient du prodige : la moindre toux se calmait à la première gorgée. Pour être certaine de tenir bon pendant toute la durée du mariage, Katherine en avait absorbé une dose massive.

— Tu te sens bien, maman ? interrogea Lorena, préoccupée par le regard presque vitreux de sa mère.

— Je suis toute bizarre, reconnut-elle sans avouer pourquoi. Mais ce n'est pas un jour comme les autres. Oh, regarde ! s'exclama-t-elle au détour d'un virage.

Des milliers de roses avaient été disposées dans le parc : en bouquets au pied des arbres, dans les urnes et les vasques qui bordaient les allées, dans de hauts vases sur les marches de l'escalier d'honneur. Des pétales pourpres jonchaient même les passages qui traversaient la pelouse.

Lorena sourit, secrètement flattée. Ryan désirait sans doute rattraper sa bévue... Peut-être lui avouerait-elle un jour que ce n'étaient pas les vêtements qui l'avaient offensée, mais l'intention de la réduire à une grue. Si, pour le moment, elle ne se sentait pas prête à les porter, l'heure viendrait en son temps. Mais il devait d'abord comprendre qu'elle ne serait jamais son esclave.

Du reste, elle avait d'autres chats à fouetter : dès que toutes ces formalités seraient terminées, elle pourrait enfin se consacrer à la Cause. Après Rosa, d'autres Noirs lui avaient confié les atrocités qu'ils enduraient. Elle avait décidé de les aider.

— Tu es ravissante, ma chérie, la complimenta Katherine pour la rassurer, se méprenant sur la cause de son silence tandis que la voiture s'immobilisait devant la maison à colonnades.

A en juger par les murmures appréciateurs qui accueillirent Lorena, les invités partageaient l'opinion de Katherine. La jeune fille était délicieuse dans sa robe de satin argent, avec un corsage aux lignes très pures et un chaste décolleté bordé de dentelle. Les manches bouffaient de l'épaule au coude avant de se resserrer au poignet. Bien prise à la taille, la jupe s'évasait en plis qui cascadaient presque jusqu'au sol. Ses cheveux étaient relevés, emprisonnés dans une résille brodée de perles et de satin d'où s'échappaient des boucles brunes qui lui caressaient les épaules.

Partie avec sa maîtresse et Lorena, Rosa avait gardé le silence pendant tout le voyage, impressionnée par la splendeur des préparatifs. Elle descendit pour rejoindre les cuisines où on l'appellerait en cas de besoin, s'immobilisant un instant pour observer les réactions de la foule : la robe était ravissante — mais couleur argent. Autant dire grise...

Elle secoua la tête, se remémorant le dicton que sa mère lui serinait quand elle était petite. « Mariée en blanc, jamais ne se repent. Mariée en

111

vert, sera toujours sincère. Mariée en bleu, brisera ses vœux. Mariée en noir, partie du matin au soir. Mariée en mauve, douce comme guimauve. »

« Et en gris ? » s'interrogeait Rosa. Elle fronçait les sourcils, cherchant à retrouver la rime quand Ben, resplendissant dans sa livrée de satin jaune d'or, se pencha vers elle.

— Tu es dans les nuages, Rosa ! murmura-t-il avec affection. Allez ! Va aux cuisines. Je dois laisser la place aux équipages qui arrivent.

Rosa sursauta, se faufilant vers l'arrière non sans jeter un dernier regard à Lorena. Et la formule lui revint tout à coup : « Mariée en gris, quitte le pays. »

Malgré la chaleur, un frisson la glaça jusqu'aux os… Un pressentiment, presque une certitude, traversa son esprit : mam'selle Lorena partirait loin d'ici, et pas seulement en voyage de noces…

L'air embaumait du lourd parfum des roses, suggérant la présence de Ryan dans toute la maison. Pourtant il s'était retiré dans ses appartements pour exaucer une prière de Katherine. D'après elle, voir la fiancée avant la cérémonie portait malheur au jeune homme. Qu'il croie ou non à cette superstition, Ryan avait eu la courtoisie de s'y plier.

Lorena ne connaissait pas l'homme qui s'avança pour les accueillir, même si elle se rappelait l'avoir croisé au bal des débutantes. Il dansait avec la jeune fille qui accompagnait Carolyn Manning chez Mme Cherise. Cette fois-ci, il était vêtu d'un pantalon de nankin brun avec une redingote couleur café, un gilet de brocart jaune et un chapeau haut de forme qu'il ôta d'un geste galant en s'inclinant devant ces dames.

— Madame Tremayne, mademoiselle Sterling, les salua-t-il avant de leur baiser la main. Au nom de Ryan Youngblood, je vous souhaite la bienvenue à Jasmine Hill. Permettez-moi de me présenter : Keith Roland. Ryan m'a accordé l'honneur d'être son témoin.

Il les escorta à l'intérieur en échangeant les amabilités d'usage avec Lorena qui le trouva courtois, mais un brin condescendant. Pas plus que les autres, il n'approuvait ce mariage. Si seulement ils lui laissaient sa chance ! songea la jeune fille. Elle saurait leur plaire... Mais bien sûr, rien ne les y forçait. A l'idée de subir de nouveaux affronts comme celui que Carolyn Manning lui avait infligé chez Mme Cherise, le cœur lui manqua.

La maison lui parut encore plus belle que la première fois, comme si tous ses trésors avaient été sortis en l'honneur de cette journée. Les cristaux, la porcelaine, les bibelots étincelaient dans le hall de réception comme dans la salle à manger.

Les invités saluèrent Lorena et sa mère avec une politesse presque obséquieuse. On ne pouvait plus les dédaigner maintenant que Lorena devenait la maîtresse de Jasmine Hill.

Keith les guida jusqu'au pied de l'escalier dont la rampe avait été décorée de larges rubans de satin piqués de roses pourpres. Lorena ne put réprimer un sourire, songeant que sa visite à Mme Estelle avait produit son petit effet sur Ryan. Avec cette mise au point, peut-être se comprendraient-ils mieux à l'avenir...

— Mademoiselle Lorena, reprit Keith. Si votre mère et vous-même voulez bien monter au premier étage, une bonne est à votre service pour vous aider à vous rafraîchir avant la cérémonie. (Un murmure de violons qu'on accordait montait par les portes-fenêtres.) Nous vous attendrons dans une heure.

Une heure! Lorena frissonna malgré elle: très bientôt maintenant, elle serait la femme de Ryan Youngblood...

Quatre fillettes noires attendaient le long des marches, vêtues de robes grises bien propres et de longs tabliers blancs amidonnés. Elles saluèrent Lorena et sa mère par de petites révérences et se présentèrent chacune à leur tour avant que la plus âgée, Annie, les invite à la suivre.

On les conduisit devant une double porte en cerisier ouvrant sur une suite majestueuse qui occupait une aile entière. Les yeux écarquillés, Lorena resta figée sur place tandis que sa mère examinait les bibelots, les meubles et les arrangements floraux en poussant des oh! et des ah! d'admiration. Elles se trouvaient dans un salon où donnaient deux portes intérieures.

— Ce sont vos deux chambres, suggéra Katherine après une rapide inspection.

Elle ouvrit une porte et jeta un regard à l'intérieur.

— Oh! Lorena, viens voir...

La tapisserie était blanche et rose avec quelques touches de bleu. Le mobilier était d'acajou, même le lit, surmonté d'un baldaquin de dentelle piquée de boutons de roses.

— On dirait que tout est neuf, murmura Lorena en remarquant un petit bureau, un canapé et un fauteuil installé devant une cheminée.

— C'était la chambre de Mme Victoria, expliqua Annie. Missié Ryan a tout redécoré cette semaine. Il dit que c'est à son tour d'occuper la suite que son grand-père avait prévue pour les maîtres de Jasmine Hill.

— Tu vois, murmura Katherine, ce n'est pas aux autres qu'il a songé, mais bien à toi.

Lorena hocha la tête : il cherchait décidément à se faire pardonner.

Une femme au visage souriant parut soudain à la porte.

— Lorena, Katherine, ravie de vous connaître. Je suis une cousine éloignée de Ryan, mais il m'appelle toujours tante Sophia ! Nous nous demandions si votre témoin était arrivé.

Katherine réprima un petit cri, les jambes coupées. Dans la précipitation des derniers jours, elle n'y avait pas pensé...

— Oui, bien sûr : ma mère, répliqua Lorena avec aisance.

— Parfait ! s'exclama Sophia sans remarquer le flottement. Lorena, ma chère, je n'ai jamais vu de mariée aussi belle ! On dirait que vous sortez d'un conte de fées...

Elle se dirigea vers la porte, s'arrêtant une seconde pour regarder autour d'elle.

— Eh bien, j'espère que ce garçon sait où il va... murmura-t-elle encore.

— Pourquoi ? s'inquiéta Katherine.

— Oh, ne prêtez pas attention à moi, répondit Sophia en dissipant le malaise d'un geste. Il est tout à fait normal que le propriétaire s'installe avec son épouse dans les grands appartements. Mais Victoria risque d'avoir un choc en rentrant et... (Elle s'interrompit, craignant de se laisser aller à trop de confidences.) Peu importe : Victoria est toujours scandalisée, de toute manière. C'est dans sa nature.

Baissant la voix, elle continua sur un ton de conspirateur :

— Elle n'est pas de mon côté de la famille, vous savez. C'est le père de Ryan qui était mon cousin et je n'ai jamais sympathisé avec elle. Mais assez de potins, du moins pour aujourd'hui ! (Elle prit familièrement Lorena par la taille.) Je suis si contente de vous accueillir parmi nous...

Lorena lui sourit, émue de sa gentillesse et déjà conquise.

Installé à l'ombre d'un magnolia, un trio de violonistes jouait près de l'allée qui menait aux jardins. Plus loin, le fleuve James coulait paresseusement. A côté d'un bassin où flottaient des roses rouges, Ryan attendait sa future épouse.

Quand il la vit enfin s'avancer vers lui, son cœur manqua un battement. Elle était plus ravissante que jamais... Si elle était nerveuse, elle n'en laissait rien paraître. Sa mère, en revanche, jubilait ouvertement et savourait chaque instant de la fête. Ryan sourit malgré lui, notant ses yeux un peu trop brillants. Aurait-elle déjà abusé du champagne ?

Lui-même avait déjà bu quelques coupes et voyait l'avenir en rose, malgré les mises en garde répétées de certains membres de sa famille et même de ses amis, comme Keith. Quant à sa mère, il était blindé d'avance contre ses reproches : ils s'opposaient depuis toujours, sur un sujet ou un autre... Il songeait à peine à Evelyn car ils n'avaient qu'un point commun : leur indifférence mutuelle !

Lorena, au contraire, éveillait tout l'intérêt de Ryan. Si elle le désirait, elle deviendrait maîtresse de son cœur comme de Jasmine Hill. Le temps accomplirait son œuvre, guérissant sa blessure d'amour-propre après cet humiliant mariage forcé.

Ryan tourna vers elle un regard si radieux que la jeune fille ressentit un remords. Elle aurait peut-être dû lui rendre la lingerie directement, plutôt que d'impliquer Mme Estelle dans leur dispute. Le camouflet aurait été moins cuisant... Mais elle secoua la tête comme pour chasser le doute : maintenant il fallait tourner la page et ne plus songer qu'au futur.

Le prêtre avait déjà commencé son office. Lorena et Ryan prononcèrent les formules rituelles et quelques instants plus tard, ils étaient unis pour le meilleur et pour le pire. Soulevant alors le voile aérien qui couvrait le visage de sa jeune épouse, Ryan posa un baiser sur ses lèvres.

Très émue, Lorena se laissa conduire jusqu'à la terrasse où ils devaient recevoir les félicitations des invités. Que Ryan était séduisant dans sa redingote bleu pâle qui mettait en valeur ses yeux d'azur... Rencontrant son regard souriant, elle frissonna d'une nervosité teintée d'impatience. Et si sa mère avait raison ? S'ils trouvaient le bonheur ensemble ? Bien entendu, il faudrait laisser le temps cicatriser certaines blessures... Malgré sa séduction, sa richesse et sa place dans la société, Lorena trouvait Ryan encore trop arrogant, trop imbu de lui-même. Et elle n'avait pas oublié certaines offenses...

Tous les invités de la semaine précédente défilèrent devant eux, certains se radoucissant, maintenant que le mariage avait eu lieu, d'autres se cantonnant encore à des sourires de façade. Puis l'appétit reprenant ses droits, on se précipita au buffet, dont le clou était un superbe gâteau à plusieurs étages, glacé de blanc et décoré de roses en sucre.

Tante Sophia s'occupait des jeunes mariés. Elle remplissait leurs assiettes, veillait à ce que le champagne coule à flots. L'agitation ambiante laissait peu de place aux conversations privées, ce qui n'était pas pour déplaire à Lorena. Qu'aurait-elle pu dire au moment où s'exauçaient tous ses espoirs?

Un orchestre s'installait déjà et les tables furent bientôt tirées contre les murs. A la faveur du remue-ménage, Lorena se retrouva seule avec Ryan.

— Je vous remercie, balbutia-t-elle. Toutes ces roses... la cérémonie... Je suis comblée.

— Moi aussi, reconnut-il d'une voix rauque en la dévorant des yeux. Avez-vous reçu le tailleur gris pour le voyage de noces? Mme Cherise pensait que vos mesures lui suffiraient.

— Il est parfait.

Elle le scruta du regard. Devait-elle aborder maintenant le sujet de l'autre colis? Elle était prête à s'excuser quand une expression presque moqueuse sur son visage l'arrêta net. Peut-être que cette journée n'était qu'une farce, pour lui... Elle se raidit.

— Je m'étonne de ne pas avoir été prévenue de vos projets de départ, souligna-t-elle d'une voix glaciale. Sinon, j'aurais pris mes dispositions.

Il se mit à rire.

— Allons donc, Lorena. Vous savez bien que vous n'auriez même pas acheté un mouchoir! D'abord ce voyage est sûrement le cadet de vos soucis... Quant à vos dépenses, vous comptez sur moi pour les régler, non?

Elle le dévisagea, médusée, tandis qu'il poursuivait ses explications :

— Il me semblait qu'un dépaysement nous permettrait de mieux nous connaître. Ici, les gens viendront sans cesse fourrer leur nez chez nous.

— Puis-je vous demander où nous irons ?

— Que diriez-vous de Philadelphie ? C'est une ville merveilleuse, remplie de bons hôtels et de théâtres. Vous n'aurez pas le temps de vous ennuyer pendant que je vaquerai à mes affaires.

— De quoi s'agit-il ?

— Je voudrais investir dans une compagnie de bateaux à vapeur : c'est le moyen de transport de l'avenir... Mais aujourd'hui, j'ai autre chose en tête, conclut-il en tendant la main vers sa joue.

Elle recula d'instinct en se détournant comme pour regarder la foule, craignant en réalité qu'il ne devine son excitation. Philadelphie ! C'était le quartier général des Passeurs ! Peut-être Letty s'y trouvait-elle en ce moment même...

Ryan fronça les sourcils, croyant d'abord à une rebuffade, avant de mettre son geste sur le compte de la nervosité.

— Cette nuit, nous dormirons chez un ami, qui met son cottage de Rappahannock à notre disposition. J'ai déjà envoyé des domestiques réserver les trains pour la suite. Que diriez-vous d'une croisière sur le fleuve ? J'ai loué un petit vapeur et son équipage pour visiter la baie de Chesapeake.

Lorena hocha la tête, impressionnée. Mais elle se garda bien de le montrer. Plutôt mourir !

Quand une valse retentit soudain, elle se mit à rire.

— J'aurais dû m'y attendre, murmura-t-elle. Toujours votre goût de la provocation...

— Mille pardons! protesta Ryan. Aujourd'hui, nous sommes chez moi, et vous êtes ma femme...

Les jeunes mariés tournoyèrent dans la salle tandis que les autres s'écartaient en cercle. Après la minute réglementaire, Keith s'approcha selon l'usage pour danser avec la mariée, tandis que Ryan se tournait vers sa belle-mère. Au grand amusement de Lorena, tout le monde les rejoignit bientôt pour tâcher d'apprendre la valse : malgré le scandale, Ryan avait lancé une mode !

Au fil des morceaux, elle passait de bras en bras quand Carl Whitfield, le fiancé de Carolyn Manning, se présenta devant elle. Apercevant Carolyn qui les foudroyait du regard, Lorena préféra couper court.

— Excusez-moi, Carl, se déroba-t-elle après quelques instants. Je dois monter me changer avant le départ.

S'éclipsant discrètement, elle rejoignit sa chambre, pensant y trouver Rosa. Mais si la domestique avait soigneusement disposé le tailleur de voyage sur le lit, elle s'était absentée depuis. Lorena passait derrière un paravent pour dégrafer sa robe quand elle entendit la porte s'ouvrir.

— Je t'en prie, Carolyn, partons, dit une voix nerveuse. Nous n'avons aucune raison d'entrer ici, d'autant que nous l'avons vue monter !

— Cela m'est bien égal. Je me demandais comment Ryan avait arrangé la suite de Victoria. Elle en aura une attaque, la pauvre.

Piquée au vif par cette intrusion, Lorena repoussa l'écran sans se préoccuper de sa tenue.

— Qui vous a permis de fouiner dans ma chambre, Carolyn? Vous êtes tombée bien bas...

Mary Susan, les yeux écarquillés, allait fuir quand sa complice la retint par un bras.

— Ne renversez pas les rôles, Lorena, siffla Carolyn. C'est vous qui avez quelques leçons à apprendre ! Et Victoria se chargera de vous les donner dès son retour.

Lorena respira à fond, tâchant de se contrôler…

– Je vous prie de sortir, Carolyn.

Mais la jeune fille releva le menton avec défi. Cette valse avec Carl était la goutte d'eau qui avait fait déborder le vase.

— Ne le prenez pas de si haut ! Même si vous avez pu mener Ryan par le bout du nez, personne n'acceptera de vous recevoir. Vous vivrez en exclue, exactement comme votre mère et…

— Vous êtes aussi bête que snob, Carolyn, se moqua Lorena avec dédain. N'oubliez pas qui est Ryan Youngblood ! Si vous persistez à vous comporter de manière aussi inconvenante, vous ne serez plus invitée à Jasmine Hill.

— Quoi ? rugit-elle tandis que Mary Susan échappait à son étreinte et partait en courant. Victoria vous jettera dehors ! Et ne vous figurez pas qu'Evelyn se laissera insulter sans réagir… D'ailleurs, sa bague était bien plus belle que la vôtre !

Elle sortit en claquant la porte, laissant Lorena en pleine confusion. Annie et Rosa arrivèrent sur ces entrefaites.

— Annie, qui est Evelyn ? demanda la jeune fille sur un ton impérieux.

Annie consulta Rosa d'un regard anxieux. Mais elle était bien forcée de répondre.

— C'était la fiancée de missié Ryan avant qu'il vous épouse, ma'ame, avoua-t-elle en baissant la tête comme pour s'excuser.

— Que lui est-il arrivé ?

— Rien, que je sache. Elle est partie en croi-

sière en Europe avec ma'ame Victoria jusqu'à la
fin de l'été. Pour acheter le trousseau, il paraît.
(Elle se permit un sourire moqueur.) C'est sûr
qu'elle s'attend pas à trouver une autre femme
chez missié Youngblood !

Pétrifiée, Lorena garda le silence. Ainsi, Ryan
avait rompu ses fiançailles pour elle ? Rien d'étonnant à ce que les invités lui soient hostiles... Mais
pourquoi était-elle subitement si contrariée ? Par
rancune, par jalousie ?

Quels mystères lui réservait encore son mari ?

14

Ils étaient partis dans un concert d'acclama-
tions et de félicitations. Pourtant à peine la
voiture eut-elle franchi le grand portail de Jasmine Hill que Ryan sentit un malaise s'installer.
Assise à l'autre extrémité de la banquette comme
pour le fuir, Lorena refusa de lui répondre quand
il l'interrogea. «Une nervosité de jeune mariée,
sans doute», songea-t-il en fermant les yeux,
bien décidé à ne pas se laisser dérouter par ses
caprices. Il s'endormit.

De son côté, Lorena essayait de reconstituer le
puzzle. Comment sa mère avait-elle pu pousser
Ryan au mariage alors qu'il était déjà fiancé ?
Visiblement, il n'était pas homme à plier devant
les conventions sociales. Qui était donc son mari ?
Un libre penseur, un non-conformiste ? Elle devait
à tout prix percer son mystère car il partagerait
son existence, maintenant.

Les paupières closes, elle cherchait le repos

mais en vain : sa tension était trop forte. Alors que la nuit tombait, Ryan fut réveillé par un appel du conducteur.

— Quand faut-il tourner ? demandait-il.

— Bientôt, répliqua Ryan après s'être repéré. C'est une route qui serpente vers le fleuve, sur la droite.

Puis il se renversa en arrière, adressant un sourire à Lorena :

— Avez-vous pu dormir ?

Elle secoua la tête, se replongeant dans la contemplation du paysage.

Ils arrivèrent près d'un petit cottage construit sur une hauteur qui dominait le fleuve. Tout autour, des saules pleureurs ondulaient au milieu d'un tapis d'herbe moelleuse.

Comme la voiture s'arrêtait, Ryan sortit le premier pour aider Lorena à descendre. Le domestique déchargea quelques bagages avant d'emmener la voiture près des écuries. Il les attendrait le lendemain matin pour huit heures, Ryan préférant voyager à la fraîche.

— Pensez-vous survivre sans bonne, cette nuit ? ironisa Ryan. Nous serons complètement seuls au cottage.

— Je n'ai besoin de personne, lança-t-elle sèchement. Et vous ? Saurez-vous vous passer d'un valet ?

— Bien sûr ! s'exclama-t-il en riant. Vous le remplacerez !

Elle lui jeta un regard noir, s'enfermant dans un silence offusqué, et pénétra dans la maison. Ôtant ses gants avec lenteur, elle examina le petit salon dont une porte ouvrait sur une chambre…

Gênée, elle détourna le regard. Près d'une large baie vitrée qui offrait une vue splendide sur la campagne, on avait dressé une table recouverte d'une nappe damassée avec des assiettes de porcelaine fine décorées d'un fil d'or, de l'argenterie et des cristaux qui brillaient à la lueur des chandelles. De chaque côté des bougeoirs, des plateaux de viande froide, de fromages et de fruits les attendaient.

Sentant un frôlement, Lorena sursauta en découvrant Ryan juste derrière elle.

— Il faudra vous habituer à ma présence, chérie, murmura-t-il en posant les mains sur ses épaules d'un geste possessif, frôlant ses cheveux d'un baiser.

Quand elle essaya de se dégager, il l'en empêcha, son regard bleu virant au noir.

— Vous avez obtenu ce que vous souhaitiez, Lorena : le mariage. Alors cessez de me fuir dès que je vous touche...

Sur quoi, il la libéra. Comme elle le considérait en silence, ne sachant quoi répondre, il indiqua le buffet d'un geste.

— Voulez-vous vous restaurer ? Notre hôte a veillé à tout !

Elle secoua la tête, le cœur battant.

— Non, merci. Je n'ai pas faim.

Une tension de plus en plus forte s'installait entre eux. On n'entendait plus que l'appel de l'engoulevent et le bruissement des saules contre le cottage.

— Je pense que vous trouverez tout ce dont vous avez besoin dans la chambre. Enfilez donc une de ces chemises de nuit que je vous ai envoyées et nous sablerons le champagne ici.

Pétrifiée, Lorena le dévisagea, incapable d'articuler une parole.

— Les chemises... murmura-t-elle enfin.

— Mais oui. Vous avez bien reçu la lingerie de *Parures de Dames*, n'est-ce pas ?

— *Parures de Dames*, répéta-t-elle machinalement.

Il savait bien qu'elle avait tout rendu ! Alors pourquoi jouait-il cette comédie ? Ryan fronça les sourcils, interprétant son hésitation comme une critique.

— Oui, *Parures de Dames*, persista-t-il. Et ne prenez pas cet air choqué, Lorena. Si davantage d'épouses se fournissaient chez Mme Estelle, elle aurait moins de clients pour sa maison close ! Et si vous avez besoin d'une bonne, n'hésitez pas à m'appeler...

Lorena s'enfuit dans la chambre en refermant la porte. Bon sang ! Pourquoi Mme Estelle n'avait-elle rien dit à Ryan ? Et pourquoi s'était-il donné tant de mal pour la cérémonie s'il n'espérait pas obtenir son pardon ? Et pourquoi avait-il rompu avec sa première fiancée ? Et... Oh, décidément, c'était trop pour une seule femme...

Ryan était furieux. Pour qui se prenait-elle ? Il avait accompli des miracles pour lui offrir un mariage splendide, conscient de la délicatesse de sa position en société. Remarquant le mépris à peine dissimulé de certains invités, il avait cherché à compenser cette hostilité par mille attentions : la ruineuse bague de fiançailles était là pour accréditer la thèse du coup de foudre ; les roses étaient un clin d'œil à leur première rencontre au bal des débutantes.

Pourtant, elle l'avait ignoré pendant tout le voyage, s'enfermant dans un silence glacial. Et maintenant, au moment de consommer le

mariage, elle paraissait s'offusquer de ses projets !
A quoi jouait-elle ?

Le bouchon de champagne sauta bruyamment, éclaboussant de mousse le devant de sa chemise. Il l'arracha d'un geste agacé : tant pis s'il n'était pas décent ! En définitive, ils finiraient nus tous les deux... Plus l'attente se prolongeait, plus son exaspération augmentait. Si dans cinq minutes elle n'était pas sortie, il irait la chercher lui-même !

Entendant Ryan jurer, Lorena ouvrit sa malle, de plus en plus nerveuse. Mais elle n'avait pas le choix : il fallait revêtir la chemise de gros coton blanc qu'elle avait préparée.

— Venez-vous me rejoindre, madame Young-blood, ou dois-je me déplacer moi-même, quitte à me dispenser des préliminaires d'usage ? rugit soudain Ryan depuis le salon.

Lorena se mordit les lèvres, ravalant une réponse bien sentie. Un jour, il apprendrait à supplier au lieu d'exiger... Respirant à fond, elle ouvrit la porte à la volée.

Ryan n'en crut pas ses yeux. Elle se dressait devant lui, ses cheveux noirs tombant jusqu'à la taille, le regard chargé de défi. Les mains sur les hanches, elle releva la tête d'un geste insolent.

— Je choisis moi-même ma lingerie, monsieur Youngblood, et je croyais que Mme Estelle vous avait prévenu puisque je lui ai retourné vos... cadeaux. J'attends un minimum de respect, figurez-vous ! Je ne veux pas être traitée comme une fille...

La surprise de Ryan céda la place à la colère.

— Si je vous prenais pour une catin, je ne vous aurais pas épousée. Quant à Estelle, elle ne m'a rien dit. Elle n'a pas osé, à mon avis, ne sachant comment je prendrais cette insulte.

— C'est vous qui êtes l'offensé, peut-être ! Et moi, alors ? M'envoyer de la lingerie qui vient d'une maison close !

— Arrêtez de jouer aux vierges effarouchées, voulez-vous ? Nous savons tous les deux que ce rôle ne vous convient guère ! J'ai acheté ces vêtements parce que je vous croyais assez sensuelle pour vouloir me retenir dans votre lit ! Mais j'ai eu tort. Il n'y a que l'argent qui vous intéresse…

— Pourquoi avez-vous accepté de m'épouser puisque vous étiez déjà fiancé ? lança-t-elle, ne pouvant contenir ses reproches plus longtemps.

Et pourtant, qu'il était désirable, à demi nu, avec son torse puissant et la toison épaisse qui s'effilait jusqu'à la ceinture comme pour tenter sa curiosité…

Il haussa les épaules, songeant qu'il lui devait tout de même une explication.

— Ma mère avait arrangé ces fiançailles sans me consulter.

— Mais vous aviez choisi la bague !

— J'ai les moyens d'acheter autant de diamants que nécessaire, Lorena.

Ce ton hautain exaspéra la jeune fille encore davantage.

— Pour qui vous prenez-vous, à la fin ?

— Pour votre mari. Et maintenant que vous avez ce que vous cherchiez, c'est à mon tour d'obtenir satisfaction.

Il se rapprocha tandis qu'elle reculait instinctivement. Pourtant Ryan n'exprimait aucune menace, plutôt un désir sensuel teinté d'humour. Saisissant la bouteille de champagne à moitié vide, il la considéra d'un air pensif.

— J'avais pensé que nous la partagerions.

— Buvez-la vous-même !

— Non, ma douce, j'ai une autre idée, murmura-t-il avec un sourire canaille.

De plus en plus mal à l'aise, elle battit en retraite tandis qu'il la suivait comme un félin qui traque sa proie.

— N'avez-vous pas retenu votre première leçon, chérie ? Qui est le maître et qui est l'esclave ? Quant à cette chemise de nuit, vous n'en avez pas besoin, en réalité !

Agrippant soudain son décolleté, il déchira l'étoffe, la dénudant d'un geste. Elle poussa un cri et tâcha de se dissimuler derrière ses bras croisés, à la recherche d'un abri. Mais il ne bougeait plus, comme paralysé, fasciné devant son corps de déesse. Posant la bouteille, il se déshabilla à son tour et elle rougit, ne pouvant s'empêcher de voir la preuve flagrante de son désir.

Il la poussa alors sur le lit et s'allongea près d'elle, le champagne à la main.

— Eh bien, prenez votre dû et qu'on en finisse au plus vite, lança Lorena avec dédain, se retranchant derrière un rempart de froideur.

Ryan éclata de rire.

— Vite ? Vous n'y pensez pas... Il s'agit au contraire de savourer l'instant, de distiller le plaisir. Je sais comment nous allons profiter de ce vin ensemble.

Soudain elle poussa un hurlement comme le champagne dégoulinait sur ses seins. Ryan se mit à étaler délicatement l'alcool sur sa peau.

— Qu'avez-vous inventé ? s'écria-t-elle, troublée malgré sa colère.

— Rassurez-vous, je ne veux pas perdre une goutte de ce précieux nectar, murmura-t-il en se penchant pour lécher une pointe de sein, savourant le goût du champagne sur la chair tendre qui se durcissait.

Il la mordilla du bout des dents puis décida de tourmenter l'autre sein. Il sentait le cœur de Lorena s'affoler, sa poitrine se soulever de plaisir. Mais elle serrait toujours les poings, comme pour se contrôler, garder son sang-froid à tout prix — et rester la victime.

Il se mit à rire, prêt à relever le défi, et versa au creux de son ventre quelques gouttes de vin jusqu'à ce qu'il coule entre ses cuisses. Puis il écarta ses jambes, suivant du doigt la trace humide dans la toison soyeuse, explorant sa chair jusqu'à ce qu'il ait trouvé le centre du plaisir. Elle réprima un gémissement et ferma les yeux tandis qu'il la caressait longuement, patiemment, refrénant son propre désir de s'enfouir dans sa moiteur de velours.

— Avouez que vous me voulez, Lorena, commanda-t-il, sûr de lui. Demandez-moi et je vous prendrai comme femme...

Mais elle secoua la tête dans un sursaut de rébellion, les dents serrées. Un viol aurait été moins pénible que cette torture exquise !

Quand il se recula, elle espéra qu'il allait succomber le premier et la posséder enfin. Mais le champagne coula encore et sa bouche se referma sur sa chair. Il la léchait sans merci, traquant la moindre goutte de nectar alors qu'elle se cambrait, toutes ses résolutions oubliées. Elle lui caressait les cheveux, l'entourait de ses jambes en s'offrant davantage. Tout à coup, une étrange sensation, brûlante et pétillante à la fois, gonfla en elle tandis qu'un cri naissait dans sa gorge.

Alors Ryan se redressa.

Déçue, presque blessée, Lorena rouvrit les yeux. Il n'allait pas s'arrêter là, tout de même !

Il se hissa au-dessus d'elle avant de s'allonger, couvrant sa bouche de ses lèvres encore moites de son odeur de femme. Elle lui rendit un baiser passionné. Leurs corps s'étreignirent avec ferveur, se moulèrent l'un à l'autre, glissèrent en des caresses exaspérant leurs sens.

Comme elle le désirait... En elle, maintenant et pour toujours...

Ouvrant les jambes, elle l'attira contre elle. Mais il ne céda pas :

— Reconnaissez-le, Lorena. Vous en avez autant envie que moi...

— Oui, oui, murmura-t-elle, esclave de la passion.

Plus tard, elle se le reprocherait peut-être mais l'appel de son corps était trop impérieux.

— Prenez-moi.

Oubliant toute pudeur, elle s'offrit avec audace, le guida en elle jusqu'à ce qu'il la pénètre enfin. Elle gémit tandis qu'il parcourait son cou de baisers brûlants avant d'enfouir son visage contre son épaule. A son tour, elle le mordilla, lui soufflant des baisers humides à l'oreille comme il allait et venait, de plus en plus dur, de plus en plus possessif.

Elle cria son nom, transportée sur les hauteurs d'une jouissance inconnue lorsqu'il explosa en elle, tremblant de volupté, aspiré par une vague qui le laissa pantelant. Jamais il n'avait ressenti cet éblouissement, cet abandon ultime...

Il s'allongea sur elle, à bout de souffle, puis se redressa brusquement.

— Vous n'avez pas eu mal ?

Après tout, c'était la première fois...

— Eh bien, je... Il faudra que j'y réfléchisse, murmura Lorena, embarrassée. C'était tellement...

Elle chercha ses mots, incapable de terminer sa phrase.

— Moi aussi, reconnut-il avec humour. Alors, est-ce si désagréable d'être mon esclave ?

— Ah ! s'exclama-t-elle en riant. On verra bien qui est l'esclave et qui est le maître...

Jamais elle ne se serait imaginé le bonheur, la sérénité qui était la sienne maintenant. Elle qui croyait que l'amour n'était que soumission servile à la brutalité d'un homme...

Ryan la considéra avec un étonnement mêlé de tendresse puis se rappela leur conversation.

— Qui vous a parlé d'Evelyn, au fait ?

— Peu importe, se déroba Lorena en ramenant le drap sur elle, soudain gênée d'être nue. Mais j'aimerais en apprendre plus long sur mes futures ennemies. En somme, je devrai affronter non seulement votre mère mais votre fiancée aussi !

— Bah... Evelyn ne compte pas. Elle ne m'épousait que pour ma fortune, tout comme vous. Avec les relations de son père, elle trouvera quelqu'un d'autre sans difficulté.

— Vous êtes tellement cynique, tellement froid, ne put s'empêcher d'observer Lorena. Et les mariages d'amour ?

— L'amour ? ricana-t-il. Mais ça n'existe pas ! C'est une illusion, au mieux un prétexte.

— Alors vous auriez épousé n'importe qui ?

— Bien sûr que non. Je voulais vous avoir pour moi, Lorena. Je vous désire comme je n'ai jamais désiré personne. Voilà pourquoi je vous ai envoyé cette lingerie.

— Mais vous vouliez me rabaisser.

— Petite hypocrite, la gronda-t-il doucement. Vous jouez les affranchies, montez à cheval comme un homme et prenez la défense de votre bonne quand Tremayne la vend, mais vous paniquez à l'idée de vivre votre sensualité? Mais ce n'est pas grave. Je tiens la solution.

— Laquelle?

— Quand nous rentrerons, vous irez chez Mme Estelle lui annoncer que vous avez changé d'avis!

— Quoi? s'étrangla Lorena. C'est hors de question!

— J'adore me disputer avec vous, répliqua Ryan en étouffant ses protestations sous un baiser. Nous aurons la vie entière pour cela, entre autres...

15

Ils traversèrent la rivière Rappahannock en bac et se dirigèrent vers le comté de Westmoreland en longeant le Potomac. Epuisée par leur longue nuit d'amour, Lorena dormit la plupart du temps. Ryan, qui aurait eu les mêmes raisons de somnoler, se montrait pourtant froid et distant, plongé dans ses pensées. Elle n'avait aucune idée de ce qui pouvait le préoccuper mais ne comptait pas le lui demander. Après tout, il ne l'avait épousée que pour son corps: alors, pourquoi s'intéresserait-il à elle durant la journée?

La nuit suivante, ils s'arrêtèrent chez un autre ami de Ryan, qui avait également tout prévu pour leur confort et leur plaisir.

— Vous avez beaucoup de relations, observa Lorena tandis qu'ils savouraient un canard aux griottes accompagné d'un vin sucré produit sur la plantation.

— Ma famille a toujours voyagé. Les hommes, en tout cas.

— Eh bien, vous aurez de la compagnie, maintenant.

— Oh, j'en doute, rétorqua Ryan d'un ton sec. Vous serez trop prise par les enfants.

— Mais je ne compte pas avoir un bébé chaque année ! s'écria Lorena, contrariée. Je veux sortir, découvrir le monde, avoir des activités. Il faut que je m'habitue au mariage, que j'apprenne à tenir une maison et...

— Vous ne dirigerez rien du tout, Lorena. Ma mère est toujours la maîtresse de Jasmine Hill et le restera jusqu'à sa mort. Tels sont nos usages dans la famille. Je reconnais qu'elle n'est pas facile à vivre, mais la maison est assez grande pour une cohabitation pacifique... En tout cas, vous n'aurez aucune responsabilité. Quant aux bébés, la nature s'en chargera d'elle-même, poursuivit-il en guettant sa réaction. Je souhaite autant d'enfants que possible. Et puis j'ai du mal à vous suivre quand vous parlez de découvrir le monde. A quelles activités pensez-vous ?

Lorena se sentit prise au piège : comment allait-elle se ménager des heures de liberté pour aider les Passeurs ?

— J'aime me promener à cheval, répliqua-t-elle, l'air dégagé. Toute seule... Et puis, je rendrai visite à ma mère, je travaillerai aux cercles de charité. Vous ne pouvez pas me confiner à la maison comme une vieille femme !

Il repoussa son assiette avec résolution.

— Je n'ai plus l'intention d'entretenir une maîtresse.

— Et alors? s'exclama-t-elle, éberluée.

— Pour moi, Evelyn n'aurait été que la mère
de mes enfants: j'aurais cherché le bonheur ailleurs... Mais avec vous, ce sera différent.

Il se leva pour lui prendre les épaules d'un geste
possessif, debout derrière elle.

— En vous, continua-t-il, j'ai trouvé tout ce que
je rêvais chez une femme: un tempérament de
feu, la passion à fleur de peau, et puis une intelligence brillante, du charme, de l'esprit. Je n'ai
besoin de personne d'autre. Et sachez, ajouta-t-il
sur un ton menaçant, que je ne vous partagerai
pas!

— Vous avez déjà pu éprouver ma vertu, il me
semble!

— Les plus pudibondes avant le mariage
oublient leurs serments dès que l'ennui s'installe.
Mais je ne vous le permettrai pas! Je tuerai n'importe quel homme qui osera vous approcher et, si
vous essayez de me quitter, je n'hésiterai pas à
tordre ce joli cou.

Furieuse, Lorena bondit sur ses pieds pour l'affronter en face. Il affichait un sourire moqueur et
ses yeux bleus pétillaient.

— Vous n'avez pas honte de plaisanter sur un
sujet pareil?

— Mais je suis très sérieux: maintenant que je
vous ai, je vous garderai envers et contre tout.

Il la souleva dans ses bras et la porta jusqu'à la
chambre, sans tenir compte de sa résistance.

— Désormais, reprit-il, vous n'aurez qu'un
souci: garder assez d'énergie pour assouvir tous
mes désirs! Et voyez-vous, je suis insatiable...

Il la posa sur le lit, la déshabillant avec lenteur,

admirant le corps qu'il dénudait petit à petit. Il la couvrait de baisers tendres et respectueux comme s'il rendait hommage à une œuvre d'art.

Pourtant, même si chaque instant était pure jouissance, Lorena ne laissait rien paraître de son plaisir, s'abritant derrière une façade d'indifférence : c'était la seule arme qui lui restait.

Pendant les nuits qui suivirent, elle s'amusa souvent à feindre une docilité glaciale, le poussant à bout, l'obligeant à jouer sur ses sens en virtuose. Mais jamais il ne se montra brutal, quelle que soit l'urgence de son désir, sachant se contrôler pour qu'elle connaisse aussi la volupté. Même si elle était flattée qu'il se désintéresse des autres femmes, elle était fermement décidée à ne jamais lui avouer qu'il serait le seul homme de sa vie.

Leur voyage les emmena doucement vers Washington, de cottage en cottage, sans que leur intimité soit troublée. A Washington, en revanche, ils descendirent dans un grand hôtel, passant leurs journées à découvrir la ville et leurs soirées de réceptions en dîners. Lorena comprit rapidement que son mari était une personnalité en vue, même en dehors de la Virginie : sénateurs et députés l'entouraient des plus grandes marques de respect.

— Comment connaissez-vous tant de monde ? lui demanda-t-elle un matin.

— Je suis diplômé de West Point, et je me suis battu pendant la guerre de 1812. La politique et les militaires font bon ménage, en général.

Même si Lorena adorait se laisser porter par ce tourbillon de mondanités, le sort de sa mère et de Letty revenait parfois la hanter.

— Quand rentrons-nous ? questionna-t-elle une autre fois.

— Vous vous ennuyez ?

— Non. Simple curiosité...

Ils prenaient le petit déjeuner dans leur chambre tandis que Ryan ouvrait les enveloppes qui jonchaient le plateau d'argent. Chaque matin apportait sa moisson d'invitations.

— Théâtre, dîner, thé, un week-end de chasse à la campagne... Vous aimez l'opéra ? On vous invite à une première. Tiens, qu'est-ce que c'est ?

Il ouvrit une enveloppe de vélin crème et lut la carte avec attention.

— Ah, voilà qui sort de l'ordinaire, conclut-il. Un dîner avec le député James Tallmadge de New York.

— Qui est-ce ? demanda Lorena par politesse.

— C'est lui qui a déclenché une véritable tempête l'an dernier, quand le Missouri a décidé de se constituer en Etat. Il a exigé que l'importation d'esclaves y soit désormais interdite et que tous les Noirs de plus de vingt-cinq ans soient libérés.

— Ah oui, je me souviens, acquiesça Lorena. La Chambre des représentants a voté ses deux amendements mais le Sénat les a repoussés.

Ryan en resta stupéfait. Les femmes ne s'intéressaient pas à la politique, d'ordinaire, et de toute manière elles n'y comprenaient rien.

— Comment le savez-vous ?

— Eh bien, je l'ai lu dans le journal, tout comme vous, je suppose.

— Vous lisez les colonnes politiques des gazettes ?

— Bien sûr ! rétorqua-t-elle, sur la défensive. Qu'y a-t-il d'étonnant à cela ?

— La plupart des femmes...

— Quand comprendrez-vous enfin que je suis exceptionnelle ? répliqua-t-elle vertement.

Résistant à la tentation de lui répondre sur le même ton, il se contenta de rajuster son col et se leva.

— J'ai à faire en ville, aujourd'hui. Voilà un peu d'argent si vous visitez les magasins.

Ce n'était pas la première fois qu'il se montrait généreux : Lorena possédait maintenant une somme rondelette qu'elle gardait pour Mahalia et les Passeurs.

Ce soir-là, elle revêtit une robe jaune citron avec sa cape assortie et un ruban fleuri dans les cheveux : très élégant mais pas trop guindé. « Ryan sera satisfait », songea-t-elle en s'examinant dans le miroir. Il avait passé sa garde-robe en revue, lui expliquant comment s'habiller selon les circonstances. Non que cette intrusion plût à Lorena, mais elle était si ignorante en la matière qu'elle devait d'abord apprendre avant de décider par elle-même.

Au dîner, Lorena fut placée à la droite de Tallmadge mais la conversation se cantonnait à des banalités : on ne discutait pas politique devant les dames...

Pourtant, comme Lorena espérait toujours que le sujet serait abordé, son impatience grandissait à chaque minute : bientôt le repas serait terminé et les hommes se retireraient à la bibliothèque pour fumer un cigare ou boire du cognac. Quant aux femmes, elles parleraient bébés et couture au salon devant un peu de sherry ou de thé. Craignant de voir échapper une occasion unique, Lorena profita d'un silence pour se lancer :

— C'est vous, monsieur Tallmadge, qui avez

tenté d'introduire deux amendements antiesclava-
gistes à la constitution du Missouri, je crois ?

Tous les yeux se tournèrent vers elle. Déconcerté d'entendre pareille question dans la bouche
d'une jolie femme, le député s'éclaircit la gorge.

— Oui, en effet, articula-t-il enfin.

— Mais pensez-vous que le Congrès ait son
mot à dire là-dessus ? continua Lorena sans se
laisser intimider par les regards désapprobateurs.
D'après ce que j'entends, certains Sudistes y
voient un risque grave : imaginez que le Congrès,
avec sa majorité de Nordistes, décide un jour
d'abolir purement et simplement l'esclavage !

La question tomba dans un silence si profond
qu'on entendait presque éclater les bulles de
champagne. C'est l'épouse d'un sénateur sudiste
qui retrouva ses esprits la première.

— Cette perspective vous réjouit, on dirait,
madame Youngblood.

Lorena lança un regard inquiet en direction de
Ryan, qui l'observait attentivement. Sa théorie
était simple : si l'esclavage devenait illégal dans
les nouveaux Etats comme le Missouri, il finirait
bien par disparaître dans les anciens. Une utopie,
sans doute... Et fort dangereuse si on la soupçonnait d'être abolitionniste. Pour aider les Passeurs,
elle devait rester inattaquable.

— Mon Dieu, non ! s'exclama-t-elle sur un ton
horrifié. Mon mari possède des esclaves et nous
sommes sudistes. En cas de conflit, notre camp
est tout choisi... Je voulais simplement exprimer
nos inquiétudes à M. Tallmadge.

— Dans ce cas, mieux vaut laisser les hommes
s'en occuper, conclut l'autre invitée.

Soulagé que la conversation reprenne un cours

plus normal, Tallmadge tapota la main de Lorena d'un geste paternel.

— Je suis heureux de voir que les femmes s'intéressent aux grands débats de notre nation. Mais ce n'est pas la peine : les vieux politiciens comme moi s'en chargent. Votre mission est tellement plus agréable : être belle et charmante...

Hérissée, Lorena parvint à garder le silence en fournissant un gros effort. Si ces dames se contentaient de décorer l'existence des hommes, elle voulait la partager en égale !

Après le dîner, la jeune femme rejoignit les autres épouses au salon où on la tint visiblement à l'écart... Mais peu lui importait : elle ne songeait plus qu'à fuir Washington, craignant de commettre une autre gaffe.

Si Ryan ne se permit aucune allusion à l'incident, il organisa dès le lendemain leur départ pour le Maryland et la ville portuaire d'Annapolis — sans doute un peu plus tôt que prévu. Laissant équipage et cocher chez un ami, il avait loué un petit vapeur pour découvrir la baie.

— J'espère que vous ne serez pas malade, observa-t-il. Beaucoup de passagères souffrent du mal de mer...

Mais Lorena découvrit la mer avec émerveillement, goûtant la brise salée sur ses lèvres, se laissant caresser par le vent marin. Elle passait tout son temps sur le pont tandis que Ryan étudiait les rapports de la compagnie de transport qu'il envisageait d'acquérir...

Une fois à Philadelphie, ils consacrèrent leurs premières journées à de longues promenades dans la ville, suivant le quadrillage géométrique des avenues bordées d'arbres. Découvrant la première bibliothèque des Etats-Unis d'Amérique,

Lorena se plongea dans des ouvrages d'histoire, forçant le respect de Ryan devant sa facilité à apprendre.

A Philadelphie, on se recevait le soir, pour des dîners, des buffets dansants et de grands bals, mais également le matin. La jeune femme apprit l'usage des cartes de visite et en posséda rapidement à son tour.

Pourtant ce n'étaient pas les mondanités qui attiraient Lorena : dès le premier rendez-vous d'affaires de Ryan, elle sortit seule en ville.

Ici, les Noirs avaient la possibilité d'être libres. Chaque fois qu'elle croisait un affranchi, elle brûlait de le questionner sur les Passeurs et de lui demander comment obtenir des nouvelles d'une fugitive nommée Letty. Mais bien entendu, c'était impossible...

Elle devait se contenter d'arpenter la ville en espérant un miracle. Un jour, elle emprunta par hasard Arch Street et se retrouva au pied du temple des quakers, ceux qui recueillaient les esclaves évadés. Elle avait déjà croisé ces femmes menues dans la ville, ainsi que les hommes en noir avec leur chapeau caractéristique. Mais, intimidée, elle n'osa entrer.

Un soir, le propriétaire d'une compagnie de transport que Ryan connaissait les invita chez lui. Charles Grudinger étant veuf, ils n'étaient que tous les trois à dîner. Après le café, la gouvernante de Grudinger vint la chercher pour lui montrer la bibliothèque.

— D'après votre époux, vous aimez la lecture, déclara Nanny Bess. Vous ne vous ennuierez pas pendant que ces messieurs règlent leurs affaires.

Nanny Bess, qui était noire mais libre et devait approcher de la soixantaine, s'était exprimée sans le moindre accent. Alors qu'elle sortait de la pièce, Lorena ne put s'empêcher de la rappeler.

— Nanny Bess, hésita-t-elle. Puis-je vous demander pourquoi vous parlez si bien ?

— Contrairement à tant d'autres, j'ai eu beaucoup de chance, madame. Je n'avais que dix ans à la mort de mon maître et sa veuve a affranchi tous ses esclaves. Mais j'étais orpheline, mes parents étant morts lors de la traversée de l'océan Atlantique. Puisque je ne savais pas où aller, ma maîtresse me prit comme demoiselle de compagnie pour sa fille, qui devint ensuite Mme Grudinger. Nous ne nous sommes quittées qu'à sa disparition et M. Grudinger a eu la bonté de me garder avec lui.

Lorena hocha la tête : Nanny Bess pouvait remercier la Providence, en effet. Mais la gouvernante la détaillait d'un œil presque sévère.

— Que se passe-t-il ? s'étonna Lorena.

— A mon tour de vous poser une question, si vous le permettez... J'y pense chaque fois qu'un Sudiste rend visite à monsieur : combien d'esclaves possédez-vous ?

Lorena se raidit instinctivement.

— Aucun ! s'exclama-t-elle sans réfléchir. Quant à mon mari, je l'ignore.

Nanny Bess la considéra une minute, intriguée, puis elle tourna finalement les talons sans ajouter un mot.

Lorena longea les rayonnages, ne parvenant pas à fixer son intérêt sur un livre. D'après Ryan, ils rentreraient d'un jour à l'autre mais sa joie se teintait de déception : elle aurait tant voulu obtenir des nouvelles de Letty ! Peut-être aurait-elle pu lui transmettre un message, voire un peu d'argent...

Elle feuilletait un ouvrage de Coleridge quand

la voix de Ryan lui parvint, claire et nette, depuis le fond de l'étagère. Ecartant les livres, Lorena découvrit que la paroi était très fine à cet endroit du mur. Des gonds fournirent bientôt la clef de l'énigme : elle avait découvert une porte dérobée entre le bureau et la bibliothèque.

Ainsi, ces messieurs voulaient la tenir à l'écart ? Eh bien, tant pis pour eux ! Lorena colla l'oreille contre le bois.

— Quel que soit mon intérêt pour la marine marchande, monsieur Grudinger, je ne veux pas m'impliquer dans cette affaire, disait Ryan. Pour ce qui me concerne, c'est l'importation de chevaux qui compte, pas le transport des Noirs qui veulent regagner l'Afrique ! En tant que planteur, comment voulez-vous que j'aide d'anciens esclaves, dont la plupart sont des fugitifs hors la loi ! La Constitution est très claire là-dessus : si je devais secourir un évadé, je serais passible d'une lourde amende...

— Mais tous ne sont pas en fuite, monsieur Youngblood, répliqua Grudinger. Certains sont libres mais sans point de chute. Au recensement de 1810, on en comptait déjà deux cent mille ! Puisqu'ils sont privés de citoyenneté, ils n'ont aucune place dans notre société... Ils ne peuvent que se révolter ! C'est pourquoi nous estimons qu'il faut les ramener sur leur continent d'origine — grâce à des fonds publics et privés. Honnêtement, j'espérais que cette cause humanitaire vous toucherait.

— Je possède moi-même trois cents esclaves, monsieur Grudinger. Et même si je compatis au sort des Noirs maltraités par leurs maîtres, la prospérité de ma plantation repose sur le système.

M. Grudinger eut une exclamation de mépris.

— Oui... On entend beaucoup parler de Zachary Tremayne, ici. Sa réputation de cruauté est parvenue jusqu'à Philadelphie, voyez-vous? On sait qu'il bâtit sa fortune sur la contrebande...

Lorena esquissa une grimace, imaginant le malaise de Ryan. Si Grudinger apprenait qu'il avait épousé la belle-fille de Tremayne...

— Puis-je vous offrir un peu de thé, madame?

Lorena sursauta, prise en flagrant délit d'espionnage.

— Oui... merci, Nanny Bess, balbutia-t-elle, cherchant à se justifier. Je déteste cette manie qu'ont les hommes d'écarter les femmes pour aborder les choses sérieuses... Comme si nous étions idiotes!

Nanny Bess la considéra un instant.

— Il était question d'envoyer des Noirs libres en Afrique. C'est cela qui vous intéresse?

— Oui, reconnut Lorena en chuchotant, soudain nerveuse.

— Expliquez-moi donc pourquoi, madame Youngblood, et soyez sans crainte : je sais garder un secret.

Lorena n'hésita qu'une seconde. Après tout, quel risque y avait-il à lui parler de Letty? Elle raconta donc les circonstances de son enlèvement et de l'évasion.

— Et j'aurais aimé obtenir de ses nouvelles, conclut-elle. Mais je ne sais pas où m'adresser.

— Elle a disparu à la frontière de la Virginie avec la Caroline du Nord, me dites-vous? (Lorena hocha la tête.) « Les Marais de la Mort », c'est ainsi qu'on appelle la région. Si on réchappe des sables mouvants, on risque encore la fièvre jaune, la malaria, les serpents venimeux et les fourmis

143

rouges... Cela dit, beaucoup de Noirs vivent dans cette zone pour aider les fuyards.

Le cœur de Lorena battit plus vite.

— Qui pourrais-je contacter pour en apprendre davantage?

Nanny Bess, fermant soigneusement la porte de la bibliothèque, alla s'asseoir sur le canapé en faisant signe à Lorena de la rejoindre.

— Ecoutez bien, mon enfant, murmura la gouvernante à toute vitesse. Un fuyard qui arrive ici est loin d'être sauvé. Les chasseurs de primes les poursuivent. En plus, il faut avoir des papiers en règle pour embarquer à destination de l'Afrique... Et ce n'est pas tout. Les affranchis vivent dans la terreur d'être kidnappés et revendus en esclavage. Savez-vous que des Blancs épousent des mulâtres pour les mettre aux enchères dès qu'ils sont lassés d'elles? Alors vous comprenez, mon enfant, votre amie n'est pas tirée d'affaire tant qu'elle ne possède pas l'argent nécessaire pour acheter son passage.

— Si je la retrouve, elle l'aura! affirma Lorena.

La scrutant comme pour juger de sa sincérité, Nanny Bess allait ajouter quelque chose quand la porte s'ouvrit.

— Je crois que votre époux est prêt à partir, madame Youngblood, déclara Grudinger. Nanny Bess, allez chercher la cape de Madame, voulez-vous?

Il sortit, laissant la porte ouverte. Nanny Bess n'eut que le temps de glisser un mot à l'oreille de Lorena:

— Mère Bethel. Trouvez mère Bethel.

— Quand rentrons-nous à Jasmine Hill? demanda Lorena sur un ton qu'elle espérait naturel.

144

— Bientôt, répliqua Ryan, qui semblait lui-même impatient.

Puis, à sa grande surprise, il lui relata sa conversation avec Grudinger.

— Ne pensez-vous pas qu'il serait hypocrite de posséder des esclaves tout en favorisant leur fuite ?

Lorena se méfia d'instinct. Même si leurs nuits étaient tendres, ils redevenaient étrangers dès le lever du jour. Parfois elle surprenait presque une expression de mépris dans ses yeux...

— Cette femme avait raison l'autre soir, avec Tallmadge. C'est une affaire d'hommes, après tout. Je n'ai pas d'opinion là-dessus.

Ryan eut l'air surpris.

— Tiens... Vous m'étonnez. Vous qui êtes si franche, d'habitude. Et puis vous étiez très proche de votre petite bonne avant que Tremayne ne la vende...

— C'est différent, balbutia-t-elle, mal à l'aise. Je la connais depuis que je suis bébé.

— Mais sa condition d'esclave, vous ne l'acceptiez pas, n'est-ce pas ? Vous étiez hors de vous, le matin de sa disparition.

— Evidemment ! s'exclama Lorena. Apprendre que ma meilleure amie va être vendue aux enchères comme du bétail, que je ne la reverrai jamais, que... (Elle s'interrompit, craignant de trahir sa révolte.) Mais c'est terminé, maintenant. Je ne veux plus en entendre parler.

— Etes-vous choquée que nous possédions des esclaves ?

— Pas s'ils sont bien traités... Mais je ne veux pas que vous les battiez.

— C'est contre mes principes.

— Zachary ne s'en prive pas, lui. Et ses Noirs le haïssent tellement qu'ils finiront par le tuer!

Ryan la considéra longuement sans rien dire.

— Je ne brutalise jamais personne — du moins sans raison.

Lorena garda le silence, notant la menace sous-jacente. C'est à ces moments-là, quand ses yeux bleus viraient au noir, qu'elle perdait confiance en lui. Non, jamais elle ne lui avouerait ses activités secrètes.

En attendant, il lui restait une tâche à accomplir avant de quitter Philadelphie : trouver mère Bethel.

16

Lorena comprit rapidement qu'il était difficile, sinon impossible, de se renseigner sur les réseaux clandestins de Philadelphie.

Elle retourna d'abord au temple des quakers. Mais en expliquant qu'elle arrivait de Virginie à la recherche d'une esclave en fuite, elle vit les sourires s'effacer : on lui claqua la porte au nez.

Ensuite elle visita d'autres églises, préférant marcher pour économiser l'argent du fiacre. Malgré ses pieds douloureux, elle poursuivait sa quête, de plus en plus découragée.

La première lueur d'espoir vint d'un prêtre qui l'invita dans son bureau après bien des hésitations.

— Vous perdez votre temps, madame, déclarat-il. Même si j'admire votre dévouement à cette… Letty, je crois qu'on vous a mal renseignée. La majorité des Blancs de Pennsylvanie se moquent complètement du sort des esclaves. Dans cette indifférence générale, les églises refusent leur aide aux fuyards : elles ne veulent même pas en entendre parler. Tout le travail repose sur les épaules d'une minorité qui doit se montrer très prudente... Je ne suis pas des leurs, malheureusement, et je ne peux rien pour vous.

Lorena se leva avec lassitude, grimaçant de douleur à cause de ses ampoules à vif.

— Merci, conclut-elle en lui tendant la main. C'était très aimable de me laisser entrer, en tout cas... Une dernière chose, peut-être. Connaîtriez-vous une femme qui se fait appeler mère Bethel ?

Elle s'interrompit comme il éclatait de rire.

— Qu'y a-t-il de si drôle ? s'étonna-t-elle.

— Mère Bethel n'est pas une femme... C'est le surnom de l'Eglise africaine méthodiste. Vous avez sans doute raison de chercher dans cette direction car elle a des liens avec la Société africaine libre, qui aide les Noirs fugitifs ou libres depuis plus de trente ans.

Une heure plus tard, Lorena était reçue par le pasteur Absalom Jones. Il l'écouta avec respect mais lui adressa un regard désolé quand elle eut terminé.

— Madame Youngblood, votre dévouement est admirable et je vous bénis de vous montrer si charitable envers cette jeune fille. Malheureusement, vous comprendrez que je ne puis rien vous révéler. Je connais certaines personnes qui travaillent dans les réseaux mais je ne suis pas impliqué directement, et je ne saurais vous donner des renseignements précis.

Lorena avait prévu cette objection.

— Pourriez-vous au moins transmettre un message ? S'ils ont retrouvé la trace de Letty, ils pourront la prévenir.

Le pasteur réfléchit une minute, indécis. Même si la situation ne lui plaisait guère, ce ravissant visage aux grands yeux suppliants lui inspirait confiance. Avec sa peau mate, cette jeune femme avait peut-être elle-même du sang noir dans les veines...

— Et quel serait ce message ? demanda-t-il du bout des lèvres.

— Letty doit quitter la Pennsylvanie à tout prix. Mon beau-père, Zachary Tremayne, est sur ses traces et il n'épargnera aucune dépense pour la ramener. Or, j'ai entendu dire qu'il y a une organisation qui reconduit les fugitifs en Afrique.

— Les affranchis, corrigea le pasteur. Pas les évadés.

— Je sais, je sais, répliqua-t-elle avec impatience. La Constitution prévoit même une amende pour ceux qui les aident mais je m'en moque. Si Letty pouvait monter à bord d'un bateau, elle serait libre.

Un sourire effleura les lèvres de Jones.

— C'est une manière de contourner la loi... Mais vous n'ignorez pas qu'il faut beaucoup d'argent pour payer la traversée et les faux papiers, au besoin.

Plongeant la main dans son sac, elle en retira le rouleau de billets qu'elle avait préparé le matin même.

Il la dévisagea, stupéfait.

— C'est une grosse somme, madame Youngblood.

— Mon mari est très généreux. Il ne me demande pas comment je dépense mon argent de poche.

— Pas en fiacres, en tout cas, remarqua-t-il avec un coup d'œil en direction de ses pieds meurtris.

Elle lui répondit par un sourire.

— Ah... Vous avez remarqué que je boite. Mais peu importe... Prenez cet argent. Cela suffit-il pour acheter le passage de Letty ?

Il lui jeta un regard incrédule en secouant la tête.

— Mais... vous ne savez même pas si elle a pu traverser les Marais de la Mort ! Les Passeurs n'ont peut-être aucun contact avec elle... Et surtout, vous ne me connaissez pas !

— Eh bien... j'espère que l'habit fait le moine, expliqua-t-elle avec une touche d'humour, et que je peux me fier à vous. Si vous ne pouvez joindre Letty, cet argent aidera d'autres malheureux.

— Dieu vous bénisse, murmura-t-il comme elle prenait congé. Je vous promets de tout mettre en œuvre.

Mais Lorena ne l'écoutait plus, pressée de rentrer à l'hôtel avant Ryan. Le jour tirait à sa fin, tout comme leur séjour à Philadelphie : Ryan lui avait annoncé qu'ils repartaient le lendemain.

Comme ses pieds la brûlaient de plus belle, Lorena fut tentée d'appeler un fiacre. Mais elle n'avait plus un sou ! Tout était chez le pasteur...

Même si chaque pas était une torture, une certitude la soutenait : elle venait d'assurer la liberté d'un esclave en fuite — peut-être Letty.

Après trois semaines de recherches, Zachary dut se résoudre à rentrer bredouille. On était samedi soir et il s'arrêta dans une taverne, comme à son habitude. Après l'échec de sa chasse, il s'attendait à essuyer quelques quolibets. Mais c'est un client plutôt aimable qui le mit hors de lui.

— Pardon, monsieur, lança Zachary. Vous pourriez répéter ça ? J'ai mal entendu.

— Mais certainement, acquiesça l'autre sans y voir de malice. Je disais que vous aviez au moins la satisfaction de caser votre belle-fille chez les Youngblood.

Zachary sortit en trombe de l'auberge, les yeux injectés de sang, bouillant de rage. Pour qu'une fille se marie si vite, il ne pouvait y avoir qu'une explication : cette petite garce était tombée enceinte !

Ben venait de fermer les écuries et s'apprêtait à regagner le quartier des esclaves quand un galop furieux l'alerta soudain. Le maître ! Oubliant toute prudence, il courut à sa rencontre tandis que Tremayne tirait si brusquement sur les rênes que son cheval se cabra, la bouche écumante.

— Maît', maît', vous l'avez retrouvée ? Vous savez où est ma Letty ?

Exaspéré, Zachary le fouetta au visage d'un coup de cravache, le renversant dans la poussière.

— Disparais de ma vue ! Occupe-toi de mon cheval et file dans ta case. Et avertis les autres de ne pas venir rôder à la maison !

La figure couverte de sang, Ben se releva en hoquetant.

Comme Zachary s'engouffrait par la porte de derrière, il croisa Rosa qui ne put retenir un cri, épouvantée : il avait l'air d'un fou, les yeux exorbités, écarlate de fureur. L'attrapant par les cheveux, Zachary la jeta dehors.

— Reste chez toi, la vieille. Je ne veux pas voir de sale nègre ce soir !

— Pour l'amour de Dieu ! hurla Rosa, trouvant

encore la force de réagir. Qu'avez-vous fait de ma petite fille ?

Il se retourna, la considérant avec mépris.

— Moi ? Rien. Mais j'espère que les serpents s'en sont chargés.

Katherine s'était couchée tôt, ce soir-là comme les précédents. Depuis le départ de Lorena, elle s'était surtout reposée. La potion de Tulwah calmait les quintes de toux mais sans guérir la cause du mal, si bien qu'elle s'affaiblissait davantage chaque jour.

Soudain la porte s'ouvrit à la volée.

— Mon Dieu ! s'exclama Katherine en reculant d'instinct, recroquevillée contre l'oreiller.

Zachary traversa la chambre, le poing levé.

— Je vais tuer cet enfant de salaud qui a engrossé Lorena ! Et ensuite, elle recevra la correction de sa vie pour nous avoir déshonorés !

— Non, non ! s'écria Katherine en sortant du lit. C'est un malentendu ! Lorena n'attend pas de bébé... Ils étaient seulement si impatients, nous ne savions pas quand vous rentreriez et...

La saisissant à la gorge, il la secoua brutalement avant de la repousser sur le lit.

— Mais, bon Dieu, pourquoi n'avez-vous pas attendu mon retour ? Ma belle-fille qui se marie dès que j'ai le dos tourné ? C'est ma propre famille qui me manque de respect ! Je suis la risée du comté, maintenant : on me prend pour un imbécile tout juste bon à régler les factures !

Katherine ne pouvait plus prononcer un mot, tordue par un spasme. Sa toux reprit tandis qu'elle cherchait à attraper la bouteille de sirop.

— Tu ne m'as épousé que pour mon argent, catin ! rugit Zachary en arrêtant son geste. Tu t'es crue maligne, hein ? Une métisse qui met le grappin sur un riche planteur? Pour qui tu te prends, sale garce, pour me ridiculiser sur la place de Richmond?

La toux empirait rapidement.

— Je vous en prie... Zachary, la bouteille.

Mais il la renvoya au milieu du lit où elle retomba, les bras en croix. Puis il se jeta sur elle en lui arrachant sa chemise de nuit.

La dernière fois qu'il avait eu une femme remontait à Letty, juste avant qu'elle ne s'enfuie... Il ne touchait plus Katherine à cause de cette saleté de toux mais, cette nuit, elle allait comprendre qui était le maître.

— Tu m'as toujours rendu fou... Tu es si belle...

Trop faible pour le repousser, Katherine ne cherchait qu'à reprendre haleine, oppressée par ce corps affalé contre elle. Il allait la pénétrer quand il croisa son regard, plein de mépris, de haine et de dégoût.

— Ne me regarde pas comme ça, bon sang! hurla-t-il en la giflant. Je suis ton mari!

Il la frappa encore et encore jusqu'à ce qu'elle ferme les yeux, et prit enfin son plaisir. La voyant immobile, sans connaissance, il sortit en fulminant.

Bonne à rien, toujours malade avec cette toux infernale... Avant, il se consolait en pensant à Lorena mais maintenant elle lui échappait pour toujours. Il y avait fort à parier que Ryan Youngblood ignorait qui était sa femme: une sang-mêlé... Lorena et Katherine avaient bien joué leurs cartes!

Rosa attendit une bonne demi-heure avant d'oser monter, guettant le moindre bruit à chaque pas. Elle ne pouvait courir le risque de se trouver nez à nez avec le maître...

La porte était ouverte. Scrutant l'obscurité, elle s'approcha à pas de loup, soudain clouée sur place devant le spectacle qui l'attendait.

Katherine avait été battue et un filet de sang coulait par sa bouche entrouverte. Avec une lenteur de cauchemar, Rosa tendit la main vers sa maîtresse, lui tâtant le pouls en tremblant. Des larmes de soulagement lui montèrent aux yeux : il battait, quoique très faiblement.

Rosa repartit en courant. Tulwah était son dernier recours... Zachary la tuerait s'il apprenait qu'elle l'avait introduit chez lui mais il était le seul espoir de sauver ma'ame Katherine.

17

Lorena se réveilla dans les bras de Ryan, complètement désorientée. Où était-elle ? Et puis elle se rappela : chez elle.

C'est-à-dire en territoire étranger, sinon ennemi.

Ils étaient arrivés la veille au soir, épuisés. Même si sa première pensée avait été pour sa mère, il était trop tard pour lui rendre visite. Aussi avaient-ils savouré un dîner fin en tête à tête tandis qu'Annie et Ebner s'occupaient des malles.

A la grande surprise de Lorena, tous les domestiques avaient accueilli Ryan avec une joie sincère. Rien à voir avec la maison de Zachary, où régnait la terreur.

Tournant la tête, elle regarda son mari dormir. Froid et distant pendant la journée, c'était un amant attentif et passionné la nuit. Comme il serait tentant de s'offrir corps et âme dans cette lueur douce de l'aube... Mais pas question de rendre les armes : jamais elle ne deviendrait vulnérable à ce point. Chacun d'eux avait souhaité ce mariage pour des raisons différentes — où l'amour n'entrait pas.

Lorena se dégagea avec précaution pour ne pas le déranger et se leva, les pieds s'enfonçant dans un épais tapis. Curieuse d'admirer la vue, elle entrouvrit le rideau. Le fleuve coulait en contrebas et le labyrinthe se dressait comme une énigme avec ses haies de trois mètres de haut.

Le spectacle était magnifique. Les fontaines jaillissaient en une pluie de diamants et d'émeraudes sous les rayons du soleil levant. Si seulement ce paradis leur était réservé, songea Lorena. Dès son retour, Victoria Youngblood bouleverserait leur univers.

La voix de Ryan la tira de ses réflexions :

— Si vous agitez le cordon à côté de vous, Ebner nous servira le café.

— Je ne voulais pas vous réveiller, s'excusa-t-elle en passant un déshabillé sur sa chemise de nuit vaporeuse.

Ryan se leva, nu comme à son habitude. S'il dormait mieux en toute liberté, il n'avait pas réussi à convaincre Lorena de suivre son exemple. Une fois leur passion assouvie, les réflexes de pudeur de la jeune femme reprenaient le dessus.

— Dites à Ebner que nous prendrons le petit déjeuner en bas.

— Je voudrais aller voir ma mère aujourd'hui, lui rappela Lorena.

— Naturellement. Après le déjeuner, voulez-vous ? Ce matin, je vous montrerai le parc et le labyrinthe : j'ai remarqué qu'il vous fascinait... Sans moi pour vous guider, vous vous perdrez.

Alors, n'essayez jamais de vous y cacher! conclut-
il avec un clin d'œil avant de partir dans sa
chambre.

Comme ils buvaient une dernière tasse de café,
une domestique que Lorena n'avait jamais rencontrée vint se planter près d'elle d'un air impérieux. Elle portait l'uniforme comme les autres —
robe grise et tablier blanc — mais était coiffée
d'un turban blanc. Elle tenait une feuille à la
main.

Lorena et Ryan s'étaient installés dans le coin
du petit déjeuner, tout près d'une baie vitrée qui
offrait une vue magnifique sur les jardins. Le
soleil coulait à flots, illuminant les paniers de
pétunias et de géraniums qui pendaient au plafond. Mais la magie du moment se dissipa dès
l'arrivée de cette étrange femme. Lorena lança un
regard interrogateur à Ryan.

— C'est Eliza, la gouvernante, expliqua-t-il.
Elle veut vous soumettre les menus de la journée,
je suppose.

Hochant la tête, Lorena parcourut la liste des
plats puis la rendit avec un sourire timide.

— C'est parfait.

La domestique s'éclipsa sans se départir de son
air supérieur tandis que Lorena se tournait vers
Ryan, décontenancée.

— Eliza me met mal à l'aise, observa-t-elle.

— Elle est très fidèle à ma mère. Sans doute
parce qu'elle l'a suivie à Jasmine Hill au moment
de son mariage avec mon père. Elle croit probablement que vous voulez tout régenter. Mais
dès le retour de ma mère, elle verra que rien n'a
changé et se calmera d'elle-même. Ne vous inquiétez pas.

Lorena fronça les sourcils, stupéfaite. S'imaginait-il vraiment que tout continuerait comme avant? Il s'était marié contre la volonté de sa mère, l'avait chassée de ses appartements et s'attirait maintenant l'inimitié de la gouvernante. Comment pouvait-il se croire à l'abri des turbulences? Quelle naïveté...

Ils partirent pour une promenade à cheval qui dura presque trois heures. Le temps frais et agréable annonçait déjà l'automne. La jeune femme fut particulièrement frappée par les installations des esclaves: leur quartier ressemblait à un petit village, pourvu même d'une infirmerie où un docteur blanc venait régulièrement examiner ceux que Ryan appelait « ses gens ». Les esclaves étaient bien vêtus et — signe révélateur — ne baissaient pas les yeux au passage de leur maître. Du reste, les surveillants ne portaient ni fusil ni fouet...

Enfin, ils arrivèrent au labyrinthe.

— Tout a commencé par une espièglerie de ma grand-mère, expliqua Ryan. Comme elle accusait mon grand-père de filer à la pêche sans la prévenir, elle décida de lui compliquer la tâche en plantant un petit labyrinthe entre le parc et le quai où il amarrait son bateau. Contre toute attente, mon grand-père fut tellement séduit qu'il l'agrandit encore. Je crois qu'il aimait la touche de mystère que ce dédale apporte aux jardins... Et maintenant il est tellement grand que je suis le seul avec le fils du jardinier à pouvoir le traverser! Sinon il faut un plan, comme celui que je garde sous clef dans mon secrétaire.

— Et vous ne voulez pas mettre votre femme dans la confidence?

— Oh non, répliqua-t-il avec un sourire. J'aurais trop peur qu'elle ne s'y cache…

Lorena fut dépitée de ne pouvoir partager son secret.

— Nous y organisons parfois des fêtes pour les invités, poursuivit Ryan. Je me souviens d'une fois où ils avaient constitué des équipes : la première arrivée avait gagné. Tout le monde s'est perdu et j'ai dû partir à leur rescousse ! Malheureusement, ajouta-t-il sur un ton contrarié, ma mère le ferait volontiers raser s'il n'en tenait qu'à elle. Elle le trouve de mauvais goût.

— Il est somptueux, protesta Lorena avec sincérité, fascinée par ses parois impeccablement taillées qui s'enfonçaient vers l'inconnu.

Elle s'engagea dans une allée, comme avalée par ce tunnel de verdure infini. Mais après quelques mètres, elle perdit tous ses repères et dut emboîter le pas à Ryan qui enfilait les couloirs sans hésitation. Moins de cinq minutes plus tard, ils atteignaient une vaste clairière où les attendait un banc près d'un petit jet d'eau qui retombait gracieusement dans un bassin de pierre blanche.

— C'est un vrai parc ! s'exclama Lorena, admirative.

— Peu de gens sont arrivés jusqu'ici, vous savez. Et je les ai promenés une bonne heure avant de toucher au but…

Ils savourèrent un moment la paix du lieu avant de partir vers le fleuve.

— Quand j'avais quatorze ans, lui confia Ryan, et que je me prenais pour un homme, je suis tombé amoureux d'une vieille de seize ans — une fille de pêcheur sans le sou. Naturellement, ma mère m'a interdit de la voir et a mis plusieurs domestiques à mes trousses. Finalement, mon

157

seul recours a été de l'emmener au cœur du labyrinthe : au moins là, personne n'osait me suivre !

— Un nid d'amour idéal pour les amants... conclut Lorena en riant.

Puis elle lut une étrange lueur dans le regard de Ryan et se rembrunit. Quel accueil ! D'abord Eliza, qui la traitait comme une intruse sans que son mari intervienne ; ensuite le secret du labyrinthe qu'il entendait garder pour lui ; et maintenant ce reproche muet...

— Que vous arrive-t-il, Ryan ? Que me reprochez-vous ? Je finirai par me sentir coupable alors que je suis innocente !

— Eh bien, restez-le, répliqua-t-il, lugubre. Rentrons, maintenant. Annie vous accompagnera chez votre mère. J'ai des choses à faire en ville et je ne veux pas que vous y alliez sans escorte.

Ils repartirent sans échanger une parole, Ryan ruminant de sombres souvenirs, sur le point de s'excuser de sa brusquerie. Mais, bon sang, il n'avait pas oublié la traîtrise de Simone ! Pas question de laisser Lorena marcher sur ses traces...

Assise en face de Lorena dans la voiture, Annie semblait fascinée par le paysage qui défilait. Elle ne disait pas un mot, peut-être par habitude.

— Mme Youngblood ne t'autorise pas à parler pendant les promenades, Annie ? l'interrogea Lorena.

— Je ne suis jamais partie avec ma'ame Victoria, répliqua Annie sans tourner la tête. C'est Eliza qui l'accompagne toujours. D'ailleurs elle était folle de rage de ne pas la suivre en croisière, mais comme mam'selle Evelyn emmenait deux bonnes, ma'ame Victoria a estimé que cela leur suffirait.

— Tu t'entends bien avec Eliza ? Elle a l'air un peu froide, je trouve.

— Si vous me posez la question, je peux vous dire ce que je pense d'elle… Je la déteste ! Elle se croit mieux que tout le monde parce qu'elle est la plus ancienne ici. Même qu'elle dort dans la grande maison : elle a un petit réduit au cas où ma'ame Victoria aurait besoin d'elle la nuit. Elle n'a même pas de case ! Mais nous autres, on s'en moque. On n'a pas envie qu'elle fourre son nez dans nos affaires pour aller tout répéter à ma'ame Victoria.

— Et d'après toi, poursuivit Lorena qui sentait Annie en veine de confidences, comment Victoria va-t-elle réagir en apprenant que son fils s'est marié en son absence ?

— Oh la la ! s'exclama Annie en roulant des yeux. Elle va sauter au plafond ! Elle s'était mis dans l'idée que missié Ryan épouserait mam'selle Evelyn, alors…

— Comment est-elle ?

Annie se referma comme une huître.

— C'est pas à moi de le dire, ma'ame Lorena. Mais… (elle lui adressa un sourire lumineux) … je vous aime bien mieux qu'elle ! J'espère que ce sera moi votre esclave attitrée.

— « Domestique », la corrigea immédiatement Lorena, ou « bonne » si tu préfères. Mais pas « esclave » : je ne supporte par ce mot.

Interloquée, Annie la dévisagea et se tut. D'ailleurs la voiture arrivait devant les écuries de Tremayne.

Lorena se pencha par la fenêtre, heureuse de voir Ben… puis elle aperçut son visage boursouflé. Il était presque gris d'un côté et une vilaine coupure avait été recousue avec du crin bouilli, vraisemblablement par Tulwah.

— Mon Dieu! s'exclama-t-elle en sautant à terre sans attendre l'aide d'un valet. Que s'est-il passé?

— Je suis tombé, murmura le jeune homme en tenant les rênes des chevaux comme Annie descendait à son tour.

Lorena vint l'examiner de plus près.

— C'est une mauvaise entaille... Tu ne me dis pas la vérité, Ben. Qui t'a blessé?

— Je suis tombé, répéta-t-il avec obstination.

— Hum...

Elle remarqua d'autres esclaves qui lançaient des regards furtifs dans leur direction.

— Le maître est de retour, chuchota-t-il, si bas que Lorena dut retenir son souffle pour l'entendre.

— Depuis quand?

— Quelques jours...

— Il a retrouvé Letty?

Ben se contenta de secouer la tête et partit brusquement attacher les chevaux: si on le surprenait avec Lorena, il risquait gros.

Oppressée par la tension qui régnait sur la plantation, la jeune femme remonta ses jupes aux chevilles pour courir jusqu'à la maison.

Rosa, assise à la table, épluchait des pommes de terre. A la vue de Lorena, elle écarquilla les yeux de crainte, regardant instinctivement autour d'elle pour vérifier qu'elles étaient seules.

— Il paraît que Zachary est de retour, mais sans Letty, déclara d'emblée Lorena. Qu'est-il arrivé à Ben?

Baissant la tête, Rosa reprit sa tâche.

— Il est tombé, marmonna-t-elle.

— Cela m'étonnerait, mais nous en reparlerons plus tard. Comment va ma mère ?

— Elle a eu une mauvaise crise. Depuis elle n'a pas récupéré et reste alitée.

Très inquiète, Lorena s'apprêtait à rejoindre sa mère quand elle hésita, émue par la mine décomposée de Rosa.

— Je suis allée à Philadelphie, annonça-t-elle pour lui redonner un peu d'espoir, et j'ai vu un prêtre qui s'occupe d'esclaves évadés…

— Non ! s'écria la vieille femme, les yeux pleins de terreur, secouant violemment la tête. Je veux rien entendre ! C'est fini ! Elle est partie, restons-en là.

Lorena la dévisagea, clouée sur place. Rosa, si combative autrefois, était au bord de la crise de nerfs. La jeune femme alla s'agenouiller devant elle.

— Ecoute-moi, Rosa. Je suis de retour et je vais vous aider, ma mère, toi et les autres, dès que je pourrai m'organiser. J'ai donné de l'argent pour Letty à une église de Philadelphie qui s'occupe des réfugiés. Avec son aide, elle pourra regagner l'Afrique. Là-bas, les fuyards se rassemblent en villages pour se construire une nouvelle vie. Elle sera en sécurité parce que les chasseurs de primes ne la suivront pas de l'autre côté de l'océan. Et tu pourras la rejoindre aussi, avec Ben. Mais, en attendant, j'ai de l'argent à te confier pour Mahalia.

Glissant la main dans son corsage, elle retira quelques billets qu'elle avait subtilisés le matin même dans la bourse de Ryan. Rosa sauta sur ses pieds, si vivement qu'elle faillit renverser la chaise.

— Non, mam'selle Lorena !

Tâchant de se calmer, elle respira à fond en s'essuyant les mains sur son tablier.

— Comptez pas sur moi, je veux plus me mêler de ça, ni voir Mahalia ni les Passeurs. Depuis son retour, maît' Zachary, il est comme fou. Il dit qu'il laissera plus un esclave s'enfuir, qu'il tuera le premier qui bronche et que s'il met la main sur un complice, il lui réglera son compte en personne. C'est le diable incarné...

Comme elle se mettait à sangloter, le visage entre les mains, Lorena étreignit ses épaules pour la réconforter.

— Tu dois absolument m'aider, Rosa. Sinon comment puis-je envoyer l'argent à Mahalia ? Je ne vais tout de même pas me présenter chez elle !

— Pas moi, pas moi, ma'ame Lorena ! Si je suis plus là pour m'occuper de vot' maman, elle se retrouvera toute seule !

Lorena poussa un soupir.

— Mais, pour le moment, il n'y a pas d'autre moyen. Je ne suis pas libre de mes mouvements, tu sais. A moins qu'une personne ne vienne chercher l'argent chez moi...

Elle savait déjà où elle lui donnerait rendez-vous : au centre du labyrinthe ! Il lui suffirait de s'emparer du plan dans le bureau de Ryan et de le recopier. Elle expliqua sa stratégie à la vieille femme.

— Il faudra tout de même que tu portes la carte du labyrinthe à Mahalia, conclut-elle.

Vaincue, Rosa pleurait doucement.

— D'accord. Mais dépêchez-vous, ma'ame Lorena, dépêchez-vous de sortir votre maman des griffes de ce fou... Qu'elle connaisse la paix avant que le Seigneur la rappelle...

Emue, Lorena lui pressa la main avant de s'enfuir sans ajouter un mot.

Elle trouva sa mère au lit, adossée contre un oreiller, et s'immobilisa un instant. Katherine était si pâle que sa peau paraissait transparente. Et ses yeux... Ils étaient comme morts, rougis et cernés de noir.

Elles s'embrassèrent avec effusion. Ce n'est qu'en s'asseyant au bord du lit que Lorena remarqua les traces d'ecchymoses sur ses joues.

— C'est lui qui t'a battue ? demanda-t-elle.

— Oh, ça ? fit Katherine avec une insouciance feinte. Je suis tombée du lit en essayant d'attraper ma bouteille de sirop. Quelle maladroite... Mais je vais bien, en réalité. Parle-moi de toi, plutôt !

Sachant parfaitement à quoi s'en tenir, Lorena n'insista pas. Autant la distraire un peu de ses soucis... Katherine resta suspendue à ses lèvres durant le récit de ses voyages, et poussa une exclamation de joie quand Lorena lui offrit un souvenir de Philadelphie : une veste bleu pâle.

— Comme elle est belle ! s'écria-t-elle. Tu remercieras aussi Ryan pour moi, n'est-ce pas ? (Elle eut un sourire ému.) Comment allez-vous, tous les deux ? Est-il gentil avec toi ? Etes-vous heureux ?

— Il est parfait, maman. Quant au reste... je suppose qu'il faut se contenter de ne pas être malheureux.

— Oh, je ne sais pas, soupira Katherine. J'ai connu un vrai bonheur avec ton père... Je prie pour qu'un jour vous puissiez découvrir l'amour ensemble, Ryan et toi. C'est possible, tu sais.

— Peut-être. Mais si cela se produisait, je ne saurais même pas m'en rendre compte...

— C'est comme un arc-en-ciel après l'orage, expliqua Katherine. On se sent réchauffé tout d'un coup et on a envie de sourire parce que derrière tous ces nuages sombres, on devine le soleil. Et cette magie de l'amour, on ne peut pas la confondre : elle est unique…

18

Il était tard, mais Lorena ne devinait pas à quel point lorsque la pendule de l'entrée sonna les douze coups de minuit.

Pourquoi Ryan ne l'avait-il pas rejointe dans sa chambre ?

Ils avaient savouré un dîner fin en tête à tête avant de passer au salon pour boire un peu de cognac. Il lui avait parlé de sa mère et d'Evelyn.

— Ma mère a loué leurs cabines sur le premier vapeur qui devait traverser l'Atlantique. Un exploit historique ! Mais j'ai lu dans la gazette qu'après quatre-vingts heures de voyage, la réserve de charbon était déjà épuisée… Ils ont dû continuer à la voile : il leur a fallu vingt-huit jours pour rejoindre Liverpool.

— Quand doivent-elles revenir ?

— Aucune idée, elles n'ont pas envoyé de nouvelles… Mais quatre mois se sont déjà écoulés depuis leur départ. J'imagine qu'elles ne tarderont plus.

Quand Lorena lui avait demandé — non sans prudence — s'il s'inquiétait de la réaction de sa mère, il s'était mis à rire.

— Elle m'a toujours critiqué! Alors pourquoi attendrais-je sa bénédiction aujourd'hui?

Mais la jeune femme aurait préféré qu'il prenne l'affaire au sérieux: elle devait à tout prix trouver un terrain d'entente avec sa mère!

Ils avaient abordé d'autres sujets, tels que l'organisation d'un grand dîner pour fêter leur retour.

— Pourrait-on rayer Carolyn Manning de la liste des invités? avait demandé Lorena sans ambages.

— J'ai bien peur que non. Son père était un grand ami du mien. Si nous ne la recevons pas, c'est toute la famille Manning qui s'estimera insultée. Bah... Il suffit de l'ignorer. Tout le monde la déteste, vous savez.

Lorena avait hoché la tête, peu convaincue. Avec sa mauvaise langue, Carolyn Manning pouvait lui attirer bien des ennuis...

Après cette agréable soirée, Ryan avait soufflé les lampes tandis que Lorena montait se préparer pour la nuit, impatiente de retrouver leurs étreintes passionnées.

Mais deux heures s'étaient écoulées depuis.

La jeune femme poussa un soupir, se pelotonnant pour essayer de dormir. En vain. Elle avait pris l'habitude de sentir les bras de Ryan autour d'elle, de poser la tête contre son épaule... Et puis ses caresses lui manquaient déjà!

Peut-être était-il malade et n'osait-il pas la déranger? Se levant, elle enfila un déshabillé pour traverser le salon qui séparait leurs chambres. Sa porte était fermée. Peut-être dormait-il, tout simplement. S'il ne souhaitait pas la voir, elle n'allait pas s'imposer! Mais la curiosité fut la plus forte.

Elle tourna la poignée et entra sans un bruit. Dans la pénombre, elle distinguait à peine le contour des meubles. Tout était silencieux. S'approchant du lit, elle aperçut une forme assoupie.

«En somme, fulmina-t-elle silencieusement, même après cette soirée, alors que je ne me suis jamais sentie si proche de lui, il m'a délaissée...»

Eh bien, tant pis!

Elle se détourna avec dépit, puis poussa un hurlement quand une main se posa tout à coup sur son bras.

— Vous en avez mis, du temps, murmura-t-il en la tirant sur lui dans le lit.

— Lâchez-moi! protesta Lorena. Je venais seulement voir si vous étiez malade et...

— Menteuse! Vous vous demandiez pourquoi je ne vous avais pas rejointe!

— Non, ce n'est pas vrai! persista-t-elle en cherchant à le repousser.

Il enfouit ses lèvres au creux de ses seins.

— Allons, Lorena, reconnaissez-le: vous en aviez envie autant que moi... Même si vous êtes trop butée pour l'admettre, ce soir vous vous êtes trahie!

— Non!

La bouche de Ryan se referma sur la sienne, étouffant ses protestations.

Très vite, il sentit toute résistance fondre: elle s'offrait à ses lèvres, savourant la caresse de ses mains. Soudain elle se retrouva nue, vulnérable à ses assauts.

Lorena se cambra tandis qu'il goûtait sa peau de ses baisers moites. Lui prenant les mains, il les posa sur son torse nu: mues par un instinct propre, elles trouvèrent le chemin d'une exploration délicieuse qui lui enflamma les sens.

— Dites-moi, commanda Ryan d'une voix rauque. Dites-moi que vous me désirez.

Mais au lieu de se soumettre comme par le passé, elle passa à l'attaque. Elle embrassa son ventre, glissant toujours plus bas, savourant ses gémissements de plaisir, le torturant jusqu'à ce qu'il crie grâce. Lorsqu'il ne put en supporter davantage, il s'écarta pour la plaquer sur le lit.

Puis il la prit presque brutalement tandis qu'elle refermait les jambes sur son dos afin de l'accueillir encore plus profondément.

Quand Lorena frémit de volupté, atteignant la crête du plaisir, Ryan explosa à son tour...

Ils restèrent longtemps enlacés, sans parler, savourant simplement le miracle de cette nuit. La jeune femme s'endormit très tard, bouleversée par le tumulte de ses émotions.

Verrait-elle enfin l'arc-en-ciel dont lui avait parlé sa mère ?

Quand Lorena s'éveilla le matin suivant, elle était seule mais un coup d'œil à la pendulette lui suffit pour comprendre : il était presque midi ! Ryan était sans doute déjà parti à cheval.

Encore alanguie de bonheur, elle serait volontiers restée couchée. Mais le sens du devoir le chassa du lit : c'était l'heure idéale pour recopier le plan du labyrinthe.

De retour à sa chambre, elle procéda à sa toilette, prenant soin d'utiliser la potion que sa mère lui avait toujours recommandée. «Pour avoir la peau douce», disait-elle. Eh bien, c'était efficace !

Elle descendit au rez-de-chaussée avec précaution, guettant le moindre signe de vie. La voie était libre. Les domestiques s'occupaient probablement à l'arrière pour ne pas la réveiller avec les bruits du ménage.

Lorena se faufila donc dans le bureau de son mari sans être inquiétée. La pièce sentait le cuir, le tabac et le cognac. De fines particules de poussière dansaient dans un rai de soleil qui filtrait par les rideaux entrouverts.

Elle se dirigea vers sa table de travail, inspectant les tiroirs les uns après les autres. Mais elle ne trouva rien qui ressemble à une carte de près ou de loin. Ah... Celui du bas était verrouillé.

Où avait-il pu dissimuler la clef ? Peut-être la gardait-il sur lui. A moins que... Il ne soupçonnait sans doute pas qu'on ose fouiller dans ses affaires : elle était peut-être simplement rangée sous son nez ! Effectivement, Lorena la trouva sans difficulté au fond du premier tiroir.

Une feuille blanche, une plume et le tour fut joué. Elle remit le plan à sa place puis la clef dans sa cachette. Mais quand elle se redressa, Eliza se tenait dans l'encadrement de la porte, froide et accusatrice.

— Mon Dieu ! s'exclama Lorena en sursautant. Vous vous déplacez comme un fantôme, ma parole ! Vous êtes là depuis longtemps ?

— Il est tard, observa Eliza, ignorant sa question. Prendrez-vous votre petit déjeuner ou le repas de midi ?

Irritée, Lorena adopta la même tactique.

— Savez-vous où est mon mari ?

— Ebner en est probablement informé, répliqua Eliza avant de tourner les talons.

Lorena se mordit la lèvre, mal à l'aise. La gouvernante avait-elle compris de quoi il retournait ? Sûrement pas. Depuis la porte, elle ne pouvait distinguer grand-chose...

168

Soulagée, Lorena remonta dans sa chambre pour sonner Annie qui arriva sans tarder, souriante et empressée comme toujours.

— Assieds-toi, ordonna-t-elle. J'ai à te parler.

La jeune fille obéit, un peu décontenancée.

— Annie, puis-je me fier à toi? Si tu m'accompagnes partout comme mon ombre, sauras-tu tenir ta langue sur ce que tu vois et ce que tu entends?

Emoustillée par la curiosité, Annie écarquilla les yeux.

— Oh oui, ma'ame. Vous pouvez être sûre que je dirai rien à personne. Comme je vous disais, je voudrais bien être votre esclave — euh, pardon, votre bonne. Je serai muette, je le promets.

Lorena hocha la tête, satisfaite. De toute manière, elle n'avait pas le choix.

— Bien. Nous verrons cela. Pour le moment, descends aux écuries. Je veux que la voiture soit prête dans une heure. Nous irons rendre visite à ma mère.

— Oui, ma'ame, acquiesça Annie en sautant sur ses pieds.

— Encore une chose, la rappela Lorena. Est-ce qu'Eliza nettoie le bureau de Monsieur, le matin?

— Oh non, ma'ame, pour ça, jamais! Monsieur ne laisse entrer personne chez lui, sauf en sa présence.

Lorena lui donna congé d'un geste. Eliza, voyant la porte ouverte, s'était sans doute demandé qui avait osé désobéir : elle ne l'espionnait pas.

Mieux valait rester vigilante, tout de même. Cette Eliza ne lui disait rien qui vaille...

Pendant le trajet, Annie semblait préoccupée, presque éteinte. Au lieu de regarder par la fenêtre, elle fixait obstinément ses mains croisées sur son tablier.

— Tu devrais me dire ce qui te tracasse, Annie... Si je ne te cache rien, il faut que ce soit réciproque, tu sais.

La jeune fille hocha la tête, de plus en plus sombre.

— Je risque des ennuis si je fais comme vous dites, ma'ame Lorena?

— Pas si tu sais te taire.

Annie garda le silence un moment, se tortillant sur son siège.

— Mais... de quoi s'agit-il? demanda-t-elle enfin.

Lorena poussa un soupir de résignation. Une explication était inévitable.

— Je veux aider ceux de ton peuple qui ne sont pas aussi bien traités que toi, Annie, déclara-t-elle avec franchise en guettant sa réaction.

La jeune Noire ne trahit aucune réticence, plutôt de l'intérêt mêlé de curiosité.

— Je t'enverrai voir si on a laissé un message pour moi dans une cachette, par exemple, poursuivit Lorena, tranquillisée. Mais il faudra être prudente : personne ne doit se douter de rien. Puis-je compter sur toi?

— Oh oui, ma'ame, oh oui! s'écria Annie, excitée comme une puce. C'est vrai qu'on a de la chance, à Jasmine Hill. Ma'ame Victoria est un peu coléreuse, bien sûr. Des fois, elle pousse des cris. Un jour, elle m'a giflée et tiré les cheveux parce que j'avais cassé un vase mais je n'ai pas été fouettée. D'ailleurs, ça n'arrive jamais à Jasmine Hill. Elle menace toujours mais, rien qu'à cause

170

de son fils, elle ne va pas jusqu'au bout. Il est comme son père, missié Ryan, bon et généreux. Non, ma'ame, je vous promets que je dirai rien à personne.

Tout à coup, elle claqua des doigts, se redressant comme un ressort sur son siège :

— Vous cherchez un genre de boîte aux lettres, si je comprends bien ? Je connais l'endroit idéal. Le vase de ma'ame Henrietta !

— Quoi ? s'étonna Lorena, perplexe.

— Ma'ame Henrietta, vous savez bien. La femme de missié Calvin, le grand-père de missié Ryan. Elle est enterrée quasiment sous vos fenêtres. Vous pouvez voir sa tombe en regardant vers la gauche.

Annie continua en baissant la voix :

— On dit que lorsque le jasmin est en fleur et que ça sent tellement fort qu'on en a mal au cœur, elle sort se promener dans le jardin, surtout si c'est la pleine lune et...

— Annie, l'interrompit Lorena pour couper court à ses histoires de fantômes. De quel vase s'agit-il ?

— Celui qui est posé sur sa tombe, pardi ! Il est en marbre, vous savez, même que missié Calvin l'a commandé spécialement d'Italie. A la belle saison, il n'oubliait jamais de le remplir de fleurs. Et en hiver, il en mettait des artificielles, en papier. Aujourd'hui, c'est vide et vous pourrez vous en servir à votre aise, conclut-elle avec un large sourire.

— Merci de ton aide, répliqua Lorena, sincèrement touchée. Eh bien... à partir de maintenant, si tu vois une fleur dans le vase, préviens-moi : je comprendrai ce que cela signifie.

Annie était si fière de se rendre utile qu'elle se trémoussait sur son siège.

— Et qu'allez-vous choisir, ma'ame Lorena? Du jasmin? Mais ça ne sera pas facile à imiter en hiver.

— Non, chuchota Lorena avec un sourire. Une rose.

Les roses avaient toujours été ses fleurs favorites, mais encore plus maintenant que Ryan y voyait leur emblème. En choisissant ce symbole, elle aurait moins le sentiment de le trahir.

Ryan descendit l'escalier quatre à quatre et enfila le couloir de l'office en coup de vent, croisant Eliza sans lui accorder un regard. D'aussi loin qu'il se souvienne, il l'avait toujours trouvée sur son chemin, droite comme la justice, cherchant à espionner ses moindres mouvements pour tout répéter à sa mère. A la longue, il avait pris l'habitude de la traiter comme un meuble... Mais après avoir parcouru la maison de fond en comble sans trouver Lorena, il fut bien forcé de s'adresser à elle.

— Madame vous a-t-elle dit où elle allait?

— Non, monsieur, articula-t-elle avec soin, comme le lui avait appris Victoria.

Il tourna les talons sans ajouter un mot et partit vers son bureau, Eliza le suivant à pas de loup — tout comme elle avait espionné Lorena le matin même. Elle l'avait vue prendre un document dans un tiroir et le recopier. De quoi s'agissait-il? Elle n'en avait pas la moindre idée, mais Mme Victoria le devinerait. Elle serait folle de rage en découvrant cette fille chez elle. Et Mlle Evelyn aussi...

Eliza était déjà fidèle à Mlle Evelyn. Dès les fiançailles, la jeune fille lui avait promis qu'elle resterait gouvernante de Jasmine Hill — même après la disparition de Mme Victoria.

Dans son bureau, Ryan écrivait sur une feuille. Elle passa discrètement son chemin, attendant un peu plus loin au petit salon. Quelques minutes plus tard, elle l'entendit monter à l'étage puis redescendre et quitter la maison.

Eliza se dirigea droit dans la chambre de Mme Victoria — qu'elle refusait d'appeler autrement car sa maîtresse en délogerait l'intruse au plus vite — et trouva le message sur l'oreiller de Lorena. Ne sachant pas lire, elle ne put le déchiffrer. Ryan annonçait qu'il partait chez Quincy Monroe et qu'il prévoyait de rentrer tard, peut-être même au petit matin. Il lui avait loué un étalon pour une saillie et sa jument s'apprêtait à mettre bas. Mais Lorena lui manquerait, surtout après la nuit merveilleuse qu'ils venaient de partager. Il espérait très fort la trouver dans son lit en revenant se coucher.

D'instinct, Eliza subtilisa la lettre, sûre de nuire d'une manière ou d'une autre. Cette petite intrigante commencerait peut-être à regretter son mariage...

Et Mme Victoria la féliciterait.

Lorena fut heureusement surprise en arrivant chez sa mère : Zachary était absent et Katherine avait quitté son lit pour l'attendre sous la véranda.

— Je suis si contente que tu ailles mieux ! s'écria-t-elle en l'embrassant.

— Il fait trop beau pour rester enfermée, répliqua Katherine avec une gaieté un peu forcée.

En réalité, elle avait du mal à tenir debout. Heureusement, Rosa l'avait habillée et soutenue jusqu'à son rocking-chair, qu'elle n'osait plus quitter.

Evitant le regard de Lorena, Rosa vint leur servir une infusion de menthe avant de s'éclipser à la cuisine. Pour ne pas attirer les soupçons, Lorena attendit de longues minutes avant de la rejoindre.

— J'ai le plan du labyrinthe, déclara-t-elle d'emblée en le fourrant dans sa poche de tablier sans lui donner le temps de protester. Explique à Mahalia que près de la maison, du côté du fleuve, elle trouvera une tombe avec un grand vase en marbre. Chaque fois qu'elle voudra me donner rendez-vous au centre du labyrinthe, qu'elle y laisse une rose rouge et je comprendrai. Dis-lui aussi que j'aurai toujours de l'argent à lui donner.

Mais Rosa se contentait de la regarder, les yeux brillants de larmes, la bouche tremblante.

— Courage, Rosa ! s'impatienta Lorena. Par la suite, Mahalia pourra me joindre sans ton aide.

Rosa hocha imperceptiblement la tête avant de disparaître par la porte de derrière, laissant Lorena inquiète. Qu'est-ce qui rendait Rosa si nerveuse ? Un mal sournois rongeait la maison... Elle devait sauver sa mère le plus vite possible !

Lorena resta à bavarder avec Katherine jusqu'en fin d'après-midi.

— Je t'enverrai une voiture dimanche matin pour que tu passes la journée avec nous, proposa la jeune femme en l'embrassant, frappée une fois encore par le teint crayeux de sa mère.

— Peut-être, nous verrons. Lorena...

Katherine hésita un instant, réticente. Mais dans l'intérêt de sa fille, elle devait la prévenir.

— Zachary est furieux que tu te sois mariée en son absence. Il s'estime déshonoré.

Lorena hocha la tête. Son beau-père ne pouvait s'en prendre qu'à lui-même !

— Il s'en remettra, dit-elle pour la réconforter. Et puis qu'importe, puisque tu vas venir habiter chez moi.

Katherine eut un sourire sans joie. Bientôt, très bientôt, plus rien ne lui importerait du tout.

Quand Lorena rentra, elle fut déçue de ne pas voir Ryan. Les heures passant sans qu'il donne le moindre signe de vie, le regret tourna à la colère. Et finalement, elle alla se coucher dans sa chambre.

Ryan revint de chez Monroe vers trois heures du matin et d'excellente humeur. La jument avait mis bas des jumeaux, un mâle et une femelle. Quincy lui avait proposé d'en prendre un et Ryan avait choisi la femelle, pour l'offrir à Lorena... Elle pourrait l'élever, participer au dressage et la monter quand ils se promèneraient dans la plantation.

Il était revenu au galop, impatient de lui annoncer la nouvelle.

Les valets étant tous partis se coucher, il dessella son cheval lui-même et le brossa. Après la chevauchée, l'animal était en nage.

Puis, comme il s'apprêtait à rentrer dans la maison par-derrière, il se ravisa, contournant le bâtiment pour emprunter l'escalier d'honneur. Sa mère ayant installé la chambre d'Eliza tout près du couloir de service pour surveiller ses allées et venues, il préférait passer par-devant.

Pourquoi Lorena n'avait-elle pas laissé une lampe allumée pour lui ? Prévoyait-elle qu'il resterait toute la nuit chez Monroe ?

Pénétrant dans sa propre chambre, il se dirigea droit vers le lit plongé dans la pénombre.

— J'ai une surprise pour vous, murmura-t-il doucement pour ne pas la réveiller en sursaut.

Il tendit la main, s'attendant à découvrir son corps alangui, ses courbes sensuelles. Mais il ne rencontra qu'un matelas froid. Stupéfait, il pivota sur lui-même pour traverser le salon. Ouvrant l'autre porte, il eut un pincement au cœur en la découvrant paisiblement endormie.

Croyait-elle lui rappeler pourquoi elle l'avait épousé ? Ni par désir ni par amour...

Découragé, il secoua la tête et referma doucement la porte.

19

Lorena se garda bien de demander à Ryan ce qui l'avait retenu cette nuit-là. Quant à Ryan, il ne laissa rien paraître de sa déception. Il n'évoqua même pas le message posé sur l'oreiller.

Les jours suivants, il décida de s'investir davantage dans la gestion de la plantation, ne fût-ce que pour chasser Lorena de son esprit : le mur invisible qui les séparait devenait une obsession. Après avoir appelé ses contremaîtres au rapport, il put vérifier que tout était en ordre et, l'esprit tranquille, se consacra à ses pur-sang.

Pendant ce temps, Lorena se réjouissait à l'idée que sa mère lui rende bientôt visite. Elle cherchait aussi le meilleur moment pour évoquer devant Ryan son installation à Jasmine Hill. Mais l'occasion ne se présentait jamais : Ryan passait la journée dehors ou la tenait à distance quand il travaillait à son bureau. Si leurs nuits restaient tendres, ils redevenaient des étrangers une fois leur passion assouvie. A croire qu'elle avait rêvé la merveilleuse soirée qu'ils avaient partagée si peu de temps auparavant.

Lorena souffrait en silence, affichant une indifférence de façade. Mais les heures coulaient si lentes, si vides... Elle décida d'entretenir la tombe d'Henrietta Youngblood. Avec ce jardinage, elle joindrait l'utile à l'agréable : c'était l'occasion d'examiner les lieux sans éveiller les soupçons, tout en balayant les feuilles mortes qui s'accumulaient avec l'automne. Si Ryan s'aperçut de quoi que ce soit, il n'émit aucune remarque. Visiblement, il ne se rappelait son existence qu'au moment d'aller se coucher... Il prenait même ses repas séparément, s'enfermant dans son bureau des soirées entières. Lorena ne pipa mot, dînant seule au petit salon de l'étage.

Mais le samedi soir, la jeune femme finit par perdre patience. Le lendemain, elle devait recevoir sa mère. Il fallait à tout prix éclaircir la situation !

Décidant qu'une mise au point s'imposait, elle descendit aux cuisines demander à Eliza de la prévenir dès le retour de Ryan. Mais celle-ci l'écouta sans répondre.

— Eliza, je vous parle ! explosa Lorena, piquée au vif.

— Je sais. Que voulez-vous que je vous dise ? murmura la gouvernante en lui tournant obstinément le dos.

— Je veux... (Lorena prit sa respiration, se forçant au calme.) Dites poliment : « Oui, madame, c'est entendu. Dès que Monsieur rentre, je viendrai vous prévenir. » Ce qui me permettra de vérifier que vous avez compris mes instructions.

— Oui-madame-c'est-entendu-dès-que-Monsieur-rentre-je-viendrai-vous-prévenir, répéta Eliza d'une voix monocorde.

Lorena avança à sa hauteur, furieuse de tant d'insolence et de mauvaise foi.

— Eliza, mes anciens domestiques vous diront que je suis facile à vivre. Je n'impose pas mes caprices, je ne crie pas et je n'ai jamais levé la main sur personne. Mais je ne supporterai pas une telle attitude. J'en parlerai à mon mari !

Eliza se tourna enfin, lui adressant un regard de mépris.

— C'est cela, madame, je vous en prie. Et le plus tôt sera le mieux. Il pourra vous expliquer que je ne reçois mes ordres que de Mme Victoria, et de personne d'autre. Pas même de lui. Si vous voulez une esclave, voyez Annie.

Suffoquée de rage, Lorena partit en claquant la porte.

— C'est ce que nous verrons !

Quand Ryan rentra, c'est Annie qui vint prévenir Lorena. Celle-ci descendit au bureau sans perdre une seconde, et trouva son mari un ballon de cognac à la main.

— Un toast, chère épouse ? proposa-t-il en levant son verre, une lueur moqueuse dans le regard.

— Je ne vois pas grand-chose à célébrer, rétorqua Lorena, qui regretta immédiatement ses paroles en le voyant se rembrunir.

Elle ne voulait pas se transformer en mégère ! Apparemment, chaque jour les éloignait davantage...

— Je souhaitais vous parler d'une domestique, reprit-elle en hâte.

Plongé dans la contemplation de son cognac, il eut un petit rire.

— Voyons... S'agirait-il d'Eliza, par hasard ?

— En effet.

— Vous venez vous plaindre parce qu'elle vous a déclaré qu'elle ne recevait ses ordres que de ma mère.

Lorena se laissa glisser sur une chaise avec un soupir.

— Je vois qu'elle vous a déjà tout raconté.

— Oh non, rectifia-t-il, c'est inutile. Je savais bien que la question émergerait un jour ou l'autre. Eh bien, sachez qu'Eliza appartient à ma mère et que je n'ai aucun pouvoir sur elle.

— Comment pouvez-vous accepter cela ? Vous avez donc si peu d'autorité ?

— Quand vous rencontrerez ma mère, vous verrez qu'elle est assez... acariâtre.

— Merci du renseignement !

— Auriez-vous refusé de m'épouser si vous l'aviez su ? J'en doute... De toute manière, si vous persistez à prendre vos repas dans le petit salon, vous ne la croiserez pas souvent.

— Vous non plus. Vous dînez dans votre bureau.

— Ah ? Vous avez remarqué ?

Leurs regards se nouèrent dans un défi silencieux. Mais Lorena s'interdit d'argumenter davantage.

— Il y a autre chose, reprit-elle. Au sujet de ma mère.

— Un problème ? s'inquiéta Ryan, lui accordant toute son attention.

— Eh bien... je ne suis pas sûre. Elle ne se

plaint jamais mais sa santé s'aggrave visiblement. J'espérais lui envoyer une voiture demain pour qu'elle vienne passer la journée avec nous.

— Entendu. Nous dînerons ensemble dans la salle à manger.

Lorena lui adressa un sourire reconnaissant.

— Très sincèrement, Ryan, son état me préoccupe beaucoup. Je... j'aimerais qu'elle vienne vivre ici. (Elle scruta son visage indéchiffrable.) Vous disiez vous-même que la maison était si grande...

Ryan se sentait incapable de lui refuser quoi que ce soit, même s'il avait tout intérêt à le cacher.

— Qu'en pense votre beau-père ?

— Il se venge sur elle à cause de notre mariage ! Il est furieux de ne pas avoir été consulté et lui rend la vie impossible...

— Mais je croyais qu'il devait me tuer si je ne réparais pas mes outrages à votre vertu ?...

Voyant ses yeux d'ambre tourner à l'orage, Ryan leva les mains en signe d'apaisement.

— Très bien, n'en parlons plus. Si tel est votre bon plaisir et celui de votre mère, pourquoi pas ?

Elle faillit lui sauter au cou pour exprimer sa gratitude.

— Merci, répliqua-t-elle simplement. Je vous promets qu'elle ne dérangera personne.

Il la contempla sans mot dire. Comme il aurait voulu se lever pour la prendre dans ses bras, l'emporter sur le canapé et lui faire l'amour...! Mais il se contenta de lui proposer un peu de sherry, qu'elle accepta.

La conversation reprit, roulant sur le temps, qui se rafraîchissait avec l'arrivée de l'automne. Il la remercia d'avoir nettoyé la tombe de sa grand-mère. Puis, à sa grande surprise, il l'invita chez Quincy Monroe.

— Je vous montrerai votre jument, ajouta-t-il, préférant oublier la déception de l'autre nuit.

— Ma jument ? Pour moi toute seule ?

Cette fois-ci, elle se jeta à son cou en riant.

— Je ne sais pas quoi vous dire ! s'exclama-t-elle.

— Eh bien, montrez-le-moi... suggéra-t-il, la voix plus rauque.

Lorena fut tentée de lui avouer enfin ses sentiments. Mais pourquoi s'exposer s'il ne s'intéressait qu'à son corps ? Elle lui offrit sa bouche qu'il captura, la caressant avec une douceur à donner le vertige. Comme elle se cambrait contre lui, il souleva sa jupe. Il glissait une main sur sa jambe nue pour remonter le long de ses cuisses, quand on tambourina furieusement à la porte entrouverte. De saisissement, Lorena faillit choir sur le tapis. Ryan la retint au dernier moment. Ils se regardèrent, au bord d'un fou rire, tandis que la voix revêche d'Eliza s'élevait :

— Monsieur Ryan, prendrez-vous votre dîner ici ?

— Madame Youngblood et moi, répliqua-t-il sans quitter Lorena des yeux, nous dînerons à la salle à manger. Qu'Ebner monte une de mes meilleures bouteilles !

En guise de réponse, ils n'entendirent qu'un pas rageur qui s'éloignait.

— Comment la tolérez-vous ? s'étonna Lorena. Elle n'est même pas polie.

— Ignorez-la. Il faudra bien la supporter, tout comme ma mère, conclut-il avec un brin d'amertume.

Pourquoi paraissait-il contrarié, tout à coup ?

Parce qu'il redoutait le retour de Victoria ? Mais elle ne chercha pas à creuser la question, soucieuse de préserver leur fragile bulle de bonheur.

Un peu plus tard, alors que Lorena se préparait pour le dîner, Annie arriva en courant, complètement surexcitée. Mais d'abord, elle regarda autour d'elle comme pour vérifier qu'elles étaient seules. Au moment où Lorena, impatientée, allait exiger des explications, elle sortit une rose rouge de la poche de son tablier.

Le cœur de Lorena battit plus vite : Mahalia se trouverait au centre du labyrinthe à minuit... Comme la jeune femme avait appris le plan par cœur, elle saurait retrouver son chemin. Mais la difficulté serait de quitter son lit sans réveiller Ryan. Après leurs baisers torrides dans le bureau, elle ne dormirait certainement pas seule...

Elle respira à fond, tâchant de contrôler sa nervosité. Après tout, elle savait bien qu'on la solliciterait un jour ou l'autre. Maintenant que l'heure était venue, elle devait assumer.

Le dîner lui sembla interminable, s'éternisant jusqu'à dix heures. Malgré ses résolutions, Lorena était si agitée qu'elle en tremblait presque. Certains soirs, Ryan prolongeait leurs jeux d'amour afin de retarder l'extase le plus longtemps possible. Pour une fois, Lorena se prit à souhaiter qu'il en finisse rapidement.

Mais elle n'aurait pas dû s'inquiéter : il se montra si impatient au contraire qu'il s'excusa d'avoir cédé trop vite. Ensuite Lorena n'eut qu'à feindre le sommeil pour qu'il s'endorme à son tour.

Quand elle entendit enfin sa respiration régulière, elle se dégagea le plus doucement possible. Il était déjà fort tard. Ne prenant même pas le temps de s'habiller, elle enfila simplement son peignoir et s'empara de l'argent qu'elle avait pu rassembler.

Quelques instants plus tard, elle sortait discrètement sur la terrasse par la porte-fenêtre. Une demi-lune éclairait la pelouse tandis qu'elle courait sous un ciel sans nuages, la rosée lui mouillant les chevilles. Pourvu que Ryan ne regarde pas par la fenêtre! Il la verrait comme en plein jour…

Le labyrinthe se dressa bientôt devant elle comme une forteresse menaçante. Elle s'interrompit une seconde: une erreur et le dédale se refermerait sur elle. Qui la retrouverait? Certainement pas Mahalia, qui aurait trop peur d'être capturée… Comment s'expliquerait-elle si Ryan devait la secourir au petit matin? Mais la pensée de Ben, Letty et Rosa lui rendit son courage… Si elle pouvait secourir ne serait-ce qu'un fugitif, ses efforts ne seraient pas vains.

Les couloirs de verdure laissaient filtrer peu de lumière. Lorena tâtonnait en comptant les allées qui s'ouvraient à droite et à gauche. Elle connaissait le chemin de mémoire, s'étant déjà entraînée deux fois en plein jour, les yeux fermés.

Enfin, après un dernier virage, elle trouva le jardin intérieur avec le jet d'eau qui chuchotait. Mahalia n'étant pas encore arrivée, elle s'assit sur le banc pour l'attendre, assaillie de nouvelles inquiétudes. Et si c'était Mahalia qui se perdait?…

Mais bientôt, rassurée par un bruit de pas discret, elle poussa un soupir de soulagement — qui s'interrompit net.

— Madame Lorena, n'ayez pas peur…

C'était une voix d'homme!

— Qui... qui êtes-vous? bredouilla-t-elle, prête à battre en retraite au risque de se perdre.

— Je viens de la part de Mahalia.

Il s'avança dans la clairière tandis que Lorena scrutait les ombres argentées pour mieux distinguer ses traits. C'était un Blanc, de haute taille avec une forte carrure, mais son visage restait dissimulé sous un chapeau à large bord. Il s'approcha.

— Je m'appelle Sam Wade et je suis un Passeur, expliqua-t-il en lui tendant la main.

Lorena retrouva un peu de sérénité. Après tout, il n'aurait pu s'orienter jusque-là sans le plan de Mahalia.

— Vous n'avez pas eu trop de mal à trouver?

— Non, la carte est très claire. Hier j'ai exploré les environs en barque. C'est un coin idéal... conclut-il sur un ton admiratif.

Lorena hocha la tête, soudain intimidée de recevoir un étranger en vêtements de nuit. Elle sortit l'argent de sa poche et le lui confia.

— Vous connaissez le moyen de me joindre, maintenant. Une rose dans le vase pour un rendez-vous le soir même à minuit. Deux fois par mois, pas davantage, sinon je n'aurai rien à vous donner. Eh bien...

Elle n'avait plus rien à ajouter, n'aspirant qu'à rentrer en sécurité chez elle. Mais Sam avait un autre plan en tête.

— Pardonnez-moi mais... il n'y a pas que votre argent qui nous intéresse. Vous pourriez nous accorder une aide immense. (Elle lui jeta un regard méfiant.) Ce labyrinthe serait une cachette idéale pour les fuyards. Ils viendraient s'y réfugier à la nuit tombée en laissant une rose dans le vase pour vous avertir. Ensuite il faudrait nous transmettre le signal en posant la rose sur le débarcadère : les nôtres passent devant chaque matin pour aller à la pêche. La nuit suivante, vous n'auriez qu'à guider les fugitifs jusqu'au quai où le bateau attendrait. Annie vous aidera.

— C'est trop dangereux pour moi ! s'exclama Lorena, effarée.

Il avait déjà tout mis au point sans la consulter...

— Et comment connaissez-vous Annie ? reprit-elle.

— Elle est des nôtres, comme la plupart des esclaves. Mais ils n'en parlent pas aux Blancs, évidemment.

— Et la gouvernante, Eliza ? Elle irait tout répéter sans hésiter.

— Les opérations auront lieu la nuit... Il faudra simplement que vous quittiez la maison sans être vue. Bien entendu, cela comporte un risque mais songez aux vies qui en dépendent...

— Et si je suis prise ?

— Il n'y a aucune raison. Et puis, Annie pourrait vous remplacer certaines nuits si vous lui montrez le chemin. Je vous en prie, madame Youngblood, nous avons besoin de votre coopération !

Lorena se mordit la lèvre, indécise. Malgré son désir d'aider les esclaves, elle avait l'impression de mettre le doigt dans un engrenage... Se rapprochant de lui, elle tâcha de distinguer ses traits. Il devait avoir la trentaine et paraissait plutôt séduisant avec ses yeux sombres et perçants. Ses cheveux qui tombaient jusqu'au col et ses vêtements négligés lui donnaient l'air d'un rôdeur.

— Et qui êtes-vous, au juste ? demanda-t-elle. Pourquoi ne vous ai-je jamais croisé ?

— Autrefois, je vendais de l'élixir contre les rhumatismes mais maintenant je suis colporteur, expliqua-t-il de sa voix profonde qui la rassurait malgré elle. (Il esquissa une courbette.) A votre service, madame, bien que je traite plutôt avec les contremaîtres et le personnel de maison.

— Ah oui! s'exclama Lorena avec soulagement. J'ai déjà entendu parler de vous sur la plantation de mon beau-père. C'est vous qui rapportez des nouvelles des fugitifs...

— Exactement. Ce qui ne vous a pas empêchée de partir aux renseignements jusqu'à Philadelphie... Le pasteur Jones m'a raconté votre entretien.

Lorena se mit à rire, stupéfaite.

— Vous savez déjà tout de moi!

— Non, rectifia-t-il en retrouvant son sérieux. J'ignore si vous accepterez de suivre mon plan.

Mais comment refuser, maintenant?

— Très bien, céda Lorena avec un sourire un peu forcé. Mais Annie me remplacera souvent, j'en ai peur. Si ces escapades nocturnes se reproduisaient sans cesse, j'éveillerais les soupçons.

— Ce ne sera pas très fréquent. Les Noirs sont terrorisés, de toute manière : ils ne sont pas si nombreux à courir le risque d'une évasion. Nous n'en sommes qu'aux balbutiements... Au début, le réseau n'avait que moi, ici. Ensuite, nous avons infiltré Mahalia et maintenant vous voilà! conclut-il en lui prenant la main comme pour l'accueillir en camarade.

Elle lui répondit d'une pression des doigts.

— C'est d'accord, soupira-t-elle. Vous pouvez passer le mot : les évadés n'auront qu'à se cacher dans le labyrinthe. Mais, Seigneur, j'espère que je ne serai pas découverte!

— Ni vous ni personne. Si votre beau-père s'était douté de quoi que ce soit, je me balancerais au bout d'une corde!

Lorena hocha la tête avec gravité.

— Je dois rentrer maintenant. Dès demain, je parlerai à Annie.

Ils allaient se séparer lorsqu'il annonça la bonne nouvelle qu'il gardait pour la fin:

— Au sujet de Letty, dont vous avez parlé au pasteur Jones…

— On a retrouvé sa trace? s'écria Lorena, pleine d'espoir.

— Oui… Elle embarque pour la Sierra Leone dans quelques jours, en femme libre!

Des larmes de bonheur lui piquant les yeux, Lorena repartit en courant.

Une fois à l'intérieur, elle n'osa rejoindre Ryan au lit, craignant de le réveiller. Comme elle tremblait de la tête aux pieds, il risquait de lui poser des questions gênantes. Mais, loin de son étreinte rassurante, elle eut de la peine à trouver le sommeil.

Quand Ryan se réveilla seul dans son lit le matin suivant, il sentit la moutarde lui monter au nez. Elle ne supportait donc même pas de dormir avec lui! Bien sûr, elle aimait le plaisir qu'il lui donnait, tout comme l'argent de poche, les cadeaux, les toilettes — et l'hospitalité qu'il offrait à sa mère! Mais il ne représentait rien d'autre pour elle… Comment avait-il pu s'imaginer le contraire?

Hors de lui, il descendit à la cuisine avaler une tasse de café sans même s'accorder le plaisir d'un petit déjeuner servi dans sa chambre. Puis il fila aux écuries et sella son cheval, renvoyant d'un geste le valet accouru pour l'aider. Il allait piquer des deux quand un contremaître s'interposa :

— Il y a un problème aux champs, monsieur. Faut-il faucher pour le fourrage des bêtes ou bien laisser le foin sur pied ?

Autant dire le cadet de ses soucis...

— Nous en parlerons demain, lança-t-il en talonnant son cheval.

Pour le moment, il ne pensait qu'à fuir cette parodie de mariage.

Il était presque midi lorsque la voiture s'immobilisa devant les marches de la grande demeure. Un valet sauta à terre pour aider la passagère à descendre tandis que le cocher commençait à détacher les malles sanglées sur le toit.

Victoria Youngblood jeta un coup d'œil autour d'elle. Tout semblait en ordre. En tout cas, la pelouse était impeccable — et heureusement ! Elle inspecterait plus tard les jardins afin de vérifier qu'ils étaient prêts pour l'automne. Pour le moment, elle était épuisée : le voyage depuis Savannah avait duré une éternité, les relais de poste étaient bondés et la nourriture immangeable ! Elle rêvait d'un long bain chaud avant de dévorer un des succulents repas d'Eliza. Ryan pourrait toujours rejoindre Evelyn plus tard pour fêter leur retour. Victoria avait préféré laisser la jeune fille à Richmond pour continuer seule jusqu'à Jasmine Hill.

Elle était en train de payer le cocher lorsque Eliza accourut, pleurant d'émotion.

— Oh, madame Victoria, je suis si contente que vous soyez de retour ! Avez-vous fait bon voyage ?

Victoria la salua d'un signe de tête, s'interdisant de trahir la moindre joie devant son esclave.

— Je suis morte de fatigue ! s'écria-t-elle sur un ton plaintif. Envoie Ebner s'occuper de mes malles et prépare-moi un bain. Je monte directement à ma chambre. Ah, reprit-elle de sa voix sèche, apporte-moi du thé, avec du cake si tu en as du frais.

Eliza la regarda entrer, un sourire aux lèvres. Enfin, M. Ryan et sa femme sauraient qui commandait à Jasmine Hill...

20

Quand elle ouvrit la porte du salon, Victoria s'arrêta net, désorientée. Se serait-elle trompée de couloir ? Mais non ! De toute manière, aucune pièce de la maison n'était tapissée de bleu et de rose pastel ! Personnellement, elle préférait des tons plus sombres, plus sérieux. Où étaient ses doubles rideaux de velours bordeaux ? A la place, des voiles de chintz blanc se gonflaient doucement sous la brise.

Les sourcils froncés, Victoria examina la pièce de plus près en essayant de deviner le fin mot de l'histoire. Ryan lui aurait-il préparé une surprise ? Non... Il ne se serait jamais permis une telle chose. Du reste, il savait bien que sa mère continuerait à occuper la suite même après son mariage avec Evelyn. Mais alors, à quoi avait-il songé ?

Eliza la rejoignit à cet instant, restant à une distance respectueuse. Elle savait que Lorena était encore endormie dans sa chambre. Elle avait également vu Ryan quitter la propriété d'une humeur noire. S'il était malheureux avec elle, Mme Victoria saurait bien annuler ce mariage !

Victoria se tourna vers sa chambre, hésitant une seconde devant la porte fermée, comme arrêtée par un étrange pressentiment. Elle tendit lentement la main vers le bouton de porte et l'ouvrit, repoussant le battant sans bruit.

Epuisée par les péripéties de la veille, Lorena dormait profondément dans la lumière rose qui filtrait par les doubles rideaux.

Une femme dans son lit ! Sans même remarquer que tous ses meubles avaient disparu, Victoria vit rouge.

— Qu'est-ce que ça veut dire ?

Réveillée en sursaut, Lorena se redressa, tâchant de comprendre qui était la furie qui vociférait ainsi. Elle ne mit pas longtemps à le deviner.

— Comment osez-vous dormir dans mon lit ? continuait Victoria. C'est ajouter l'outrage à l'ordure ! Comme s'il ne suffisait pas que mon fils amène une... fille ici, il l'installe dans mon propre lit... Sortez de là, du balai !

— Madame Youngblood... commença Lorena avec nervosité.

— Mais elle me répond, cette misérable créature ! s'emporta Victoria, au bord de l'apoplexie. Dehors ! Eliza, fais déguerpir cette catin avant que je ne perde mon calme !

Abandonnant toute tentative d'explication, Lorena se leva de l'autre côté du lit en enfilant un peignoir. Elle remarqua le sourire triomphal d'Eliza et lui demanda d'une voix glaciale :

— Pourquoi ne l'avez-vous pas prévenue ?

Victoria haussa les sourcils.

— Effectivement, Eliza, pourquoi ne pas m'avoir dit qu'une catin dormait chez moi?

Mais la gouvernante s'enferma dans un silence arrogant. Retrouvant peu à peu ses esprits, Lorena considéra un moment sa belle-mère. Elle avait un nez de fouine et des petits yeux noirs. Visiblement, Ryan tenait plutôt de son père...

— Madame Youngblood, dit-elle, je suis la femme de votre fils. Nous nous sommes mariés à la fin du mois d'août. Je suis navrée que vous l'appreniez dans de telles circonstances.

Victoria chancela et se rattrapa à une armoire. Mais ce n'était pas la sienne! Jetant des regards affolés autour d'elle, elle s'aperçut que tout le mobilier avait changé.

— Ce n'est pas vrai, vous mentez!

Elle consulta Eliza d'un coup d'œil, mais la gouvernante se contenta de hausser les épaules. Le sang bourdonnant à ses tempes, Victoria tituba hors de la pièce.

— C'est incroyable, impensable. Ryan n'aurait jamais... C'est un cauchemar, je vais me réveiller d'une minute à l'autre... Eliza! s'écria-t-elle soudain comme un appel à l'aide. Où a-t-il déménagé mes affaires?

— Dans la chambre jaune, de l'autre côté du hall d'entrée.

Anéantie, Victoria baissa la tête.

Eliza la suivit du regard tandis qu'elle s'éloignait. La gouvernante la connaissait trop bien pour s'inquiéter: sa défaite n'était qu'apparente. Il lui fallait seulement le temps de ruminer sa vengeance.

Une fois seule, Lorena sonna Annie, ne sachant comment affronter cette crise.

— As-tu vu Monsieur, aujourd'hui? (Annie

secoua la tête.) Alors envoie des hommes à sa recherche. Qu'il revienne d'urgence!

Elle se rappela soudain que sa mère devait lui rendre visite le jour même. Mais, à présent, il n'en était plus question.

— Et il faut prévenir ma mère que sa visite est reportée.

Annie allait sortir quand Lorena l'arrêta:

— Mon Dieu, j'oubliais...

Elle lui confia l'accord secret qu'elle avait passé avec Sam Wade. Annie, qui l'écoutait avec gravité, se récria brusquement:

— Ah non, ma'ame Lorena, j'irai pas dans le labyrinthe à vot' place! Vous savez bien que le fantôme de ma'ame Henrietta s'y promène la nuit!

A bout de patience, Lorena coupa court à ses jérémiades.

— Nous reparlerons de tout cela à tête reposée. Pour le moment, borne-toi à guetter le signal sur la tombe.

Victoria, assise à la fenêtre, fixait le paysage sans le voir. Après le choc initial, c'étaient les nerfs qui menaçaient de lâcher. Une migraine épouvantable lui martelait les tempes. Si Eliza n'apportait pas le cognac sur-le-champ, elle allait hurler. Et où était passé Ryan? Comment pouvait-il l'abandonner dans un moment pareil?

Eliza revint avec l'alcool et des sucres qu'elle imbiba soigneusement avant de les passer à sa maîtresse.

— Et maintenant, je veux tout savoir, murmura Victoria.

Près de défaillir en entendant que son fils avait épousé la belle-fille de Tremayne, Victoria finit par repousser les canards pour se servir un verre de cognac qu'elle vida d'une gorgée.

— C'est encore pire que je ne l'avais imaginé ! Le père est inconnu, le beau-père un criminel, et la mère une moins que rien qui voudrait s'imposer partout ! Dire que les hommes la trouvent belle : les crétins... Pauvre Evelyn ! Comment va-t-elle réagir ? Quelle humiliation pour elle... ! Et ses parents ?

— Oh, ils sont forcément au courant, madame Victoria. M. Ryan a organisé deux réceptions pour célébrer les fiançailles et le mariage. Mais, vous savez, je n'y ai pas prêté la main ! Ce sont les autres qui se sont mis en quatre pour que tout soit réussi.

— Alors Evelyn a dû apprendre la nouvelle dès son retour... Mon Dieu, mon Dieu, se plaignit Victoria, ses douleurs empirant de minute en minute. Ryan a perdu la tête ! Quand je pense que les ancêtres d'Evelyn remontent à la Couronne britannique... La mère idéale des héritiers Young-blood ! Mon pauvre époux — Dieu ait son âme — doit se retourner dans sa tombe !

— Vous n'avez rien à vous reprocher, madame, observa Eliza en remplissant à nouveau son verre. Ce n'est pas votre faute si Ryan est fils unique. Vous avez perdu deux bébés avant lui et vous avez failli mourir en couches pour le mettre au monde.

— Crois-tu que cela me vaille le moindre respect ? Pas du tout ! Il a préféré négliger son devoir pour de la racaille. Quelle honte !... Il doit bien y avoir un moyen de mettre un terme à cette folie...

— En tout cas, ils ne sont pas heureux ensemble, hasarda Eliza.

— Ah non ?

Ecoutant les détails, Victoria entrevit une lueur

d'espoir. Ainsi, cette mijaurée avait pris son garçon au piège ? Elle le tirerait de ce mauvais pas, foi de Victoria Youngblood! Mais elle devrait se montrer prudente : il était si buté. S'il soupçonnait son plan, il se cabrerait comme un cheval rétif...

— Bien, conclut-elle avec un profond soupir, sa décision prise. Où est ce bain, Eliza ? Et pense à mon thé...

Désappointée, Rosa dut se résigner à annoncer la nouvelle à sa maîtresse. Pourtant Mme Katherine était prête depuis l'aube, tant elle se réjouissait de passer la journée chez sa fille. Et surtout, elle ne voulait pas être à la plantation quand Zachary se réveillerait. Il était rentré tard, la nuit dernière, et ivre. Rosa, qui dormait maintenant dans le débarras, l'avait entendu jurer depuis les écuries. Craignant d'être découverte, elle était restée blottie dans sa cachette. Mais elle ne laisserait plus Mme Katherine seule avec ce monstre : sans elle et les potions de Tulwah, elle serait morte l'autre nuit. Tulwah avait dû bander sa poitrine dans une espèce de cataplasme pour arrêter l'hémorragie. Il l'avait veillée jusqu'à l'aube, revenant ensuite plusieurs fois à l'insu de tous.

Tulwah rassemblait sans doute des *wanga*, pour le sort qu'il allait jeter à Zachary. Il n'y avait pas de temps à perdre. Tremayne avait encore battu Ben, enragé par la disparition de Letty. Pourvu que Ben ne s'enfuie pas avant que les Passeurs aient mis au point leur nouveau plan... Parce que, si Zachary le rattrapait, il le tuerait sans aucune pitié...

Installée à la fenêtre, Katherine lança un regard

désolé à Rosa dès qu'elle entra. Elle avait vu arriver un messager au lieu de la voiture promise : cela ne présageait rien de bon.

— Sait-on pourquoi la visite est annulée ?

— Non, ma'ame. Ma'ame Lorena a seulement dit que c'est impossible aujourd'hui.

Katherine battit des paupières, refoulant ses larmes pour ne pas pleurer devant Rosa. Elle avait tant rêvé de cette journée, projetant déjà de s'installer à Jasmine Hill. Avec ce monstre de Zachary, elle craignait pour sa vie... La nuit précédente, il l'avait encore violée et battue pour la repousser ensuite avec dégoût.

— Tu me rends malade, avait-il hurlé, tu n'es plus bonne à rien à force de te prélasser toute la journée ! Tu ne vaux pas mieux que mes autres nègres...

Ce matin à l'aube, Tulwah lui avait administré un nouveau cataplasme, lui promettant que son malheur prendrait bientôt fin : il s'occupait de tout.

Katherine ne lui avait demandé aucune explication. Elle ne songeait plus qu'à s'enfuir chez Ryan Youngblood, quitte à se traîner à ses genoux pour obtenir sa protection.

Très lasse, elle se leva et se déshabilla lentement pour se recoucher. Avec une bonne dose de sirop, elle dormirait.

Quand Zachary émergea enfin d'un sommeil aviné, la nuit était presque tombée. Il resta quelques minutes sans bouger, terrassé par la douleur qui lui martelait la tête. Guérir le mal par le mal, c'est ce qu'il faisait toujours : une bonne lampée de whisky et il se sentirait mieux. Il roula sur le côté pour se lever. C'est alors qu'il le vit.

Des yeux vitreux le fixaient, les yeux d'un coq mort posé sur l'oreiller tout près de lui. La tête de l'animal saignait encore, jusque sur son épaule. Zachary hurla de terreur en lançant la bête contre le mur où elle s'écrasa en une bouillie répugnante.

Il sauta sur ses pieds, tremblant de tout son corps.

Vaudou. Magie noire. Les esprits du Mal...

Quelqu'un lui jetait un sort ! Il passa ses ennemis en revue, le cœur battant une sarabande effrénée. Sa femme, évidemment...

Eh bien, si elle croyait pouvoir le détruire, elle en serait pour ses frais ! Il lui réglerait son compte pour de bon. Depuis le temps qu'il aurait dû s'y résoudre...

Qu'elle reparte parmi les siens ! En esclavage...

21

Quand Ryan vit Ebner qui l'attendait aux écuries, il pressentit le pire.

— Qu'y a-t-il ? demanda-t-il en mettant pied à terre, lançant les rênes à un valet.

— Ma'ame Victoria est rentrée.

Ryan passa une main dans ses cheveux. Bon sang, il aurait préféré être là...

— A quelle heure ?

— Vers midi.

A l'horizon, les derniers rayons du soleil doraient la chaîne des montagnes. Ryan poussa un soupir résigné.

— Eh bien ? Comment cela s'est-il passé ?

196

Nul besoin de préciser qu'il songeait au premier face à face de Lorena avec sa mère. Ebner le comprit à demi-mot.

— Je sais pas, missié Ryan, je sais pas. Eliza, elle a pas prévenu vot' maman avant qu'elle monte à sa chambre. En tout cas, ma'ame Lorena, elle est pas sortie cet après-midi, elle a juste envoyé quelqu'un chez sa maman pour annuler la visite d'aujourd'hui.

Ryan émit un juron : il avait oublié... En réalité, il avait erré sans but toute la journée, ruminant son dilemme sans trouver la moindre solution. Les données du problème n'avaient pas changé : il aimait Lorena, Lorena ne l'aimait pas. S'il n'avait pas l'intention de la perdre, il ne voulait pas non plus avouer ses sentiments au risque de se ridiculiser une fois de plus.

— D'après Eliza, ma'ame Victoria demande à être prévenue dès votre retour. Vous devez l'attendre dans votre bureau.

— D'accord, acquiesça Ryan pour se débarrasser de cette corvée le plus vite possible.

Une fois dans son bureau, il n'eut que le temps de boire une gorgée de whisky pour se donner du courage : sa mère se présentait déjà.

— Bienvenue à la maison, déclara-t-il poliment en se levant pour l'accueillir.

Mais il resta cloué sur place comme Victoria fondait subitement en larmes. Il ne l'avait jamais vue pleurer, même à la mort de son père... Complètement dérouté, il la regarda s'effondrer sur le canapé, le visage entre les mains. Il s'était attendu à tout — des cris, des insultes — mais pas à ça ! Ne sachant comment réagir, il s'assit près d'elle et lui pressa les épaules d'un geste maladroit.

— J'aurais préféré vous annoncer la nouvelle moi-même et...

— Mais, Ryan, s'écria-t-elle, levant des yeux embués vers lui, ce n'est pas ce mariage qui me blesse, même si je prie Dieu pour que tu ne le regrettes pas toute ta vie. Ce que je ne comprends pas, c'est que tu puisses me haïr au point de monter ta femme contre moi avant que j'aie eu l'occasion de la rencontrer !

Elle secoua la tête, paraissant trop bouleversée pour ajouter un mot.

— Pardon ? s'étonna Ryan, de plus en plus inquiet.

Victoria redoubla de sanglots, incapable d'articuler une syllabe. Levant les yeux, Ryan aperçut alors Eliza qui hésitait devant sa porte comme si elle n'osait pas entrer.

— Eh bien, Eliza, soupira-t-il en se levant, tu peux sans doute m'éclairer ?

La gouvernante s'avança docilement pour réciter le petit couplet qu'elle avait répété plusieurs fois avec sa maîtresse.

— J'ai entendu ma'ame Victoria pleurer... Alors je suis venue voir, parce qu'elle va se rendre malade si elle ne se calme pas ! Ce fut une scène horrible, horrible, monsieur Ryan. Si seulement vous aviez été là pour la réconforter...

— Venons-en au fait ! ordonna-t-il sèchement.

— Eh bien, ma'ame Victoria est montée à sa chambre sans se douter de rien. Ma'ame Lorena dormait encore mais, dès qu'elle a vu votre maman, elle s'est mise à jurer comme un charretier et elle lui a crié de sortir.

— Oh, c'était affreux, gémit Victoria. Jamais on ne m'a parlé sur ce ton de toute ma vie ! Et ce langage... Je ne savais plus à quel saint me vouer.

J'ai fini par croire que c'était une... une de ces filles que tu fréquentes.

Ryan foudroya Eliza du regard, la soupçonnant d'avoir parlé de Corrisa à sa mère. Mais l'esclave gardait obstinément les yeux baissés.

— Et quand je lui ai demandé de partir, elle est devenue comme folle, continuait Victoria. Elle m'a dit que c'était à moi de déguerpir parce qu'elle était ta femme et que je n'avais plus aucune raison de rester ici. Elle a hurlé que tout avait changé et que je comprendrais vite qui commandait à Jasmine Hill, maintenant. Mon Dieu, mon Dieu, ton père doit se retourner dans sa tombe...

Elle suffoqua brusquement, portant la main à sa gorge avec des tremblements convulsifs tandis qu'Eliza se précipitait près d'elle.

— Envoyez chercher le docteur, je vous en supplie, monsieur Ryan. Elle est très mal.

Mais Victoria leva une main en signe de protestation.

— Non, non, pas de docteur, murmura-t-elle comme une héroïne de tragédie. Il faut laver notre linge sale en famille... Je peux, je dois surmonter cette épreuve. Eliza, prépare-moi une tisane, je te prie.

Eliza s'éclipsa tandis que Victoria se laissait aller contre les coussins. Perplexe, Ryan retourna s'asseoir derrière son bureau, tâchant d'y voir plus clair. Cette scène ne ressemblait guère à Lorena... Qui croire ? Pour le moment, il n'avait qu'un seul son de cloche.

— Eliza aurait pu vous épargner ce choc en vous prévenant, observa-t-il enfin.

— Elle a estimé que ce n'était pas son rôle.

— C'est bien la première fois qu'elle reste à sa place !

Victoria ignora le sarcasme.

— Que vais-je devenir, mon fils ? Si je suis de trop, je préfère disparaître...

— Ce ne sera pas nécessaire.

— Mais, Ryan, je ne comprends pas. Tu sais bien que j'avais espéré que tu épouserais Evelyn. La pauvre enfant... Elle a sans doute le cœur brisé !

— Ne vous inquiétez pas pour elle. Elle trouvera un autre fiancé avant Noël.

Victoria plissa les yeux. Effectivement, Evelyn était trop riche et trop jolie pour rester seule très longtemps... Raison de plus pour agir vite.

— Qui est ta femme ? D'après Eliza... Mais je ne peux pas la croire.

— Lorena Sterling. Sa mère est Katherine Tremayne, la femme de Zachary Tremayne.

— Mon Dieu ! s'écria Victoria avec désespoir. Ce monstre ? Et je connais son épouse. Elle cherche toujours à s'imposer chez les gens respectables... On ne sait même pas d'où elle sort. Pense aux tares héréditaires que cette Lorena risque de transmettre à vos enfants...

Elle leva brusquement les yeux vers lui :

— Oh non... Ne me dis pas que tu l'as épousée pour réparer ! Elle est enceinte ?

— Pas encore, répliqua-t-il avec froideur.

— Ce n'était pas par amour, tout de même !

— Eh bien si, rétorqua-t-il, lui-même surpris de sa réponse.

Victoria sursauta, refusant d'y croire.

— Je peux te tirer de ce pétrin, tu sais.

— Mais il n'y a aucun problème !

— Alors qu'elle m'a insultée ?

200

— Je vais lui parler. C'est un malentendu, j'en mettrais la main au feu.

— Mais comment en es-tu arrivé là ? insista Victoria en prenant la tasse que lui tendait Eliza. Pour moi, c'est une énigme...

— Allons, mère, avez-vous jamais cherché à me comprendre ?

Victoria se tut un instant. Elle n'obtiendrait rien de ce côté-là.

— Et moi ? reprit-elle. Dis-moi ce que je deviens, maintenant.

— Rien n'a changé, l'assura-t-il avec un brin de lassitude, pressé d'aller retrouver Lorena pour entendre sa version. Vous êtes la maîtresse de Jasmine Hill et Lorena le sait très bien. Quant aux appartements, il était convenu que je m'y installerais après mon mariage, n'est-ce pas ?

— Oui, oui... bien sûr, acquiesça Victoria avec une soumission de façade, bouillant intérieurement.

— Reposez-vous un peu avant le dîner, suggéra-t-il. Le temps que je règle cette affaire...

Victoria se redressa, prenant une voix plus sévère.

— Si nous devons vivre sous le même toit, je ne puis tolérer qu'elle me parle sur ce ton ! Qu'elle s'excuse et je passerai l'éponge.

— Je suis certain qu'elle ne demande qu'à se réconcilier avec vous.

— Espérons... conclut Victoria, le suivant d'un regard plein de douleur.

Quand Ryan entra, Lorena arpentait sa chambre comme un lion en cage.

— Ryan, bon sang, où étiez-vous passé ? Votre

mère était folle de rage! Elle a fondu sur moi en me traitant de catin!

Ryan garda un instant le silence. Qu'elle était belle, dans sa colère! Les mains sur les hanches, elle releva la tête avec défi, ses cheveux de jais ébouriffés. Ses yeux d'ambre étincelaient d'un feu liquide, ombrés par de longs cils soyeux. Il eut brusquement envie de caresser ses joues rosies par l'émotion.

— Alors? s'impatienta Lorena. J'ai eu beau lui dire que nous étions mariés, elle n'a rien voulu savoir!

Il s'assit et l'attira sur ses genoux malgré sa résistance.

— Ecoutez-moi, commença-t-il en lui posant un baiser dans le cou. Je n'ai pas assisté à la scène mais, à mon avis, il vaut mieux tourner la page. Ma mère était sous le choc. Ni l'une ni l'autre, vous ne saviez ce que vous disiez, j'en suis persuadé. Alors je vais sonner Ebner et commander un souper pour fêter dignement le retour de ma mère. Vous n'avez qu'à vous excuser pour que nous repartions de zéro.

Lorena le dévisagea, pétrifiée.

— Etes-vous devenu fou? M'excuser? Parce qu'on m'a réveillée en me traitant de catin?

— Si c'est le prix à payer pour vivre en paix sous le même toit?

— Non, non. Le mieux serait de s'expliquer franchement et...

Il la lâcha et se leva.

— Ce n'est pas du tout le genre de ma mère, répliqua-t-il avec brusquerie. Ce sera beaucoup plus simple si vous cédez. D'ailleurs, il était entendu que ma mère restait la maîtresse de

202

Jasmine Hill. Pourquoi lui avoir soutenu le contraire ?

— Quoi ? Je n'ai jamais rien dit de tel !

— Allons, Lorena... murmura-t-il, cherchant à se montrer conciliant.

— Et ma mère ? Quand pourra-t-elle nous rejoindre ?

— Pas maintenant. Il faut laisser un peu de temps à Victoria, qu'elle s'habitue à notre mariage...

— Maman sera morte avant ! s'écria Lorena, les larmes aux yeux.

— Eh bien, j'essaierai de mon mieux... si vous y mettez un peu du vôtre.

— Je ne m'excuserai pas !

— Vous vous rendez compte de la situation où vous me placez, toutes les deux ? Mais cela vous est bien égal, n'est-ce pas ? Vous tolérez à peine ma présence, de toute manière, sinon vous ne seriez pas retournée dormir seule dans votre chambre la nuit dernière !

Comme elle aurait voulu lui avouer la vérité ! Ses seuls moments de bonheur, de sécurité, elle les connaissait auprès de lui, dans ses bras. Mais elle n'osait pas lui ouvrir son cœur...

— J'aime dormir seule, c'est tout.

Il la scruta un instant, hors de lui.

— Heureusement que je vous ai épousée, Lorena. Si vous étiez ma maîtresse, je vous aurais déjà quittée !

Eliza, l'oreille collée à la porte, battit en retraite. Mme Victoria serait ravie d'apprendre que Ryan était fâché contre sa femme... Quant au projet d'accueillir Katherine Tremayne à Jasmine Hill, il l'intéresserait au plus haut point !

Lorena rumina sa colère le reste de l'après-midi, indécise. Tentée de se retrancher dans sa chambre jusqu'à ce que Victoria accepte un compromis, elle craignait que son absence ne passe pour une preuve de culpabilité : si elle se cachait, c'est qu'elle avait honte...

Et après tout, elle était chez elle à Jasmine Hill ! Elle avait parfaitement le droit de descendre dîner.

Quand la jeune femme pénétra dans la salle à manger, Victoria s'y trouvait déjà. Elle suivit sa belle-fille d'un regard hautain en savourant un verre de vin.

— Attendez que Ryan soit là pour me présenter vos excuses. Je veux qu'il les entende.

— N'y comptez pas, madame Youngblood, répliqua Lorena avec fermeté. Je crois que nous devrions oublier l'incident de ce matin pour vivre en bonne intelligence. Je suis la femme de votre fils et...

— Plus pour très longtemps.

Lorena battit des cils, n'en croyant pas ses oreilles. Mais le sourire de Victoria et l'éclair métallique de son regard ne laissaient aucune place au doute.

— Encore autre chose, mademoiselle Sterling... Ne vous imaginez pas que je laisserai votre mère s'installer chez nous. Et pourquoi pas toute la racaille du comté, tant que vous y êtes ? De toute manière, vous ne resterez pas assez longtemps pour imposer votre loi. Ryan n'a pas pu résister à un joli minois, comme d'habitude. Mais il se lassera vite de vous, si ce n'est déjà le cas ! Un bon conseil : déguerpissez avant que l'on vous jette dehors.

— Mais il n'en est pas question ! s'exclama

Lorena. Vous ne pouvez pas détruire notre mariage !

— Combien voulez-vous pour quitter mon fils ?

Suffoquée, la jeune femme la dévisagea un instant sans parler.

— Quoi que vous puissiez croire, madame Youngblood, j'aime Ryan ! lança-t-elle enfin.

Victoria accusa le coup, prise au dépourvu. Mais, de loin, elle reconnut le pas de Ryan qui arrivait de son bureau.

— Vous le regretterez, murmura-t-elle avant de se jeter son propre verre de vin au visage. Comment osez-vous ? hurla-t-elle alors.

Entendant les cris, Ryan se précipita pour trouver sa mère trempée.

— Que se passe-t-il ?

— Elle s'est aspergée elle-même pour m'accuser ! expliqua aussitôt Lorena.

— Etes-vous folle ? se plaignit Victoria. Eliza ! Eliza !

— Oui, madame, répliqua Liza en accourant. Ô mon Dieu, Jésus Marie Joseph... (elle dissimula un sourire, ayant espionné la scène depuis le début) ... ces taches ne partiront jamais...

Les deux femmes sortirent dans un grand tapage, laissant Ryan et Lorena en tête à tête.

— Et je dois croire qu'elle s'est elle-même versé le vin sur la tête, murmura Ryan.

— Vous m'accusez de mentir ?

— Sincèrement, je ne sais plus quoi penser... (Il se passa les mains dans les cheveux, secouant la tête comme pour remettre de l'ordre dans ses idées.) Je m'attendais à des problèmes au retour de ma mère, mais cette maison est devenue un véritable champ de bataille.

— En tout cas, ce n'est pas moi qui ai commencé.

— Oh si! s'écria Victoria, qui n'était pas partie bien loin. Vous avez engagé les hostilités dès notre première rencontre! Mais peu importe, tout est terminé : je me rends, je m'en vais.

Ryan sursauta.

— Une seconde, voulez-vous? Asseyons-nous, soyons un peu raisonnables...

— Non! persista Victoria, les joues baignées de larmes. Je ne suis plus chez moi, ici. Je préfère m'installer chez ma cousine Hannah, à Richmond. Elle m'accueillera sous son toit, elle comprendra...

— C'est peut-être une bonne solution, chuchota Lorena à son mari. Le temps que nous retrouvions tous nos esprits. Votre mère est tellement bouleversée...

Ryan la dévisagea, stupéfait.

— Mais elle est chez elle, à Jasmine Hill. Vous ne vous imaginez pas que je la chasserais de sa propre maison, tout de même! (Il se massa les tempes.) Comme si nous n'avions pas assez de problèmes à régler tous les deux... Vous me rendez fou!

Il sortit en claquant la porte, partant se réfugier dans son bureau. Sur le point de gagner sa chambre, Lorena se ravisa au dernier moment et le rejoignit.

— Ryan, nous avons à parler.

— Ah oui? murmura-t-il avec lassitude. Je pensais justement qu'au fond, je ne sais rien de vous.

— Votre mère ment, Ryan. Et si vous ne me croyez pas, tout espoir est perdu pour nous. Nous ne serons jamais heureux ensemble.

— Y a-t-il jamais eu la moindre chance ? lança-t-il, ironique.

Lorena s'enfuit dans sa chambre, craignant de livrer ses véritables sentiments. Quant à Ryan, loin de la suivre, il sonna Ebner pour qu'il prépare son sac : il partirait à La Nouvelle-Orléans dès la première heure le lendemain. La foire aux chevaux ne commencerait que plusieurs semaines plus tard, mais s'il ne prenait pas un peu de distance avec Jasmine Hill, il allait perdre la tête...

Avant de disparaître, il écrivit une lettre à Lorena. Il lui expliquait son geste et lui suggérait de retourner chez sa mère jusqu'à son retour. Et puis il lui avouait son amour, ajoutant qu'il avait seulement besoin de temps pour réfléchir, puisqu'elle ne partageait pas ses sentiments...

Le matin suivant, il glissa l'enveloppe sous la porte de sa femme et s'éclipsa sans bruit.

Voyant le coin dépasser, Eliza la ramassa aussitôt pour la porter à sa maîtresse.

22

La journée s'écoula avec une lenteur insupportable. Trop furieuse pour sortir de sa chambre, Lorena cherchait désespérément une issue au conflit. Elle s'inquiétait également pour sa mère.

Quand Annie apporta le plateau du petit déjeuner, Lorena n'y toucha pas, se bornant à boire un peu de citronnade vers midi en grignotant une galette de maïs.

Elle avait raconté la scène de la veille à Annie et lui avait demandé de surveiller la maisonnée à sa place. Vers une heure, la petite bonne accourut au rapport.

— Ma'ame Victoria s'est levée comme si de rien n'était. Quant à Eliza, elle m'a ordonné de nettoyer l'argenterie parce que ma'ame Victoria attend mam'selle Evelyn et sa mère pour le thé. Les filles de cuisine préparent même des petits fours.

Lorena eut un pincement au cœur. Eh bien, Victoria ne perdait pas de temps !

— As-tu vu Monsieur ?

— Non, ma'ame. J'ai demandé à Ebner mais il est resté bouche cousue.

— Si tu l'aperçois, préviens-moi vite : il faut que je lui parle. Cette folie ne peut pas durer indéfiniment !

A quatre heures, Annie remonta la voir, tout excitée d'avoir élucidé le mystère.

— J'ai pu tirer les vers du nez à un valet d'écurie ! Missié Ryan serait parti à la première heure pour La Nouvelle-Orléans avec armes et bagages. Il ne sait pas quand il rentrera.

Comment avait-il pu s'éclipser sans un mot en la laissant aux griffes de sa belle-mère ? Même Ebner, qu'elle trouva dans la cour occupé à cirer les bottes de son maître, ne put lui en apprendre davantage. Victoria apparut sur ces entrefaites.

— Retirez-vous immédiatement dans votre chambre, mademoiselle Sterling. J'ai des invitées pour le thé et votre présence serait inopportune.

Lorena la considéra avec un soupir.

— J'ai pitié de vous, madame Youngblood. Nous aurions pu être amies, vous et moi...

Victoria eut un ricanement.

— Pour quoi faire ? Ryan est allé consulter notre avocat à La Nouvelle-Orléans... afin de se débarrasser de vous.

208

Lorena se tenait sous la véranda lorsqu'une calèche s'immobilisa devant la maison. Une jeune fille menue et délicate en descendit, vêtue d'une robe vert olive. Des boucles blondes dépassaient de son bonnet et, quand elle leva les yeux, Lorena s'aperçut qu'elle était ravissante. Evelyn Coley, sans aucun doute… Celle-ci murmura un mot à la dame plus âgée qui l'accompagnait, probablement sa mère. Cette dernière, jetant un regard glacial à Lorena, prit la main de sa fille pour gravir les marches.

Tentée une seconde de jouer les trouble-fête, Lorena y renonça. Cela n'aurait servi qu'à attiser la haine.

Quant à rester à Jasmine Hill en l'absence de Ryan, ce serait désagréable, voire dangereux. Déçue, blessée qu'il ne l'ait pas emmenée avec lui, elle comprenait aussi sa fureur… Le mieux était encore de retourner veiller sur sa mère, au risque de devoir affronter Zachary.

Le soir même, alors qu'elle avait pris sa décision, Annie arriva hors d'haleine la prévenir qu'on avait placé une rose dans le vase d'Henrietta.

— Bien, commenta Lorena en hochant la tête. Tu m'accompagneras pour monter la garde. Il ne faudrait pas qu'Eliza nous surprenne.

— Oh non, ma'ame ! se lamenta Annie en oscillant d'un pied sur l'autre. Je ne peux pas aller là-bas, ça non ! Pas cette nuit : c'est la pleine lune et le fantôme de ma'ame Henrietta rôde dans le jardin. J'ai peur des esprits, moi !

— Ne dis pas de bêtises. C'est d'Eliza qu'il faut se méfier, pas des fantômes.

— Je peux pas, je peux pas, s'entêta Annie, de plus en plus affolée. Je peux pas !

Craignant qu'elle ne finisse par donner l'alerte en piquant une crise de nerfs, Lorena n'insista pas. Elle sortit seule après onze heures, quand elle fut certaine que Victoria dormait. La nuit était silencieuse, vibrant d'un calme surnaturel. On n'entendait que le hibou se plaindre au loin et la brise qui frémissait dans les branches du magnolia.

Elle entra dans le labyrinthe, guettant le moindre bruit. Une fois sûre que la voie était libre, elle osa appeler à voix basse :

— Y a-t-il quelqu'un ? N'ayez crainte, je viens vous aider.

Un gémissement monta de l'ombre, puis une voix familière retentit :

— Dieu merci, mam'selle Lorena, Dieu merci, vous voilà !

— Ben ! C'est toi ? s'écria-t-elle en le serrant dans ses bras.

— Il fallait que je parte ! gronda-t-il avec un mouvement de recul.

Elle sentit sa peau poisseuse de sang.

— Mon Dieu... On t'a fouetté ?

— Je m'évade, ma'ame Lorena, j'en peux plus. Si Letty a réussi, pourquoi pas moi ? Missié Sam, il m'a dit de me cacher ici si j'ai peur de longer le fleuve. Et sûr que j'ai peur. Missié Zachary, c'est là qu'il va chercher en premier. (Il eut un petit rire gêné.) Je craignais un peu les fantômes mais missié Zachary, il est encore pire.

— Et Sam Wade, sait-il que tu es là ? Sinon, je dois lui donner le signal et tu ne quitteras le dédale que demain.

— J'ai prévenu missié Sam. Il m'a promis que

la barque serait à l'embarcadère une heure après minuit.

— Alors, allons-y.

Ils enfilèrent les couloirs de verdure. Ben suivit Lorena qui comptait les virages, hésitant parfois avant de repartir, le cœur battant de plus en plus fort. Au moment où elle se crut perdue, ils débouchèrent à l'air libre.

— Nous y sommes ! s'exclama-t-elle avec soulagement.

La silhouette d'une barque se profilait non loin, à peine visible sous les branches d'un saule pleureur.

— Tu seras en sécurité, Ben. Ils vont te conduire en Pennsylvanie et, de là, tu traverseras l'océan pour rejoindre Letty.

— Ma'ame Lorena, balbutia-t-il, visiblement ému. Il faut que j'vous dise… Chez missié Tremayne, ça va de pire en pire. Rosa veut que j'vous prévienne : si vous voulez sauver vot' maman, ne perdez plus une minute parce que missié Zachary, il est devenu fou. Tulwah lui a jeté un sort et…

Les mots se précipitaient dans sa bouche, presque incompréhensibles.

— Tulwah, il est pas juste médecin, poursuivait Ben. Il connaît le vaudou, c'est un sorcier. Et il a décidé de punir missié Zachary. Même que ça marche parce que, d'après Rosa, missié Zachary se sent mal, il a des douleurs et comprend pas pourquoi. L'autre jour il a battu Rosa en l'accusant de chercher à l'empoisonner, et maintenant il prépare ses repas lui-même. Et avec vot' maman, il est pire qu'avec nous autres.

— Ne t'inquiète pas. Je retourne dès demain à la plantation et je ne partirai pas sans elle.

— Non ! Surtout pas demain. Avec mon évasion, missié Zachary sera pas à prendre avec des pincettes ! Attendez quelques jours, jusqu'à ce qu'il parte à ma recherche comme pour Letty. A ce moment-là, vous pourrez ramener vot' maman, et Rosa aussi, j'espère.

Lorena se mordit les lèvres, indécise. Elle s'était tant réjouie d'aller retrouver sa mère... Pourtant, Ben avait sans doute raison.

Ben sortit à découvert comme deux hommes lui adressaient des signes impatients depuis la barque. Il se retourna une dernière fois, les larmes aux yeux.

— Dieu vous bénisse, ma'ame Lorena. Je vous oublierai jamais.

Incapable de trouver le sommeil, Victoria s'agitait dans son nouveau lit, loin du décor familier de sa chambre. Maudite Lorena Sterling ! Dire que cette peste voulait installer sa mère à Jasmine Hill... Katherine Tremayne n'était sans doute pas étrangère aux manœuvres de sa fille pour épouser Ryan.

Alors que l'horloge sonnait deux coups, Victoria repoussa brusquement ses couvertures et se leva. Un petit verre de sherry, voilà ce dont elle avait besoin ! S'emparant de la bouteille qu'elle cachait dans sa table de nuit, elle sortit respirer un peu d'air frais sur son balcon. Mais quelle ne fut pas son horreur quand elle aperçut une forme blanche qui flottait à la sortie du labyrinthe ! Un cri s'étrangla dans sa gorge. Jamais elle n'avait cru aux histoires de fantômes mais, tout à coup, ses convictions vacillaient.

Elle agrippa la balustrade d'une main tremblante avant de se rejeter dans l'ombre.

Lorena Sterling...

Sotte qu'elle était! Comment avait-elle pu croire à un revenant?... Mais pourquoi sa belle-fille était-elle dehors à une heure pareille?

Soudain la réponse s'imposa d'elle-même: un homme! Ce dédale était le rendez-vous idéal. Voilà peut-être pourquoi elle évitait le lit de Ryan...

Maintenant, Victoria avait une arme pour forcer Lorena à partir. Il suffirait de surveiller la jeune femme et de la prendre en flagrant délit... Victoria regagna son lit en jubilant. Pour la première fois depuis son retour, elle dormit comme un loir.

Complètement effaré, Nate Donovan dévisagea Zachary.

— Vous ne savez plus ce que vous dites, observa-t-il. C'est l'évasion de cet esclave qui vous brouille les idées, mais on va le retrouver. Il ne peut pas être loin.

Zachary se servit un verre avant de rendre la bouteille à Nate.

— Tu te trompes sur toute la ligne, mon gars.

Même s'il était tard, Zachary n'était pas pressé de monter se coucher. Chaque nuit passée dans sa chambre était un cauchemar: d'abord le coq étranglé, ensuite un oiseau mort sous son oreiller, et des taches de sang...

— Les évadés trouvent de l'aide quelque part. Sinon ils ne se volatiliseraient pas dans la nature! Non, tout ça n'est pas clair. Ils ont forcément des complices et, à mon avis, ma métisse de femme n'est pas étrangère à cette histoire. C'est pour ça que je veux m'en débarrasser!

Nate garda le silence, mal à l'aise.

— Sans compter les têtes de coq et le reste...

Elle essaie de me tuer avec ce vaudou. Ma patience a des limites, figure-toi! Alors, tu l'emmènes ou il faut que je m'adresse à quelqu'un d'autre?

Nate haussa les épaules. C'était tout réfléchi: dans son métier, il valait mieux éviter les états d'âme. Et puis il avait vu plus d'une mulâtre se croire tirée d'affaire parce qu'elle avait épousé un Blanc, et finir aux enchères. Mais souvent, le mariage était un marché de dupes dès le départ: le cas de Katherine Tremayne était bien différent...

— Bon, qu'attendez-vous de moi, exactement? finit-il par demander. Il me faut des documents officiels, vous savez.

— Les voilà.

Zachary lui tendit l'acte de propriété qu'il avait rédigé, ainsi qu'une procuration de vente.

— Je veux qu'elle disparaisse dès ce soir, ajouta-t-il.

Nate se leva, fourrant les papiers dans sa poche.

— Elle dort?

— Sûrement. Je n'entends plus de bruit là-haut depuis un moment. Ou alors elle fait semblant, pour que je n'aille pas exiger mon dû. Mais le devoir conjugal avec elle, j'en ai soupé! Elle ne sait que tousser et cracher le sang...

— Pourquoi ne pas attendre qu'elle meure, tout simplement?

— Et supporter les pattes de poulet sur mes draps? Pas question!

— Très bien. Jason viendra m'aider. Un bâillon, un sac sur la tête et le tour sera joué.

Katherine fut réveillée en sursaut par un chiffon puant qu'on lui enfonçait dans la gorge. Elle sentit des bras l'immobiliser puis la soulever de terre.

Toute résistance aurait été inutile, même si elle avait eu la force de se débattre...

En entendant Nate et Jason quitter la maison, Zachary émit un ricanement de triomphe. Enfin, il était débarrassé d'elle pour toujours! Il allait pouvoir oublier le vaudou et retrouver le repos: les esclaves comprendraient qui était le maître et le calme reviendrait pour de bon.

Soudain il sursauta tandis qu'un vacarme explosait de toute part. Pendant un instant, il crut même que le bruit venait de son propre bureau. Se couvrant les oreilles de ses mains, il se redressa en titubant.

Les tam-tams continuaient, forts, rythmés. Ils martelaient la nuit comme un cœur battant, dissimulés dans les bayous où aucun Blanc n'osait s'aventurer.

Zachary courut chercher ses fusils, déployant un véritable arsenal autour de lui. Au moins, si l'un de ces démons le poursuivait jusqu'ici, il le renverrait droit en enfer!

Soudain les tam-tams résonnèrent encore plus fort, par-dessus les hurlements de terreur de Zachary. Ses nerfs avaient lâché...

23

Le sourire d'Eliza s'élargissait davantage à chaque mot de Victoria.

— Alors voilà pourquoi elle s'est introduite dans le bureau de M. Ryan! s'exclama-t-elle enfin. Pour recopier le plan du labyrinthe!

— Nous en avons le cœur net, maintenant.

Lorena a tout manigancé avec son amant et sa mère. Une fois Katherine Tremayne installée à Jasmine Hill, elles devaient sans doute voler l'argent de Ryan! (Victoria eut un frisson théâtral.) Peut-être mijotent-elles de nous assassiner avant le retour de mon fils!

Eliza baissa les yeux, gênée. Sa maîtresse se laissait emporter par son imagination...

— Comment puis-je vous aider, madame?

— Je veux que tu surveilles ses moindres faits et gestes. Tu dois me prévenir dès qu'elle quitte sa chambre au cas où elle irait retrouver son amant. Une fois prise sur le fait, elle sera bien obligée de partir! Si je préviens Ryan, il la jettera dehors lui-même.

— Mais comment réagira-t-il à son retour?

— Pardon?

— Peut-être... (Eliza hésita)... peut-être voudra-t-il la garder?

— Allons donc... rétorqua Victoria avec mépris avant de terminer sa tasse de café. Il ne voudra plus entendre parler de cette fille... Le mieux, c'est qu'elle débarrasse le plancher avant qu'il ne rentre et ne découvre le pot aux roses: il serait capable de les tuer tous les deux!

Eliza garda un silence prudent. Malgré sa loyauté envers sa maîtresse, elle partageait le respect de tous les domestiques pour Ryan. Ils lui obéissaient parce qu'ils l'aimaient. D'une certaine manière, elle se reprochait même le rôle qu'elle jouait dans cette affaire. Au fil des jours, elle avait senti la tendresse profonde qui unissait les jeunes mariés. C'est le matin où Ryan était parti, triste, les épaules affaissées, qu'elle en avait pris brutalement conscience.

Mais Eliza se rappela aussitôt à l'ordre:

Mlle Evelyn lui avait promis le poste de gouvernante alors que Mme Lorena le confierait sans doute à cette écervelée d'Annie !

Au milieu du couloir du premier étage, une niche était ménagée dans le mur, accueillant une haute statue. Eliza se dissimula derrière. De ce poste d'observation idéal, elle commandait la vue sur l'escalier et les trois portes de l'appartement des jeunes mariés...

Annie apporta le plateau du petit déjeuner. Sa visite se prolongeant, Eliza s'enhardit à écouter à la porte, mais en vain : les deux femmes parlaient à voix basse... Déconfite, Eliza rejoignit sa cachette, craignant d'être surprise par les autres domestiques.

Pendant ce temps, Lorena racontait l'évasion de Ben à Annie, qui frissonna d'horreur.

— Ben aussi, ma'ame Lorena ? Il paraît que de plus en plus d'esclaves tentent leur chance, surtout sur la plantation de missié Zachary !

— Cela ne m'étonne pas, il est si cruel. Voilà pourquoi je suis déterminée à tout risquer pour les aider ! Et toi, Annie ? Tu devrais surmonter ta peur des fantômes...

— J'essaierai, promit la bonne d'une voix tremblante.

— En tout cas, demain, j'irai voir ma mère et je passerai quelques jours avec elle. Mme Youngblood en pensera ce qu'elle voudra, cela m'est bien égal !

— Elle se barricadera pour ne plus jamais vous laisser revenir. Avec cette femme, on peut s'attendre à tout.

Même si Lorena ne répliqua rien, elle en était persuadée aussi.

Quand Eliza aperçut Annie avec les sacs de voyage, elle courut au rapport. Victoria était assise au bureau de Ryan, plongée dans le plan du labyrinthe.

— Elle va rejoindre son amant... tout en déclarant qu'elle va chez sa mère, je parie. Eh bien, je ne la lâcherai pas d'une semelle ! Mais retourne monter la garde, au cas où elle voudrait nous filer entre les doigts cette nuit. Si elle sort, tu viendras me prévenir immédiatement, quelle que soit l'heure.

Eliza ferma les yeux de lassitude : elle était restée si longtemps debout !

— Vous souhaitez que je la surveille toute la journée ?

— Et la nuit aussi, Eliza. A qui d'autre pourrais-je me fier ? Allez, dépêche-toi ! Elle s'est peut-être déjà volatilisée pendant que nous bavardions...

L'après-midi s'étira péniblement pour Eliza, de plus en plus courbatue. Même en ayant pris soin d'occuper les domestiques au rez-de-chaussée, elle craignait d'être surprise et n'osait s'aventurer dans le couloir pour se dégourdir les jambes.

Quand elle descendit pour le dîner, sa maîtresse explosa de fureur.

— Je t'ai dit de ne pas bouger du couloir !

— Je n'en peux plus, madame. J'y suis depuis ce matin ! gémit-elle, au bord des larmes. Sans manger, ni aller au petit coin... Un peu de pitié, je vous en supplie !

Victoria la fusilla du regard.

— Incapable ! Je te donne dix minutes, pas une de plus...

Montée remplacer Eliza de mauvaise grâce,

218

Victoria entendit un bruit de pas précipités au bout de quelques minutes. La maison était plongée dans la pénombre et seule une pâle lueur filtrait par la fenêtre. Stupéfaite, Victoria vit Annie pénétrer chez Lorena en trombe sans même prendre la peine de frapper. Mais elle n'était pas au bout de ses surprises.

— Une rose, ma'ame Lorena! s'écria Annie d'une voix stridente. Je l'ai trouvée sur la tombe.

La porte se referma vivement tandis que Lorena attirait la bonne à l'intérieur, lui chuchotant de parler moins fort.

Victoria fronça les sourcils, perplexe. Il devait s'agir de la tombe d'Henrietta, parce que les esclaves ne s'aventuraient jamais au caveau de famille. Mais comment le rosier pouvait-il fleurir à cette période de l'année? C'était sans doute un signal! Voilà comment Lorena savait qu'on l'attendait au cœur du labyrinthe...

Un autre bruit de pas interrompit ses méditations: Eliza! Bondissant à sa rencontre, elle l'entraîna dans sa propre chambre.

— Remonte guetter ses allées et venues, conclut-elle après lui avoir relaté la scène. Et ne t'endors sous aucun prétexte! Dès qu'elle sort, tu cours me prévenir. Compris?

— Oui, madame.

Eliza commençait vraiment à regretter de s'être fourrée dans ce guêpier. Elle devrait veiller toute la nuit! Les autres domestiques avaient prévu de se retrouver autour d'un ragoût de poisson. Il y aurait un banjo, des chants et des danses mais, une fois de plus, elle serait exclue du groupe...

Le cœur de Lorena martelait sa poitrine. Elle n'attendait pas un autre évadé si vite ! Pourvu que ce petit manège ne se répète pas chaque soir…

Comme la veille, Lorena se glissa dehors aux alentours de minuit. Tout était silencieux. Même si le ciel voilé ne laissait filtrer que peu de lumière, elle se dirigea sans hésiter vers le dédale. Mais cette fois, personne ne répondit à ses appels, même quand elle s'enfonça dans les couloirs. On l'attendait sans doute au centre…

Lorena trouva la clairière baignée d'une lueur diffuse où s'agitaient des ombres indécises. Comme elle reculait d'instinct, Sam murmura son nom.

— Dieu merci ! s'exclama la jeune femme. J'allais justement vous envoyer un message par Rosa demain car je vais passer quelques jours chez Tremayne et… (Elle se tut, alertée par son expression sinistre.) Qu'y a-t-il ? Ma mère ?

— Franchement, je l'ignore. Il est impossible de pénétrer chez Tremayne. Avez-vous entendu les tam-tams, hier ?

— Oui, répliqua Lorena, inquiète. Que signifient-ils ?

— De gros ennuis. Au début, j'ai cru que c'était à cause de la fuite de Ben mais Mahalia m'a détrompé : ce serait un message annonçant du grabuge chez Tremayne. Quand je me suis présenté à la grille, aujourd'hui, un contremaître m'a barré le chemin. Aucun étranger ne peut entrer parce qu'il y a des problèmes avec les esclaves, paraît-il. Zachary rassemblerait une troupe.

— Alors j'y vais sans tarder. Ma mère a sûrement besoin de moi.

— Bonne idée, acquiesça Sam. En cas d'urgence, vous pourrez me contacter au nord du comté, chez les Siddon. J'y campe souvent, sous une haie de peupliers qui donne sur la rivière.

— Parfait, conclut-elle, pressée de rentrer et de plus en plus préoccupée par la situation de sa mère.

— Lorena, reprit Sam. Puis-je vous accompagner ? Je ne suis pas venu par la rivière cette fois-ci et mon cheval m'attend sur la route de Jasmine Hill.

La jeune femme hocha distraitement la tête, perdue dans ses pensées.

Avec la tombée de la nuit, Eliza ne voyait plus de raison de rester plantée derrière la statue. Puisque personne ne risquait de la surprendre, elle céda à la tentation de s'asseoir pour allonger ses jambes. La tête appuyée contre le mur, elle ferma les yeux juste une minute.

Mais quand elle se redressa en sursaut, elle avait perdu toute notion du temps. Seigneur ! Elle s'était assoupie... Et si Mme Lorena avait filé ? Paniquée, la gouvernante alla entrouvrir discrètement la porte de la jeune femme. Personne ! Et le salon et la chambre du maître étaient tout aussi déserts...

Tremblant à l'idée que sa maîtresse ne le lui pardonnerait jamais, elle courut la réveiller pour lui annoncer que sa belle-fille n'était plus chez elle.

— Elle vient de descendre et elle marche vite. Je ne sais pas si vous pourrez la rattraper, madame.

Victoria sauta sur ses pieds et se précipita au balcon.

— Elle se dirige sans doute vers le labyrinthe pour... Oh !

Elles aperçurent un couple qui émergeait du dédale sous la lune. L'homme serra Lorena contre lui avant de filer à toutes jambes. Quant à la jeune femme, elle traversa la pelouse en hâte.

Plantant des ongles acérés dans le bras d'Eliza, Victoria l'attira dans sa chambre avant de la gifler à toute volée.

— Menteuse ! Elle est sortie depuis longtemps... Tu t'étais endormie, c'est ça ? Bonne à rien, je vais te donner le fouet !

Eliza fondit en larmes, s'écartant à reculons.

— Pardonnez-moi, je ne voulais pas... Mais j'étais si fatiguée après toutes ces heures de guet, debout derrière la statue...

— Tais-toi ! Je n'ai pas le temps d'écouter tes jérémiades. Retourne à ton poste et reste éveillée, espèce d'idiote ! Si elle ne bouge pas, réveille-moi à la première heure pour que je la suive quand elle partira. Elle mijote quelque chose, j'en suis certaine... Ah, j'oubliais... Préviens Annie qu'elle n'est plus au service de Lorena. D'ailleurs, plus personne ne doit obéir à ses ordres. Compris ?

— Oui, madame.

— Alors, file. Quant au fouet, sache que tu ne perds rien pour attendre !

Eliza rejoignit sa cachette en courant, essoufflée. C'était la première fois que sa maîtresse la frappait, l'insultait, la menaçait. Après des années de soumission aveugle, avait-elle mérité ça ? Non, décidément non. Elle n'oublierait jamais cette nuit-là.

Accoudé à la balustrade, Ryan fixait les vagues. Il avait laissé son cheval à la cale comme tous les passagers qui voyageaient avec leur monture. Son séjour à La Nouvelle-Orléans durerait deux semaines, peut-être davantage, le temps d'acheter deux juments et un étalon. Et une fois ses affaires réglées, il s'accorderait un peu de bon temps : casinos et restaurants ne manquaient pas en Louisiane, ni les maisons de bonne compagnie...

Il eut un rire amer. Dire qu'il avait quitté la seule femme qui éclairait son existence !

Quelques minutes plus tard, une bouffée de parfum lui annonça l'arrivée d'une fille. Il savait exactement à qui il avait affaire : une esclave, comme toutes celles que les compagnies de transport plaçaient à bord pour divertir les passagers. Des mulâtres, la plupart du temps, très maquillées et vêtues de robes indécentes. Ryan s'était souvent offert ce luxe par le passé, une créature de rêve pour exaucer ses moindres caprices — et la congédier quand on n'avait plus besoin d'elle.

— Quel dommage d'être si seul par cette nuit splendide, murmura-t-elle en se coulant contre lui. Auriez-vous envie d'une compagnie ?

Ryan hésita une seconde, tenté par un désir primitif. Il était un homme, après tout... Mais c'était le visage de Lorena qu'il voyait danser sur les flots, c'était elle qu'il aurait cherchée entre les bras d'une autre. Non. Un tel substitut ne valait même pas la peine d'y penser.

24

Quand Lorena arriva devant les grilles de la plantation Tremayne, aucun garde n'était en vue. Heureusement ! Elle n'était pas d'humeur à affronter un contremaître, surtout après le traitement qu'elle venait de subir à Jasmine Hill. Comme s'il n'était pas suffisant de lui retirer Annie, Victoria avait interdit à tous ses domestiques de la servir, refusant même de lui accorder une calèche! C'était seulement parce que le valet n'avait pas osé intervenir que Lorena était partie à cheval. Forcée de laisser ses bagages derrière elle, elle pensait revenir les chercher avec une voiture de Zachary.

A la plantation, il régnait un silence oppressant, une tension qui se lisait sur les visages fermés. Les quelques esclaves qui s'affairaient aux champs refusaient même de regarder la jeune femme. Un lourd pressentiment lui noua la gorge.

Elle venait de mettre pied à terre devant la véranda quand un contremaître arriva au pas de charge, armé d'un fouet et d'une carabine. Son visage ne lui était pas familier.

— Dites donc, là! Qui êtes-vous? cria-t-il sèchement. Que voulez-vous? Tremayne ne veut pas d'étrangers chez lui!

Elle le détesta aussitôt, révoltée par le regard lubrique qui s'attardait sur ses seins.

— Je suis sa belle-fille.

— Ah... (Il eut un ricanement déplaisant.) Oui, je vois très bien qui vous êtes...

Elle commença à gravir l'escalier, ne prenant même pas la peine de le remettre à sa place.

— Y a personne en haut! lança-t-il.

— Où sont-ils partis? questionna Lorena, inquiète.

— Zach a mis tout le monde dehors. Il ne remettra pas les pieds ici tant que cette saloperie de vaudou continuera. On va leur en faire passer le goût à coups de fouet, de toute façon.

— De qui parlez-vous?

— Des esclaves! Zach en a par-dessus la tête des plumes de coq, des crocs de chien et autres gris-gris à vous tourner les sangs. D'après le patron, c'est vot' mère qui a monté la plantation contre lui.

— Où est-elle?

— Sais pas. Demandez à Zach : il est aux écuries en train de préparer une expédition pour rattraper un esclave en fuite. Cette fois, il lui coupera le pied pour donner l'exemple et...

Il se tut, Lorena lui ayant brusquement faussé compagnie. Bah... Il n'avait pas le temps de s'amuser avec elle, de toute manière.

Victoria observait la scène depuis un bouquet d'arbres de l'autre côté des grilles, restant à distance pour ne pas être repérée. L'heure de vérité approchait... Elle attendit que Lorena disparaisse aux écuries pour s'approcher au petit trot. L'amant de Lorena l'attendait sans doute à l'intérieur : avec un peu de chance, elle surprendrait une étreinte torride et le piège se refermerait!

Il fallait agir vite. Evelyn était prête à laisser une dernière chance à Ryan, même si Hans Bancroft l'avait demandée en mariage dès son retour. Elle n'attendrait pas longtemps. Mais Victoria était confiante en l'avenir : après cette journée mémorable, Lorena Sterling serait à jamais évincée de la vie de Ryan.

Occupée au champ, la houe à la main, Rosa hasarda un regard en direction de Lorena. Elle en eut les larmes aux yeux. La pauvre petite serait anéantie par la nouvelle — si le maître lui apprenait la vérité, naturellement. Mais avec Zachary Tremayne, on ne savait jamais à quoi s'en tenir. Il était capable de tout, même de prétendre que

Mme Katherine était morte et enterrée en lui montrant une tombe fraîchement creusée…

Si seulement elle avait pu venir en aide à sa maîtresse ! Mais le temps qu'elle sorte de sa cachette, il était trop tard… A la lueur vacillante des lanternes, elle avait reconnu l'un des agresseurs : Nate Donovan — un trafiquant notoire. Inutile d'appeler le maître à l'aide, ils étaient sûrement de mèche.

Rosa avait couru au quartier des esclaves pour passer le mot et les tam-tams avaient retenti, tirant Tulwah des bayous. Quand il avait appris le drame, ses yeux avaient rougeoyé comme des braises, un feulement de bête avait grandi dans sa gorge. Puis il s'était balancé de droite et de gauche, en transe.

Les hurlements de Zachary Tremayne leur étaient alors parvenus par-dessus le vacarme. La terreur cédant la place à la colère, il avait rassemblé ses hommes, fouillant les cases pour éventrer les tam-tams, fouettant tout esclave qui se dressait sur son chemin. En voyant Tulwah disparaître vers les marais, Zachary avait lancé une chasse à l'homme qui était rentrée bredouille.

Aujourd'hui, le maître avait envoyé tous les esclaves sans exception travailler aux champs. Il partait chercher Ben.

Lorena disparut derrière une grange, hors de vue.

— Au travail, feignante ! hurla le surveillant tandis que la mèche du fouet claquait à quelques centimètres de son visage.

Rosa planta sa houe avec nervosité, n'ayant que le temps d'apercevoir du coin de l'œil une femme blanche qui remontait l'allée principale. Qui était-ce ? Mais elle baissa la tête, n'osant observer la scène plus longtemps.

Zachary se trouvait dans la sellerie où il avait réuni ses hommes pour leur montrer une carte de la côte, indiquant le coin qu'ils passeraient au peigne fin. D'après les rumeurs, c'est là que les fugitifs s'embarquaient pour le Nord. Relevant la tête quand Lorena entra en trombe, les gardes s'écartèrent d'instinct.

— Tiens donc, ricana Zachary. Tu viens donner le baiser de la mariée à ton papa ?

Les rires s'étranglèrent lorsque Lorena explosa de rage :

— Vous n'êtes pas mon père et j'ai honte de vous appeler mon beau-père ! Où est ma mère ?

Certains battirent en retraite, bientôt suivis par le reste de la troupe que Zachary chassa d'un geste : il ne voulait pas de témoin.

— Partez en éclaireurs, lança-t-il à Frank. Je vous rejoins dès que j'ai terminé.

Lorena attendit qu'ils soient sortis pour répéter sa question.

— Allons, arrête de te faire du souci pour ta maman. Elle est loin, à l'heure qu'il est, et tu ne la reverras pas. A ta place, je m'arrangerais surtout pour ne pas subir le même sort...

Lorena secoua la tête, écœurée.

— Je pars à Richmond prévenir le shérif. Peut-être qu'avec lui, vous ne jouerez pas au plus fin !

Ses jambes flageolaient d'angoisse tandis qu'elle se tournait vers la porte.

— Le shérif ne va pas se déranger pour une mulâtre.

Lorena retint son souffle.

— Vous ne savez pas quoi inventer pour me torturer, n'est-ce pas ? Si je ne vous haïssais pas tant, j'aurais pitié de vous... J'espère que le vaudou vous tuera !

— Ah ! s'exclama-t-il en haussant les sourcils. J'aurais dû me douter que tu étais de mèche avec ta mère. Mais je ne vais pas me laisser abattre, pauvre idiote ! J'ai mis la tête de Tulwah à prix et, quand on me le rapportera, je le suspendrai par les talons jusqu'à ce que les corbeaux lui arrachent les yeux. Ensuite je laisserai sa carcasse pourrir sur place pour que tout le monde comprenne ce qu'il en coûte de s'attaquer à moi. Quant à toi, petite garce, gronda-t-il en s'avançant, tu joueras moins les mijaurées à l'avenir... Si tu ne veux pas que Ryan Youngblood apprenne qu'il a épousé une métisse, tu vas être gentille avec moi. Depuis le temps que j'en ai envie... (Il desserra sa ceinture.) Alors, déshabille-toi, couche-toi sur cette paillasse et écarte un peu les jambes !

Epouvantée, Lorena trouva à peine la force de protester.

— Vous mentez, murmura-t-elle d'une voix tremblante. Vous ne savez plus ce que vous dites !

— Tu parles ! Ta mère m'a avoué avant notre mariage que sa grand-mère était noire, parce qu'elle ne voulait pas de secrets entre nous. Elle aurait mieux fait de se taire... Tu ne me crois toujours pas ? Alors pourquoi t'a-t-elle obligée à te frictionner avec une potion spéciale depuis que tu es petite, d'après toi ? (Elle battait en retraite, les yeux emplis d'horreur, gagnée par le doute.) Pour garder ta peau claire ! C'est très efficace, personne n'a jamais rien soupçonné. Tu es si jolie, d'ailleurs... Youngblood a dû te sauter dessus comme un chien en rut ! Si tu lui donnes un fils noir comme de la suie, ça va refroidir ses ardeurs...

Le sang battait aux tempes de Lorena. Que ce soit ou non la vérité, Zachary était visiblement sincère... Et Katherine ? Quel prix lui avait coûté sa franchise ?

— Où est ma mère ? s'écria la jeune femme en cherchant une arme autour d'elle tandis qu'il l'acculait lentement dans une stalle.

Si seulement Ryan était là ! Rien de tout cela ne serait arrivé. Mais elle était seule contre cette brute... Elle aperçut une fourche derrière Zachary, trop loin pour qu'elle s'en empare.

— Je garderai le secret, il ne saura rien, promit-il avec un sourire lubrique. En échange, je te demande juste d'être docile. Rien qu'une fois et je serai discret, comme avec ta maman toutes ces années. Sans compter que ça va peut-être te plaire...

Lorena sentait son estomac se révulser. Son dos heurta le mur. Elle était prise au piège.

— Et si Youngblood apprend que j'ai vendu Katherine à cause du vaudou, je nierai tout en bloc pour tes beaux yeux. Je raconterai qu'elle est partie avec un autre homme... C'est Nate Donovan qui l'a emmenée...

Il fondit brutalement sur elle avec un grognement avide, la plaquant sur la terre battue.

— Bon Dieu, ma patience a des limites...

Lorena luttait de toutes ses forces, se défendant bec et ongles, lançant des coups de pied sauvages. Mais elle ne parvenait qu'à l'exciter davantage...

Victoria se mordit le poing pour étouffer un cri de stupeur. Son fils avait épousé une quarteronne, ses petits-enfants ne seraient pas de race pure...

C'était répugnant, impensable, même ! Si Zachary Tremayne avait effectivement vendu sa femme, alors Lorena était la fille d'une esclave et Ryan à son tour aurait parfaitement le droit de la mettre aux enchères... Ces révélations lui donnaient le vertige. Dans sa confusion, une seule certitude s'imposait : elle devait fuir le plus vite possible avant de piquer une crise de nerfs !

Du coin de l'œil, Rosa vit la femme blanche prendre ses jambes à son cou. Une prémonition la saisit brusquement. Lorena était en danger, elle le sentait ! Le contremaître lui tournait le dos, les autres esclaves regardaient obstinément de l'autre côté : elle se glissa furtivement jusqu'à l'allée des écuries, se lançant dans une course folle dès qu'elle entendit Lorena appeler à l'aide.

Elle arriva dans la grange pour voir le poing de Zachary s'écraser sur le visage de la jeune femme. Comme elle ne bougeait plus, il écarta violemment ses jambes pour l'assaut final. Sans réfléchir, Rosa s'empara de la fourche et l'abattit en hurlant. Zachary se retourna juste à temps pour la ceinturer et la renverser en arrière.

— Mais c'est qu'elle me tuerait, cette folle ! rugit-il en lui arrachant la fourche qu'il plongea dans son ventre.

Tirée de l'inconscience par le cri déchirant de Rosa, Lorena ouvrit les yeux. Zachary s'apprêtait à frapper une nouvelle fois la vieille femme. Elle bondit sur lui en un éclair, s'agrippant à son dos et cherchant ses yeux à tâtons pour l'aveugler de ses ongles. Il lâcha l'outil et la désarçonna d'un coup de reins qui le déséquilibra à son tour. S'effondrant lourdement, il ne put éviter la fourche dont une pointe acérée lui transperça la joue.

Hurlant comme un possédé, il se dégagea tant bien que mal, puis prit ses jambes à son cou.

Accablée, Lorena s'agenouilla près de Rosa qui se vidait de son sang.

— Tulwah va te guérir, sanglota-t-elle. Ne bouge pas, je…

— Non, murmura Rosa dont les yeux devenaient vitreux. C'est presque fini, je rentre chez moi, mon enfant… Mais il faut retrouver vot' maman. Nate Donovan, le trafiquant, c'est lui qui… (Elle se tut, de plus en plus faible.) Partez, ou le maît' va vous… Courez loin…

— Non. Dans l'état où il est, je n'ai rien à craindre de Zachary.

— Je m'en vais et vous aussi, loin, très loin. Parce que vous vous êtes mariée en gris et ça veut dire que vous trouverez vot' maman, et…

Sa tête roula de côté, figée dans la mort.

Lorena elle-même se sentait mal, étourdie de douleur par les coups de Zachary. Elle n'y voyait plus clair et ses côtes l'élançaient horriblement. Comprenant qu'elle ne pouvait plus rien pour Rosa, elle se concentra sur son propre salut. Elle devait fuir avant le retour de Zachary. Mais où ?

Tendant le bras, elle agrippa la balustrade pour se redresser. Sam Wade saurait l'aider : il fallait remonter à cheval et le rejoindre. Mais c'était au-dessus de ses forces. Ses jambes se dérobèrent soudain et elle s'effondra près du corps sans vie de Rosa.

25

Lorena luttait pour se dégager des voiles noirs qui l'étouffaient dans une nuit oppressante. Bientôt, elle prit conscience d'une douleur lancinante au front. Impossible également de remuer la mâchoire...

Que lui était-il arrivé? Où était-elle? Au prix d'un gros effort, elle réussit à s'asseoir. Autour d'elle, les murs d'une cabane grossière... Sa paillasse était posée à même la terre battue qui répandait une odeur d'humidité et de pourriture.

Elle aperçut un feu de camp par une ouverture étroite. Même si une épaisse barrière d'arbres et de fourrés lui cachait le ciel, elle devina que la nuit était tombée au fracas des criquets, les crapauds coassant en écho.

Soudain, la mémoire lui revint. La face grimaçante de Zachary, le corps sans vie de Rosa... Se couvrant le visage de ses mains, elle se mit à sangloter.

— Mon Dieu, cette injustice finira-t-elle un jour? se plaignit-elle à voix haute.

— Quand nos chaînes tomberont, pas avant, répliqua Tulwah qui sortit de l'ombre.

Lorena sursauta, comprenant enfin où elle se trouvait: au fond des marécages, dans la cachette de Tulwah...

— Pourquoi m'avez-vous amenée ici?

— Pour vous tirer des griffes du Diable, expliqua-t-il en effleurant une meurtrissure sous son œil gauche.

Il avait appliqué un pansement d'écorce bouillie macérée dans une dépouille de crapaud, la renouvelant régulièrement au fil des heures. Mais l'ecchymose demeurait vilaine.

— Tremayne a juré de se venger de vous. Il a failli perdre un œil...

— Si seulement il était mort... soupira Lorena. Et Rosa?

— Elle repose en paix. On l'a enterrée ce matin.

— Ce matin? Mais alors...

— C'est votre deuxième nuit ici. Maintenant vous devez vous restaurer pour reprendre des forces.

Lorena esquissa un geste pour se lever, grimaçant de douleur. Zachary lui avait sans doute cassé une côte...

— Vous ne devez pas vous agiter.

— Mais ma mère? s'écria Lorena avec angoisse. Je dois partir à la recherche de Donovan sans perdre de temps!

— Je m'en suis occupé en prévenant Mahalia. Elle savait où trouver Sam Wade et, d'après mes informateurs, il a déjà envoyé des messages sur les marchés de la côte. Il paraît que c'est là que Donovan préfère opérer: ses clients cherchent des filles à la peau claire pour les bordels des ports.

Lorena frissonna d'horreur.

— Elle en mourra!

— Si la consomption ne l'emporte pas avant, conclut laconiquement Tulwah.

Il sortit, puis rapporta un bol de soupe que Lorena inspecta avec réticence.

— Non, pas d'aile de chauve-souris ni d'œil de poisson-chat... C'est un simple potage au poulet!

Rassurée, Lorena commença à manger.

— D'où tenez-vous toute votre science, Tul-wah ?

— Je suis né à Saint-Domingue mais je n'ai jamais connu ma mère. Là-bas, tous les bébés étaient rassemblés dans une grande case sous la surveillance des femmes trop vieilles pour travailler aux champs. J'ignore mon âge mais je suppose qu'à cinq ans, on m'a envoyé ramasser la canne à sucre comme les autres.

» C'est là que j'ai appris le vaudou. Parmi les Noirs capturés au Congo ou en Angola, il se trouvait parfois des sorciers. Ils connaissaient les poisons végétaux et se vengèrent souvent de leurs bourreaux. Même ceux de leur propre race les redoutaient ! Et puis l'un d'eux m'a pris sous son aile : j'étais un élève insatiable…

» En 1791, Saint-Domingue était la colonie française la plus riche — et la plus cruelle pour les esclaves. Pour certains crimes, on clouait les coupables au sol avant de les rôtir à petit feu. Pour des délits moins graves, c'était la castration ou l'amputation d'un pied. A moins qu'on ne les écorche vifs à coups de fouet avant de frotter leur chair de sel et de poivre.

Lorena frissonna.

— Ce sont les grands prêtres et les grandes prêtresses du vaudou qui ont organisé les soulèvements. En deux ans, les planteurs avaient disparu de l'île ! Les affranchis comprirent alors que derrière le vaudou pouvaient s'unir tous les Noirs opprimés. Par exemple, les tam-tams reprirent leur rôle ancestral : non seulement rythmer les danses mais aussi envoyer des messages et appeler à la révolte.

» A ce moment-là, j'étais devenu valet de pied dans une grande maison française. Ils me ramenèrent en Europe dans leur fuite et j'y reçus une certaine éducation. Mais quand le père mourut couvert de dettes, je fus revendu à un Américain superstitieux — que je n'ai eu aucun mal à convaincre de m'affranchir! Mais même avec des papiers en règle, je dois encore me battre contre le Diable, conclut-il avec amertume, comme vous allez devoir le faire à votre tour.

Lorena secoua la tête.

— Pas question que je m'enfuie, en tout cas! Je rentre à Jasmine Hill pour aider d'autres fugitifs à gagner le Nord. Là-bas, Zachary n'osera pas venir me harceler.

— Mais si vous êtes découverte, Lorena! On vous passera dans le goudron brûlant et les plumes : une mort atroce…

Malgré sa frayeur, Lorena releva le menton d'un geste de défi.

— Eh bien, c'est un risque à prendre. Comme vous l'avez dit, l'injustice cessera quand les chaînes tomberont! Mais elles ne se briseront pas d'elles-mêmes…

«Et je dois reconquérir l'homme à qui je n'aurais jamais dû cacher mon amour…» songea-t-elle avec tristesse.

Victoria se sentait de plus en plus mal à l'aise dans cet entrepôt sale et poussiéreux. A la fin de l'été, on y avait engrangé du tabac dont l'odeur âcre imprégnait encore l'atmosphère. Cependant, les autres mois, on y organisait les ventes d'esclaves.

Elle devait jouer des coudes au milieu d'hommes rudes et grossiers, incommodée par la foule et les gémissements des Noirs que l'on traînait à l'estrade.

Arrivée dans un coin plus tranquille, elle se hissa sur la pointe des pieds afin de jeter un coup d'œil au spectacle. Son nez distingué se plissa de dégoût quand elle vit le marchand ouvrir la bouche d'un adolescent pour montrer une dentition saine, preuve de sa bonne santé.

— Cinq cents dollars! lança-t-il.

Victoria frémit d'horreur: heureusement que Jasmine Hill produisait ses propres esclaves depuis des générations.

Une jeune Noire de douze ou treize ans fut amenée à son tour. Quand le vendeur arracha son corsage pour présenter son opulente poitrine au public émoustillé, Victoria détourna la tête. Une dame de la bonne société n'avait pas sa place ici... Mais si on apprenait qu'une quarteronne avait rejoint la famille Youngblood...

Elle s'approcha d'un homme en vêtements de travail occupé à se curer les dents avec son canif.

— Excusez-moi, monsieur, l'aborda-t-elle en essayant de cacher sa répugnance, savez-vous où je pourrais trouver Nate Donovan, s'il vous plaît?

L'homme la toisa avec mépris.

— Par là, grogna-t-il.

Victoria poussa une porte et découvrit Nate Donovan assis à son bureau. Il leva les yeux avec impatience.

— Si vous voulez acheter un esclave, voyez dehors comme tout le monde, lança-t-il avant de se replonger dans sa lecture.

Victoria traversa la pièce et abattit son ombrelle sur le bureau avec un claquement sec.

— Je ne suis pas venue acheter des esclaves, Donovan! J'ai un petit travail à vous proposer.

Nate la considéra, un sourire aux lèvres.

— Tout ce que vous voudrez, madame, mais ça va vous coûter gros.

Victoria ne battit pas un cil.

— Votre prix sera le mien, avec une prime si tout se passe bien.

Il haussa un sourcil.

— Ne comptez pas sur moi pour un meurtre…

— Il s'agit de votre fonds de commerce, Donovan.

Victoria jeta un coup d'œil autour d'elle avant de se pencher avec une mine de conspirateur :

— Je veux que vous vous occupiez de ma belle-fille comme de sa mère.

— Quoi ? s'exclama Donovan en secouant la tête, de plus en plus agacé par ces mystères. Je ne comprends rien à vos histoires !

— Il s'agit de Katherine Tremayne.

Donovan se tut brusquement. Zachary avait pourtant promis de rester discret !

— Je ne vois pas…

Victoria le cloua d'un regard glacial.

— Je suis Victoria Youngblood, monsieur Donovan. J'ai les moyens de payer tous mes caprices, même les plus chers. Oubliez le pourquoi et le comment et écoutez-moi bien : je veux que vous enleviez Lorena pour qu'elle rejoigne sa mère. Compris ? Qu'elles disparaissent toutes les deux, le plus loin possible.

Les yeux écarquillés, il la vit sortir de son sac des liasses de billets à pleines mains.

— Attendez, pas si vite… Et votre fils ? Est-il au courant ?

Elle secoua la tête.

— Il est en voyage et tout doit être réglé avant son retour. Ryan est si buté… Il se croit amoureux, figurez-vous ! Je ne peux même pas répondre de sa réaction quand il apprendra que sa femme est métisse. Nous n'avons pas de temps à perdre !

Donovan contempla le paquet d'argent.

— J'avoue que vous me tentez, mais vendre une femme sans le consentement de son époux…

— Des scrupules, monsieur Donovan ? Alors, attendez que je vous explique la suite…

Plongeant la main dans son sac, elle posa une nouvelle liasse sur la pile.

— C'est un supplément pour jouer la comédie, Donovan. Vous devrez persuader Lorena que c'est son propre mari qui la vend ! Et répétez-le aussi à vos complices. Si elle vous croit, elle le haïra tant qu'elle ne reviendra jamais vous dénoncer. Au retour de Ryan, je lui dirai qu'elle s'est enfuie avec un autre homme.

Convaincu, Donovan posa sa grosse main sur les billets.

— Quand ?

— Dès que je l'aurai retrouvée.

— Tremayne la cherche aussi.

— Eh bien… soyez plus rapide que lui, c'est dans votre intérêt.

— Sûrement ! ricana Donovan. Parce qu'elle sera pas belle à voir quand il aura fini de s'occuper d'elle… Le prix s'en ressentirait.

— D'autant que c'est votre prime, conclut-elle en se préparant à sortir.

— Quoi ?

— L'argent qu'elle rapportera : ce sera votre prime de réussite.

Ryan se réveilla encore plus groggy que lorsqu'il s'était couché. Il avait passé une nuit agitée, cherchant le repos dans le whisky. Comme si l'alcool pouvait résoudre ses problèmes !

S'asseyant sur sa couchette, il consulta le ciel par le hublot. Pur réflexe, car c'était bien le cadet de ses soucis ! Le soleil brillait sur les eaux bleues, l'azur était pur et sans nuage : une magnifique journée de fin d'automne.

Se renversant contre l'oreiller, il fixa le plafond. Le tangage lui chavirait un peu l'estomac alors qu'il n'avait pas avalé une bouchée depuis longtemps... Il n'avait pas faim, d'ailleurs : il était simplement malheureux comme les pierres !

— Bon sang ! s'exclama-t-il en se levant pour arpenter l'étroite cabine.

Il avait le sentiment d'avoir pris la fuite... S'était-il battu à la guerre pour filer comme un lâche au premier conflit amoureux ? Tout cela parce que Simone lui avait donné une leçon dont il ne s'était pas remis ! Il y avait perdu toute confiance en lui, s'était enlisé dans l'échec au lieu d'en sortir plus fort... Il aurait dû rester pour gagner l'amour de Lorena et non saisir le premier prétexte pour se dérober !

Le steward passait dans le couloir.

— Wilmington, Caroline du Sud. Arrivée dans deux heures !

Ryan y vit brutalement plus clair : pas question de continuer jusqu'à La Nouvelle-Orléans.

Il aimait Lorena et rentrait le lui dire !

26

Eliza observait par la fenêtre Lorena qui remontait l'allée à pas lents, visiblement lasse. Comme elle se rapprochait, la gouvernante nota une grosse ecchymose violette sur sa joue droite. Et puis elle se tenait le côté comme si elle souffrait.

Aurait-elle été battue? Mais par qui et pourquoi? Il s'était produit bien des mystères depuis que Mme Victoria avait suivi Lorena à cheval, trois jours plus tôt. Elle était revenue pâle comme un linge, en larmes, décomposée... Plus tard, Eliza l'avait entendue crier et tempêter dans sa chambre.

Elle n'avait pas osé poser de questions, un peu déçue que sa maîtresse ne se confie pas à elle comme par le passé.

Ensuite Victoria s'était débarrassée d'Annie. Parce que la petite bonne refusait d'expliquer cette histoire de rose, allant jusqu'à prétendre qu'il n'en avait jamais été question, Victoria l'avait renvoyée aux champs après quelques gifles bien senties.

— Et si je te revois près de la maison, avait-elle ajouté, je te vends!

Comme Lorena s'apprêtait à gravir les marches de la véranda, Eliza courut annoncer son retour à sa maîtresse. Celle-ci esquissa un sourire : enfin, l'heure était venue!

— Ecoute-moi bien, ordonna-t-elle d'une voix tremblante d'excitation. File aux écuries, trouve Thaddeus et donne-lui ce message de ma part : «Il est temps.» Il comprendra.

— On dirait qu'on l'a rouée de coups, ajouta Eliza.

— Elle doit avoir besoin de repos. En revenant des écuries, monte-lui un thé — avec une bonne dose de laudanum. Il faut qu'elle dorme pour oublier ses émotions.

— A mon avis, elle n'en aura pas besoin.

— Garde ton opinion pour toi! rétorqua sèchement Victoria. Et contente-toi d'obéir aux ordres...

— Oui, madame, répliqua Eliza d'une voix cassante, irritée d'être remise à sa place si sévèrement.

— Ecoute-moi bien, toi. On dirait que tu joues les esprits forts, ces temps-ci. Mais je vais perdre patience, Eliza, et je préfère te prévenir : si tu ne cesses pas tes insolences, je te vendrai!

La gouvernante écarquilla les yeux.

— Moi? Après toutes ces années de fidélité?

Victoria releva le menton en claquant des doigts.

— Et sans hésiter! Alors ne traîne pas en route... Ah! Et demande à Ebner de monter me voir, aussi.

Eliza sortit dans le couloir, ébranlée. Ce n'était pas juste! Elle ne méritait pas un traitement pareil... Elle qui avait toujours considéré ses relations avec Mme Victoria comme une forme d'amitié rare et précieuse... La chute n'en était que plus dure.

Elle se dissimula un instant dans les doubles rideaux, attendant que Lorena pénètre dans sa chambre. Curieusement, elle avait pitié d'elle, tout à coup...

Thaddeus était aux écuries comme prévu. Quand il hocha la tête en entendant le message, Eliza ne put s'empêcher de le questionner.

— De quoi s'agit-il? Il est temps de quoi?

Thaddeus réfléchit une minute, indécis. Mme Victoria lui avait interdit de répéter ses instructions à qui que ce soit mais, comme le reste de la maisonnée, il évitait de contrarier Eliza.

— Eh bien, c'est un secret, déclara-t-il en

préambule pour qu'elle mesure la valeur de l'information. Il faut que j'aille prévenir missié Nate Donovan en ville en lui disant la même chose : il est temps. Mais temps de quoi...? Sais pas, conclut-il avec un sourire stupide.

Eliza n'était pas née de la dernière pluie. Le nom de Donovan lui était familier. Il aurait arraché un bébé du sein de sa mère s'il avait eu un acquéreur ! Décidément, cette histoire était de plus en plus louche...

Lorena tira sur le cordon de sonnette sans y croire. Elle devrait sans doute se débrouiller seule jusqu'au retour de Ryan... Mais peu importait. Le manque de confort n'était rien à côté de ses inquiétudes pour sa mère. Heureusement, dès que Sam Wade retrouverait sa trace, des démarches légales seraient entreprises pour la libérer.

Elle alla à sa fenêtre regarder la tombe d'Henrietta. A cette distance, il lui était impossible de distinguer une rose dans le vase. Elle devrait vérifier elle-même — plus tard : elle était si fatiguée...

Comme elle aurait voulu prendre un bain ! Mais elle n'aurait pas la force de monter les seaux d'eau, surtout avec sa côte brisée. Tulwah avait recommandé le repos absolu.

Elle ôta ses vêtements déchirés pour enfiler un peignoir. Son estomac donnant des signes de révolte, elle décida de descendre aux cuisines. Elle trouverait bien quelques biscuits.

Au moment où elle allait sortir, on frappa doucement à sa porte. Pourvu que ce ne soit pas Victoria... Elle n'était pas en état de subir une nouvelle scène ! A sa grande surprise, c'est Eliza qui parut, portant un plateau.

— Je vous ai vue rentrer... Vous voulez peut-être un peu de thé?

— Oh oui! Merci Eliza! s'exclama Lorena avec gratitude. C'est vraiment très gentil. Je ne savais pas comment m'arranger...

— Je vais vous envoyer une bonne pour vous préparer un bain, proposa spontanément Eliza.

C'était bien le moins qu'elle puisse faire, et puis Victoria n'aurait pas besoin de le savoir. Lorena avait si mauvaise mine... Sa joue marbrée et ses yeux gonflés trahissaient de longues heures passées à pleurer. La gouvernante s'éclipsa sans écouter les remerciements de la jeune femme, se sentant trop coupable, presque honteuse.

Une fois seule, Lorena posa le plateau près du lit pour savourer son thé allongée. Un délice à côté des tisanes de Tulwah, même s'il semblait trop sucré. Se versant une seconde tasse, elle grignota une tranche de gâteau. Il lui suffisait d'avoir l'estomac plein pour que son optimisme remonte en flèche!

Soudain elle sursauta en entendant une porte claquer. Elle se rassit, sur le qui-vive. On aurait dit que le bruit venait de chez Ryan... Courant au salon, elle aperçut en effet des signes de son passage: une boîte de ses cigares préférés, un verre où l'on avait bu, un livre ouvert sur la table. Ryan était de retour! Mais pourquoi Eliza ne lui avait-elle rien dit?

Se dirigeant vers la porte de sa chambre, elle eut la pénible surprise de la trouver verrouillée. Pourtant, Ryan ne s'enfermait jamais. Elle tambourina au battant.

— Ryan, c'est moi! s'écria-t-elle joyeusement. Laissez-moi entrer, j'ai tant de choses à vous dire! Oh, vous m'avez tellement manqué...

Une clef tourna, la porte s'ouvrit enfin d'une secousse mais c'est le visage sinistre d'Ebner qui apparut.

— Ebner, où est M. Ryan? questionna Lorena en se hissant sur la pointe des pieds pour scruter la chambre. J'ai cru l'entendre.

— En effet, répliqua-t-il sèchement, furieux de devoir mentir. Mais il vient de ressortir.

— Quand est-il rentré?

— Hier.

— Sait-il que je suis là?

— Oui, ma'ame.

— Et il n'est pas venu me voir?

Incrédule, elle secoua la tête.

— Je veux entrer, déclara-t-elle d'une voix qu'elle tâcha de raffermir, sentant ses forces lui échapper. Je l'attendrai chez lui.

De plus en plus mal à l'aise, Ebner se redressa.

— Non. Ce sont ses ordres.

— Mais c'est impossible, protesta Lorena en chancelant soudain.

Ebner la rattrapa sous les bras pour la ramener dans sa chambre. Il l'assit sur le lit avant de lui allonger les jambes. «Le laudanum commence à agir», songea-t-il.

— Pourquoi, Ebner?

Il remplit encore sa tasse. Mme Victoria avait recommandé qu'elle boive le plus possible.

— Je ne sais pas, répliqua Ebner, débitant la petite histoire concoctée par sa maîtresse. Il semblait bouleversé. Furieux. Il a dit de ne pas vous laisser entrer, que vous étiez la dernière personne qu'il voulait voir pour le moment, qu'il avait besoin de temps pour réfléchir et prendre une décision.

Lorena sentit son cœur se briser. Alors, Ryan

savait qu'elle avait du sang noir dans les veines...
Elle avait tant espéré qu'il réagirait autrement!
Comme Ebner se dirigeait vers la porte, elle chercha à le suivre, rassemblant ses forces dans un
sursaut désespéré. Elle devait à tout prix voir son
mari. Si elle lui avouait le secret de son cœur,
peut-être cela compterait-il pour lui!

Ebner sortit et une clef tourna dans la serrure.

— Non! murmura-t-elle avant de se jeter sur le
battant pour le trouver verrouillé. Ebner! Je dois
lui dire que je l'aime!

Désespérée, elle essaya la porte du couloir, puis
du balcon, mais en vain. Pourquoi Ryan la trai-
tait-il ainsi? Pensait-il qu'elle l'avait dupé depuis
le début? Il la méprisait, la haïssait peut-être...

Un voile invisible descendait lentement sur elle,
l'empêchant de réfléchir. La tête bourdonnante,
les jambes en coton, elle se traîna jusqu'au lit
pour boire une nouvelle gorgée.

Elle ne sentit pas la tasse glisser sur le drap, ni
la cuillère tomber à terre.

Quand Eliza ouvrit la porte pour laisser entrer
la bonne avec le seau d'eau chaude, elle comprit
que le bain ne serait plus nécessaire. Avec la
quantité de laudanum qu'elle avait versée dans
l'infusion, Mme Lorena n'aurait besoin de rien
avant demain.

Victoria montait la garde à la fenêtre de son
salon — *son* salon, parfaitement! Dès le lendemain, toute trace de Lorena aurait disparu.

Elle se sentait mieux maintenant que le cauchemar était presque terminé. Finalement, cette solution était bien préférable à un adultère: Lorena
aurait toujours pu s'en tirer par un mensonge.

Enfin la silhouette de Donovan se profila dans l'allée.

— Elle est droguée, lui expliqua Victoria sans préambule en l'accueillant en haut des marches. Avec tout le laudanum qu'elle a bu, elle ne se rendra compte de rien.

— Par précaution, je vais tout de même l'attacher et la bâillonner, répliqua Donovan en la suivant dans la chambre.

Quelques minutes plus tard, il chargeait Lorena sur son épaule, prêt à repartir.

— Vous ne dites pas bonsoir à votre belle-fille, madame Youngblood ? ricana-t-il.

Victoria éclata de rire.

— Plutôt bon débarras !

27

Au premier regard, Jason Harnaby sut qu'elle était la plus belle créature qu'il eût jamais vue. Si elle était mulâtre, comme le prétendait Nate pour expliquer que son époux s'en débarrasse, le métissage lui avait réussi. Une pure splendeur... et le mari était bien sot !

Nate l'avait installée dans un coin du moulin pendant la nuit, attendant l'arrivée d'une autre mulâtre. Il avait ordonné que la prisonnière reste bâillonnée et attachée : il ne souhaitait courir aucun risque tant qu'ils se trouvaient sur les terres de Tremayne.

Lorena s'agita en gémissant comme les premiers rayons du soleil coulaient à flots par les fenêtres du moulin.

— N'ayez pas peur, dit Jason d'une voix apaisante en lui ôtant son bâillon pour la soulager un peu. Je ne vais pas...

Lorena se mit à hurler, si fort qu'il dut lui fourrer le chiffon dans la bouche pour étouffer ses cris.

— Mais, bon Dieu, que se passe-t-il ici ? gronda Donovan en repoussant Jason brusquement. Je t'ai dit de ne pas la libérer tant que nous ne sommes pas sur la côte !

Jason ravala sa colère. Ce n'était pas la première fois qu'il avait envie d'écraser son poing sur la figure de Donovan.

— Désolé. J'ai oublié, patron. J'ai pensé qu'on partait et qu'elle aurait besoin de...

— T'es pas payé pour penser ! C'est moi qui décide.

— Oui, patron, répondit Jason en s'éloignant, les épaules voûtées.

Le regard affolé de Lorena se teinta de colère quand Donovan se tourna vers elle.

— On dirait que t'es pas dans ton assiette, ce matin. Ça t'apprendra à laisser ton mari préparer le thé. Mais ne fais pas cette tête, reprit-il en ricanant, c'est une recette très spéciale, que j'ai donnée moi-même à M. Ryan pour toi.

Il s'accroupit à sa hauteur, lui caressant la joue du doigt sans tenir compte de son mouvement de recul.

— Vois-tu, quand une femme comprend que son mari veut la vendre, elle le prend parfois très mal. Et ce sont des cris, des larmes... Très gênant pour tout le monde. Non, il vaut mieux procéder discrètement, éviter les débordements. Comme pour ta maman, tu comprends ?

Lorena ne bougeait plus, pétrifiée.

Voyant que ses mensonges produisaient l'effet recherché, Nate poursuivit :

— Et puis, quand Zach a prévenu ton mari que vous étiez mulâtres, toi et ta mère, il est devenu fou de rage. Pas plus que Zach, il ne voulait d'enfant noir. Tu imagines, un mulâtre chez les Youngblood ? Alors Zach nous a mis en relation et voilà... Une nouvelle vie t'attend, ma jolie.

Il s'éloigna sur ces mots, très satisfait de son petit discours.

Lorena resta immobile, comme si la vie l'avait subitement abandonnée.

L'autre homme revint quelque temps plus tard. Il la souleva dans ses bras pour la porter sur un radeau. Comme elle frissonnait, il essaya de la réconforter.

— Je vais chercher une couverture. Au besoin, je vous prêterai ma chemise.

Mais Lorena se déroba d'instinct. Même s'il paraissait plus gentil que Donovan, c'était un ennemi.

Jetant un coup d'œil autour d'elle, elle fut saisie par l'ironie du destin : ils étaient au moulin où Ryan l'avait abordée pour la séduire.

— Je m'appelle Jason, murmura l'homme. Et je vais m'occuper de vous.

Mais quand il vit le regard de pure haine qu'elle lui adressait, il préféra s'éloigner.

Lorena tourna la tête vers la jeune femme allongée près d'elle. Malgré ses yeux fermés, elle ne dormait pas, les joues baignées de larmes, tremblant de tout son corps.

Jason les éloigna de la rive à l'aide d'une longue perche et le courant les emporta. Mais où ? Lorena n'en avait aucune idée. Elle avait envie de hurler. Dire que la veille encore, elle se reprochait d'avoir dissimulé son amour à Ryan !

Mais, au fil des heures, la jeune femme s'efforça de retrouver son calme : elle ne devait penser qu'à survivre. Quant à Ryan, il avait tout simplement disparu de son univers... Il fallait tourner la page.

Après tout, elle suivait sans doute les traces de sa mère. Et si elle finissait par la rejoindre ? Une foie réunies, elles sauraient s'échapper de ce cauchemar.

Jason arrêta le radeau, qu'il attacha à une grosse racine. Puis Donovan délia Lorena, la conduisant sans ménagement derrière un fourré pour qu'elle se soulage.

— Et n'essaie pas de filer. Si les serpents corail ne te mordent pas, c'est moi qui t'aurai !

Lorena s'exécuta, elle n'avait aucune chance de s'évader. En revanche, l'autre fille partit en courant, rapidement ceinturée par Donovan qui lui administra une correction sévère avant de la rejeter sur les rondins. Puis il la ligota, serrant ses cordes si fort que le sang suintait aux poignets.

De son côté, Jason observait la scène d'un œil réservé, presque désapprobateur. « De quel côté est-il ? » se demandait Lorena.

Quand ils abordèrent à la nuit tombée, Lorena entendit Nate donner ses ordres à Jason : ils camperaient là pour la nuit et arriveraient à destination le jour suivant, vers midi.

— C'est moi qui m'occuperai de la vente ? questionna Jason.

— Pas moyen de se débrouiller autrement. J'ai un rendez-vous avec Burgess cette nuit en Floride. Du premier choix ! (Il ricana.) En tout cas, on s'offrira un peu de bon temps avant de les marquer au fer rouge et de les mettre aux enchères.

— La vente aura lieu chez Tarter ?

— Evidemment, c'est l'endroit le plus sûr. Seuls les meilleurs négociants sont dans le coup et c'est toujours l'affluence.

Lorena eut un frisson de dégoût. De la contrebande humaine...

Jetée à l'écart du campement comme un vulgaire fagot, elle en était réduite à attendre la suite des événements. Une odeur de fumée lui chatouilla les narines, puis elle entendit de la graisse crépiter et bientôt un parfum de saucisse grillée lui mit l'eau à la bouche. La veille, elle n'avait rien avalé sauf une tranche de gâteau...

Au bout d'un moment, Nate vint lui ôter son bâillon.

— Tu ne vas pas crier, j'espère, dit-il en lui détachant les poignets.

Comme elle se contentait de le fixer d'un regard venimeux, il prit un air faussement terrorisé.

— Quel feu dans ces prunelles ! Mais je suis sûr que tu brûles de partout...

Il lui pinça les seins, ricanant quand elle le repoussa d'une claque sur la main.

— Tu as besoin qu'on éteigne l'incendie, hein ? Eh bien, je suis ton homme...

Puis il se tourna vers l'autre captive.

— Alors, Lucy Jane, tu as retenu la leçon ? Je peux te libérer pour manger ?

Dès qu'il eut enlevé le chiffon, elle se mit à sangloter, s'accrochant à sa chemise.

— Je vous en supplie, laissez-moi partir ! Ce n'est pas juste ! Si j'avais su qu'il me vendrait, jamais je ne l'aurais épousé... Je vivais en sécurité à New York, personne ne se souciait de savoir si j'étais noire ou blanche ! Il m'a juré qu'il m'aimait, il m'a promis de...

Nate lui serra la gorge d'une main pour la réduire au silence.

— Cela ne me regarde pas, je m'en fiche complètement. Mon travail, c'est de te vendre au meilleur prix, prendre ma commission et filer le reste à ton mari. Tu devrais rapporter une coquette somme comme entraîneuse dans un bastringue. Mais si tu m'obliges à te battre, tu échoueras dans un bordel à matelots! Là-bas, tu seras usée en six mois avant qu'on jette ton cadavre aux requins. Alors, ferme-la et tiens-toi tranquille!

Anéantie, Lucy Jane s'affaissa, en larmes.

— Salaud! cria Lorena.

Mais il la gifla du revers de la main, l'envoyant rouler dans l'herbe.

— Ne me parle plus jamais sur ce ton! hurla-t-il en se mettant à cheval sur elle. T'as pas entendu ce que je viens d'expliquer? C'est pareil pour toi, d'autant que ton mari se moque de savoir combien je te vends. Il veut juste se débarrasser de toi.

Il eut un rire cruel en lui prenant brutalement les seins.

— Alors, chérie, tu aimes? T'en veux encore?

— On mange, déclara Jason.

— Bonne idée, approuva Nate. On verra ça plus tard.

Lorena vida son assiette sans grand appétit, alors que Nate buvait du whisky rasade sur rasade. «Pourvu qu'il tombe raide!» songeait-elle. Mais il rattacha bientôt Lucy Jane, la bâillonnant et la tirant dans un coin.

— Allez, dors, t'as rien de mieux à faire. Tandis que moi...

Il se dirigea vers Lorena avec un mauvais sourire, dégrafant sa ceinture sans la quitter des yeux.

— Patron, lança Jason, vous oubliez pas quelque chose?

Nate s'interrompit avec une grimace.

— Ben... j'espérais que tu n'y penserais plus.

— Pas de danger, surtout avec un joli morceau comme ça. Alors, puisque vous avez dit qu'on choisirait chacun à son tour et que c'est le mien, je prends cette fille-là.

Lorena ferma les yeux. Elle aurait préféré mourir sur place...

Nate se détourna avec un grognement, avalant une lampée d'alcool avant de se planter devant Lucy Jane.

— Je vais derrière les arbres. C'est plus intime, expliqua Jason.

Mais Donovan ne lui prêtait plus la moindre attention, trop occupé à détacher les jambes de Lucy Jane qui pleurait déjà toutes les larmes de son corps.

Jason souleva Lorena de terre, s'éloignant du campement, tandis que la jeune femme rassemblait ses forces pour lui échapper dès qu'il aurait desserré ses liens. Mais, curieusement, elle devinait en lui une certaine anxiété. La déposant enfin à terre, il s'agenouilla pour se pencher, si près qu'elle sentit son haleine contre sa joue.

— Il faut que je vous parle. Ecoutez-moi bien.

Elle ne bougea pas.

— Rose de Minuit, dit-il, guettant sa réaction.

Elle le dévisagea, stupéfaite mais encore méfiante.

— Allons, Lorena, vous savez ce que ça signifie, non? Je vous connais parce que nous nous battons pour la même cause. Les esclaves vous surnomment Rose de Minuit à cause du signal, la rose sur la tombe de Mme Henrietta à Jasmine Hill.

Lorena laissa échapper un soupir.

— Comment le savez-vous ?

— Je suis un Passeur, expliqua-t-il en la détachant. Mais je préfère jouer les idiots du village pour écarter les soupçons.

— Et ma mère ? Si vous étiez avec Donovan quand il l'a enlevée, vous savez sûrement ce qu'elle est devenue.

— Oh oui. On est remontés ensemble jusqu'à la côte et, dès qu'il est reparti, j'ai conduit votre mère en lieu sûr.

— Dieu vous bénisse, murmura-t-elle.

— J'ai envoyé un message à Sam Wade. Je suppose qu'elle embarquera dans le premier bateau.

— Où comptez-vous l'emmener ? s'alarma brutalement Lorena. Avec sa santé…

— On ne pouvait pas la laisser n'importe où. Zachary serait capable de remonter la piste. C'est pourquoi j'ai recommandé l'Afrique.

— L'Afrique ? s'écria Lorena, catastrophée.

— Nous n'avions pas le choix. Et puis elle a beaucoup de courage, elle est très combative. Elle s'en sortira… Lorena, reprit-il, essayez de vous ressaisir. Vous aurez besoin de toutes vos forces pour vous en sortir. On n'est jamais sûr de rien jusqu'à la dernière minute… Je ne peux pas aider tous les esclaves qui me passent entre les mains. C'est seulement si Nate a affaire ailleurs et me confie la vente.

— Et Lucy Jane ?

Jason poussa un soupir.

— Son mari réclame une forte somme. Je serai obligé de la vendre.

— Non! s'écria Lorena en plongeant la main dans sa poche.

Donovan avait dû l'enlever de nuit, sinon il aurait remarqué le diamant de sa bague de fiançailles... Heureusement, Lorena avait eu la présence d'esprit de tourner le chaton contre sa paume pour que l'anneau se confonde avec l'alliance. Ensuite, quand elle s'était isolée derrière les buissons, elle l'avait ôtée et cachée dans la poche de son peignoir.

— Prenez-la. Pour libérer Lucy Jane.

Jason regarda le bijou, émerveillé. Il rapporterait une fortune!

— Vous en êtes certaine?

— Que croyez-vous qu'elle représente pour moi, maintenant?

Il lui pressa la main avec un sourire.

— Cet argent ira à la Cause, je vous le jure.

— Si seulement j'avais pu aider le réseau plus longtemps... Ce labyrinthe était la cachette idéale!

— Allons, ne ressassez pas le passé. Si Nate avait pris un autre homme pour cette mission, vous étiez perdue. Vous avez de la chance dans votre malheur...

— Pauvre Lucy Jane, elle n'en a pas autant que moi!

— Ne vous inquiétez pas pour elle, répliqua-t-il en riant. Avec ce que j'ai mis dans son whisky, Donovan ne ferait pas de mal à une mouche!

Lorena hocha la tête, partagée entre le soulagement et le souvenir douloureux de la trahison de Ryan. Mais Jason avait raison: elle devait oublier le passé. Elle serait bientôt libre et retrouverait peut-être sa mère en Afrique...

Le matin suivant, tout se passa comme prévu. Donovan se réveilla avec une mine de papier mâché, pliant bagage sans demander son reste. Dès qu'il eut le dos tourné, Lucy Jane confia à Lorena qu'il s'était écroulé comme une masse avant d'avoir eu le temps de la violenter.

De son côté, Lorena lui raconta ce qu'elle savait. Elle lui annonça sa libération prochaine tandis que Lucy Jane sanglotait de gratitude.

Puis Jason les emmena à Jamestown, où il loua un chariot pour filer sur Yorkstown, à l'embouchure du fleuve York et de la baie de Chesapeake. Il ne les quitta que pour prendre contact avec le Passeur, un vieillard au visage souriant.

— Il va vous conduire au rendez-vous suivant, expliqua Jason. Eh bien... c'est là que nos routes se séparent, reprit-il avec une émotion mal dissimulée. Je vous souhaite bonne chance.

Lucy Jane et Lorena le regardèrent, les larmes aux yeux, avant de se jeter toutes les deux dans ses bras.

— N'oubliez jamais que nous sommes tous des enfants de Dieu, conclut Jason avec force. Quelle que soit la couleur de notre peau !

Tout semblait paisible tandis que Ryan remontait l'allée de la plantation dans l'air piquant du matin. Il était fatigué, ne s'étant accordé que peu de sommeil dans sa hâte de rentrer chez lui.

Aucun palefrenier n'était visible aux écuries. D'abord perplexe, Ryan se rappela qu'il arrivait un dimanche, jour de repos. Seul un petit groupe de domestiques s'affairaient dans la maison et à l'office.

Trop pressé pour desseller son cheval, il l'attacha à la barrière avant de gravir les marches de la véranda quatre à quatre.

— Lorena ? Mère ? Où êtes-vous ?

Eliza apparut dans le corridor, les jambes flageolantes, les paumes moites. Seigneur… La corvée allait tomber sur elle !

— Alors, où sont-elles ? demanda Ryan d'un ton enjoué, tellement content d'être chez lui qu'il se réjouissait même de revoir Eliza.

— A l'église, articula-t-elle avec difficulté.

Mme Victoria seulement — mais elle se serait laissé brûler vive plutôt que de l'avouer !

— Parfait ! s'écria-t-il, soulagé d'apprendre que sa mère et sa femme assistaient ensemble à la messe. Je vais les rejoindre.

Il repartit bride abattue sous le regard désolé de la gouvernante.

Le coup serait terrible… Et dire qu'elle était complice de cette traîtrise !

28

Victoria garda la tête baissée pendant la majeure partie de la messe, consciente des regards braqués sur elle. La rumeur que sa belle-fille avait fui avec un homme s'était évidemment répandue comme une traînée de poudre ! Quelle honte, jugeait-on, surtout après la curieuse disparition de sa mère…

Après la bénédiction, Victoria se redressait sans se départir de son expression tragique quand une main gantée lui tapota l'épaule.

— Bonjour, miss Pearl, dit-elle à sa vieille amie en se retournant. Comment vous portez-vous ?

Miss Pearl Wilmington lui étreignit la main avec affliction.

— Vous êtes une femme courageuse, Victoria. J'en connais beaucoup qui ne quitteraient plus leur chambre...

— Si je m'écoutais, pourtant... répliqua-t-elle en se tamponnant le nez d'un délicat mouchoir de batiste. Quel déshonneur ! Penser que mon propre fils a épousé une personne capable de...

— Mais vous n'avez rien à vous reprocher ! C'était une fille de rien, tout le monde le savait. Comme Adam, Ryan a simplement été tenté par le fruit défendu.

Alors que des murmures d'approbation s'élevaient autour d'elles, tante Sophia, qui avait été conquise par Lorena le jour de son mariage, ne put se contenir plus longtemps.

— Je ne suis pas d'accord avec vous, lança-t-elle.

Exaspérée, Victoria grinça des dents.

— Et qu'en savez-vous, Sophia ?

— Je l'ai rencontrée à la noce, ainsi que sa mère, et je les ai trouvées charmantes toutes les deux. Ryan a épousé Lorena par amour.

— Mais la fille Sterling s'est enfuie avec un autre, objecta quelqu'un.

— En êtes-vous sûr ? contre-attaqua Sophia.

La personne s'éclipsa sans insister tandis que les autres témoins de la scène se dispersaient à leur tour.

Victoria bouillait de rage. Après tout, elle ne songeait qu'à épargner une humiliation publique à son fils ! Tant que Lorena apparaissait comme une intrigante qui l'avait pris dans ses filets, Ryan sauvait la face: Evelyn Coley pouvait lui pardonner d'avoir cédé aux tentations de la chair et consentir à l'épouser. Mais s'il était question d'amour, tout était perdu!

Absorbée dans ses réflexions, Victoria ne remarqua ni le concert d'exclamations qui fusèrent soudain ni le mouvement de foule. Quand tout à coup elle leva la tête, alertée par un sixième sens, elle crut défaillir pour de bon.

— Ryan! articula-t-elle avec difficulté, s'agrippant à sa bible.

Il se dirigeait droit sur elle avec un large sourire.

— Où est-elle? demanda-t-il après les salutations d'usage, regardant autour d'eux avec impatience. Où est Lorena?

Une fois de plus, tous les yeux étaient braqués sur eux... Mais, cette fois-ci, Victoria s'en serait bien passée.

— Elle... elle n'est pas là, balbutia-t-elle.

— Comment cela? Eliza m'a dit que vous étiez à l'église. Ou du moins...

Il s'interrompit, gagné par une appréhension soudaine. Qu'attendaient-ils, tous ces curieux? Prenant le bras de sa mère, il la conduisit au-dehors.

Victoria était loin de s'attendre à un retour aussi rapide, comptant sur plusieurs semaines de répit pour tout mettre au point: enlever les affaires de Lorena afin que Ryan croie à une fugue préméditée, par exemple. Il restait tant de détails à régler...

— Alors?

— Elle est partie, lança-t-elle, les mots se bousculant dans sa bouche. Avec un homme. Ils se retrouvaient dans le labyrinthe. J'ai essayé de les confondre mais en vain... C'était une machination : elle et sa mère avaient tout organisé pour te voler ton argent, et peut-être même Jasmine Hill ! En tout cas, quand elle a vu que j'avais découvert le pot aux roses, elle s'est enfuie, et sa mère aussi. Personne ne les a revues !

Victoria en pleurait de dépit, furieuse de s'être laissé prendre au dépourvu. Mais l'effet était très convaincant... L'escortant jusqu'à sa voiture, Ryan attacha son cheval à l'arrière avant de la rejoindre à l'intérieur.

— C'est une tragédie, poursuivit-elle après quelques minutes. Tout est arrivé si vite ! Cette liaison durait probablement depuis le début sans que tu t'en aperçoives. Je ne m'en serais jamais doutée moi-même si je n'étais pas sortie une nuit prendre l'air sur le balcon. C'est alors que je l'ai vue sortir du labyrinthe...

Victoria se tut un instant. Elle devait prendre garde à la note de triomphe qui perçait dans sa voix !

— Je l'ai raconté à Eliza le matin suivant, étonnée que Lorena sache retrouver son chemin dans le dédale. Eliza s'est alors rappelée qu'elle l'avait vue à ton bureau en train de recopier un dessin — le plan, certainement.

Ryan l'écoutait, les mâchoires douloureuses à force de serrer les dents. Il souffrait comme un damné, chaque nouvelle révélation remuant le fer dans la plaie.

— Je ne savais pas comment réagir, continua Victoria en secouant la tête avec désespoir. Du jour où tu es parti en lui laissant une lettre qui l'a bien fait rire, elle s'est transformée en furie. J'ai fini par me barricader dans ma chambre ! Même

Annie a supplié qu'on la renvoie aux champs...
Mais ensuite...

Victoria s'interrompit une seconde afin de ménager un effet dramatique.

— Ensuite je l'ai vue sortir du labyrinthe avec un homme. Et il l'a prise dans ses bras... La coupe était pleine, je ne pouvais en tolérer davantage. J'ai couru dehors mais il a eu le temps de filer... Quant à Lorena, elle a tout nié en bloc, naturellement. N'empêche que le lendemain, elle avait déguerpi.

Les mots tournoyaient dans l'esprit de Ryan : « une lettre qui l'a bien fait rire », « il l'a prise dans ses bras »...

— Alors, pour en avoir le cœur net, je suis allée rendre visite à sa mère : or, elle avait disparu aussi. J'ai donc commencé à soupçonner qu'elles étaient de mèche.

Victoria ne pouvait tomber plus juste après le rôle que Katherine avait joué dans le mariage de sa fille. Terrassé, Ryan ne songeait plus qu'à l'amant de Lorena : s'il le tenait, il le tuerait de ses mains !

Victoria se tut pour le laisser digérer les nouvelles. Finalement, elle s'en était bien tirée, même si la réaction de son fils lui inspirait quelques inquiétudes. Elle s'était attendue à une explosion de rage, pas à ce silence glacial.

Poussant un soupir de compassion, elle continua d'enjoliver son récit.

— Son amant ne manquait pas d'audace. Il laissait même une rose comme signal pour venir la retrouver au labyrinthe.

Ce détail toucha Ryan en plein cœur. Le matin même, alors qu'il galopait vers Lorena, il avait eu une idée merveilleuse : offrir à sa femme un symbole éternel de leur amour. Il ferait arracher les massifs de jasmin et les remplacerait par des roses : en buisson, trémières, grimpantes, le long des tonnelles et sur les treilles. Rouge passion. Et Jasmine Hill deviendrait Rose Hill...

Victoria sursauta en entendant son cri. Les yeux exorbités, les veines saillant au cou, il se mit à trembler.

— Arrête la voiture ! cria-t-il au cocher en sautant à terre avant même que la calèche ne se soit immobilisée.

Sous le regard effaré de sa mère, il détacha son cheval et fila au galop.

— Qu'est-ce que tu attends, idiot ? siffla Victoria au conducteur. Vite, suis-le !

La voiture repartit à toute vitesse, cahotant tandis que Victoria s'accrochait à son siège pour ne pas tomber. Une boule d'angoisse lui nouait la gorge. Pourvu que Ryan ne commette pas l'irréparable !

Tout comme Ebner, Eliza entendit Ryan remonter l'allée au galop dans un bruit de tonnerre. Echangeant un regard d'inquiétude, les domestiques s'écartèrent précipitamment comme Ryan fonçait à l'intérieur sans leur accorder la moindre attention, montant l'escalier quatre à quatre. Puis ils entendirent le fracas, le verre brisé, les éclats des meubles éventrés, la fin d'un rêve...

Eliza se mit à pleurer, effondrée. Ce n'était pas juste !

— Pauvre garçon, murmura Ebner. Que le Seigneur lui vienne en aide !

Quand Victoria arriva à son tour, le silence était retombé. Elle interrogea des yeux Eliza et Ebner qui se détournèrent. Alors elle gravit l'escalier en courant.

Ryan se tenait à la fenêtre de l'ancienne chambre de Lorena, les mains en sang, au milieu des décombres.

— Ryan! Es-tu devenu fou? Comment as-tu osé?

— En effet! se moqua-t-il. Comment ai-je osé croire qu'elle m'aimait? Ne prononcez plus jamais son nom devant moi. Jamais, vous entendez? Et que l'on arrache tous les rosiers de la propriété!

Victoria le suivit du regard, perplexe. Pourquoi cette histoire de roses le plongeait-il dans un état pareil?

Mais peu importait. Eliza nettoierait les dégâts et, dans quelques jours, elle inviterait Evelyn à Jasmine Hill pour réfléchir aux nouvelles tapisseries. Quant à Ryan, il finirait bien par oublier.

Lorena n'arrivait pas à comprendre que Philadelphie fût un port si important alors que plus de deux cents kilomètres le séparaient de l'océan. Mais un marin de la barge qui l'emmenait vers la liberté lui expliqua que la prospérité de la ville était liée aux chantiers navals. Les mâts, les espars, le bois d'œuvre, les planches: tout venait de Pennsylvanie.

— La distance ne compte pas, précisa-t-il, sauf quand le fleuve gèle. Mais cela dure à peine quelques semaines...

Ryan avait songé à investir dans la construction navale, se rappela fugitivement Lorena. Mais elle refoula ses souvenirs, ne voulant plus penser à ces jours de folie où elle croyait encore à l'amour...

Une fois en ville, Lucy Jane et Lorena se séparèrent avec émotion. Lucy Jane partait rejoindre sa famille, jurant de tuer son mari s'il croisait à nouveau sa route. Comme Lorena la comprenait !...

— J'espère que tu trouveras ta mère, dit Lucy Jane. Dans combien de temps espères-tu embarquer ?

— Aucune idée. Je n'ai pas un sou. Je m'adresserai à l'Eglise africaine méthodiste, mais sans illusion.

— Et s'ils ne peuvent pas t'aider ?

— Ne t'inquiète pas pour moi, je pourrai toujours travailler dans un saloon ! conclut Lorena avec un clin d'œil.

Les deux jeunes femmes se mirent à rire mais l'inquiétude était réelle : si mère Bethel ne pouvait venir en aide à Lorena, son avenir s'annonçait bien sombre.

Une fois Lucy Jane partie, Lorena quitta le port pour s'enfoncer dans la ville. Très vite, à cause de ses mauvaises chaussures, ses pieds furent couverts d'ampoules. Mais il fallait continuer... Même si elle se sentait mal fagotée dans la robe de mousseline grise et la cape noire que Jason lui avait procurées à Jamestown, elle était décemment vêtue.

Son estomac protestait aussi. Elle n'avait presque rien mangé sur la barge, l'équipage s'étant partagé les rations sans s'occuper des passagères. Lorena n'avait pas songé à s'en plaindre : après tout, Lucy Jane et elle traversaient clandestinement parce que le propriétaire était un Passeur. Mais ce jeûne forcé lui sapait ses forces et, jusqu'à mère Bethel, la route était longue.

Quand elle arriva enfin, le crépuscule tombait et pas une lumière ne brillait aux fenêtres... Le cœur serré, Lorena regarda autour d'elle. Elle ne tiendrait plus très longtemps... Et si elle s'évanouissait en pleine rue ? Traversant la pelouse humide du parc, elle explora les alentours de l'église et repéra un petit porche à l'arrière...

C'est là que le pasteur Jones la découvrit le lendemain matin.

Les sans-logis se réfugiaient souvent sur les marches de l'église mais il ne s'attendait pas à y trouver Lorena ! Malgré ses vêtements élimés et ses cheveux décoiffés, il reconnut sans hésiter l'élégante jeune femme qui lui avait rendu visite quelques mois plus tôt.

Quand il l'éveilla doucement, ses dents claquaient si fort qu'elle ne put articuler une syllabe. L'aidant à se lever, il la conduisit dans son bureau où il drapa un plaid sur ses épaules avant d'allumer un feu dans la cheminée. Enfin, une tasse de café brûlant à la main, pelotonnée devant les flammes, elle lui raconta sa fuite.

Le pasteur Jones l'écouta avec compassion. Comment son mari avait-il pu trahir une femme si belle et si intelligente ? D'autant que, malheureusement, mère Bethel n'avait rien à lui offrir...

— Après votre généreuse donation qui a aidé tant de fugitifs, c'est trop injuste ! reconnut-il. Mais nos coffres sont vides, en ce moment... Je suis désolé, madame Youngblood.

— Sterling, corrigea-t-elle machinalement. Je ne veux plus qu'on m'appelle Youngblood. Eh bien... je ne peux que me réjouir d'avoir aidé Letty, puisqu'elle a réussi à s'échapper comme ma mère. Il me reste à trouver le moyen de les rejoindre.

— Laissez-moi au moins vous garder à déjeuner...

Acceptant sans cérémonie, Lorena dévora bientôt un repas qui lui parut délicieux.

— Mon enfant, où irez-vous ? questionna le pasteur. Comment mangerez-vous ? Et si vous restiez ici ? Nous pourrions organiser une collecte spéciale et…

— Non, merci, refusa-t-elle poliment. Je dois quitter l'Amérique aussi vite que possible. Ma mère est très malade, elle a besoin de moi. Je sais seulement qu'elle s'est embarquée pour la Sierra Leone, en Afrique.

— C'est une colonie britannique qui accueille des Noirs depuis trente ans.

— Vous pensez qu'elle y sera heureuse ?

— Sans doute. Au départ, ce sont des philanthropes qui se sont installés là-bas. Ils espéraient transformer la région en un refuge pour d'anciens esclaves. Depuis, la Couronne a repris la colonie. Mais c'est toujours un endroit sûr pour les Noirs.

— Tant mieux, soupira Lorena. Si mon beau-père découvre qu'elle s'est échappée, il la poursuivra où qu'elle soit !

— Devez-vous vraiment partir si loin, Lorena ? Vous seriez utile, ici…

— Je sais. Croyez-moi, pasteur, je voudrais tant vous aider ! Mais, c'est plus fort que moi, il faut que je retrouve ma mère.

Hochant la tête, Jones se détourna.

— Dieu vous aide, murmura-t-il.

Quand le fiacre s'immobilisa devant la maison de Charles Grudinger, la nuit était presque tombée. Sous le ciel plombé de lourds nuages menaçants, la température avait chuté. Après le copieux repas que le pasteur lui avait préparé,

Lorena s'était endormie d'épuisement sur le canapé sans même s'en rendre compte.

Consciente de la pauvreté de sa mise, la jeune femme n'osa pas se présenter à la porte principale, préférant frapper à l'entrée de service. Nanny Bess passa la tête par l'embrasure.

— Qui est-ce? lança-t-elle d'un ton soupçonneux.

— Lorena.

La tête disparut tandis que la porte s'ouvrait sans tarder.

— Seigneur! Je ne vous aurais jamais reconnue... Que vous est-il arrivé? Cette robe, vos cheveux...

Sa voix mourut dans un silence gêné. Maudissant sa maladresse, Nanny Bess la guida jusqu'à l'office. La pauvre petite avait dû subir un terrible revers de fortune...

Quelques minutes plus tard, Lorena lui avait appris l'essentiel.

— Je dois parler à M. Grudinger, conclut-elle. Comme je n'ai pas un sou et que mère Bethel ne peut rien pour moi, j'espérais qu'il m'aiderait à partir... gratuitement.

Nanny Bess hocha la tête en suspendant la cape humide de Lorena. Puis elle lui tendit une tasse de café chaud.

— M. Grudinger n'est pas bien, finit-elle par expliquer. Les docteurs pensent que c'est le cœur... Il reste alité presque toute la journée, maintenant. Comme il vient de s'endormir, je ne voudrais pas le réveiller... (Elle se tut un instant.) En réalité, je me demande si vous avez intérêt à vous montrer.

— Mais pourquoi? s'exclama Lorena, au déses-

266

poir. Il devait transporter des esclaves affranchis en Afrique, n'est-ce pas?

— Non, ça n'a pas marché. Sa société a eu des problèmes de trésorerie et, à la place, il s'est lancé dans la marine marchande.

— Je ne comprends pas... Tout ce que je sais, c'est que, sans lui, je suis perdue! Je ne peux me tourner vers personne d'autre.

— Attendez, mon enfant. M. Grudinger a toujours été généreux avec moi: j'ai suffisamment d'économies pour payer un billet sur l'un de ses deux bateaux. Mais comme ils transportent surtout des marchandises, il n'y a qu'une douzaine de cabines. Par ailleurs, ils ne lèvent l'ancre qu'à pleine charge. Je vais me renseigner.

Lorena poussa un soupir de soulagement.

— Dieu merci... Mais, reprit-elle avec un soupçon d'inquiétude, pourquoi ne voulez-vous pas qu'il me voie?

Nanny Bess lui jeta un regard sombre.

— Il faudrait tout lui avouer, et notamment que votre mari vous a vendue en esclavage... Vous êtes devenue une fugitive, Lorena. Il n'oserait pas vous laisser monter sur un de ses navires, de peur que le gouvernement ne lui retire ses contrats. Vous savez, M. Youngblood est un personnage très en vue, riche et respecté. S'il découvre que vous vous êtes évadée, il enverra des détectives à vos trousses. M. Grudinger ne prendra jamais le risque d'être impliqué dans cette affaire.

— Mais vous, Nanny Bess, vous allez m'aider?

— Bien sûr, la rassura la gouvernante. Pourtant, j'aimerais vous garder près de moi: vous seriez si utile à la Cause!

— Ce n'est pas possible.

Nanny Bess hocha la tête, compréhensive.

— Nous avons tous nos soucis… M. Grudinger n'a plus très longtemps à vivre et, à sa mort, je n'aurai même pas un toit au-dessus de ma tête. Mais peu importe ! Ce qui compte, c'est que je puisse soutenir mère Bethel.

— Je suis certaine que vous trouverez une solution. Les femmes comme vous ne sont jamais à bout de ressources !

— Vous non plus, répliqua Nanny Bess en la serrant dans ses bras. Et je ne serais pas étonnée de vous voir de retour, un de ces jours.

— On verra. Mais, en attendant, un long voyage m'attend.

29

Plusieurs semaines s'écoulèrent avant que le paquebot à quai ne soit complètement chargé. Pendant ce temps, Lorena travailla à l'église en échange d'un lit à l'entresol, Nanny Bess persistant à cacher son amie loin de Grudinger. L'activité ne manquait pas. Les pauvres et les sans-logis défilaient sans arrêt chez mère Bethel.

Lorena s'étourdissait de travail, s'échinant de l'aube à la nuit pour plonger ensuite dans un sommeil sans rêves. Mais, malgré son désir d'effacer le passé, son cœur n'oubliait pas. Elle se réveillait parfois en sursaut, croyant sentir les bras de Ryan autour d'elle…

Quand la nouvelle du départ se confirma enfin, elle poussa un ouf de soulagement.

Ce matin-là, Nanny Bess l'accompagna au quai

pour lui dire adieu. Elle lui avait fourni des vêtements et de l'argent.

— Le navire vous conduira directement à Liverpool, d'où vous repartirez pour le Portugal et ensuite l'Afrique.

Quand Lorena voulut lui exprimer toute sa gratitude, Nanny Bess l'arrêta d'un geste.

— Nous devons nous entraider, mon enfant. C'est le seul moyen de traverser les épreuves que Dieu nous envoie.

Lorena n'avait guère prêté attention aux faux papiers que Nanny Bess lui avait procurés. Mais elle comprit l'intérêt de voyager sous l'identité d'Edith Starling lorsque le capitaine lui montra le fichier des voyageurs qu'il était obligé de tenir : âge, sexe, nationalité, profession, rien n'y manquait.

La jeune femme tomba amoureuse de l'océan. Si les autres passagers préféraient se retrouver au salon pour jouer aux cartes, elle observait les manœuvres de l'équipage, fascinée par le fonctionnement du navire.

Dolan O'Grady, le capitaine, l'invitait dans ses quartiers après le dîner. Entre deux bouffées de cigare et l'unique verre de cognac qu'il se permettait chaque jour, il lui racontait sa vie de marin au long cours, lui expliquant les difficultés de sa profession. Le navire devait respecter un itinéraire et des délais stricts : transporter du courrier urgent et des passagers pressés n'était pas sans imposer des contraintes.

— Mais pourquoi voulez-vous savoir tout ça, ma fille ? lui demanda-t-il un soir.

Elle lui adressa un clin d'œil.

— On ne sait jamais, j'aurai peut-être un paquebot à moi, un jour !

Lorena fut stupéfaite d'apprendre que ces bâtiments coûtaient de quarante à cinquante mille dollars.

— Oui, mais songez qu'en un an le même bateau vous rapporte vingt mille dollars rien que pour la cargaison, s'il navigue à plein, et peut-être dix mille de plus avec le courrier et les passagers! On le rentabilise en deux ans...

Il poussait son paquebot au maximum, bravant les tempêtes de neige et les vagues immenses qui balayaient le pont pendant des heures.

— Nous, se vanta le capitaine avec orgueil, on est des durs à cuire, pas des marins d'eau douce! On tient le coup sans manger ni dormir, même dans les pires conditions. Tout ce qu'il nous faut, c'est un peu plus de rhum que les autres! ajouta-t-il en riant.

Ryan enfila le nouveau costume que sa mère lui avait commandé: gilet noir, pantalon à rayures grises, chemise blanche et col à jabot. Mais cet accoutrement le laissait parfaitement indifférent, tout comme le grand dîner organisé par Victoria. Du reste, il ne s'intéressait plus à rien.

Comme Ebner entrait lui annoncer que les premiers invités arrivaient, Ryan se resservit un verre de whisky. Même si deux mois s'étaient écoulés depuis la disparition de Lorena, il se torturait encore en imaginant sa jeune épouse penchée sur le plan du labyrinthe, le recopiant en hâte pour rejoindre son amant.

Bon sang, c'était inimaginable! Comment pouvait-elle courir dans les bras d'un autre après leurs nuits d'amour, les heures passionnées où elle se donnait totalement à lui? Quel aveugle il était... et quel idiot!

— Missié, répéta Ebner en s'éclaircissant la gorge, mal à l'aise. Vot' maman dit que vous devez accueillir vos invités.

— *Ses* invités, corrigea Ryan, pas les miens. Qu'elle s'en occupe elle-même !

— Missié Ryan, euh… je sais que c'est pas mes affaires mais je voulais vous dire quelque chose. Vous et moi, on se connaît depuis tant d'années et…

— Viens-en au fait ! s'impatienta Ryan.

Depuis qu'il était de retour, les domestiques l'évitaient, rasant les murs comme s'il les terrifiait. Or, même s'il était irritable, jamais il ne s'était montré injuste ou cruel ! Ce petit manège finissait par l'agacer.

— Missié, je me fais du souci pour vous.

— Allons bon ! se moqua Ryan. Et pourquoi ?

— Eh bien, missié… (Ebner hésita, craignant d'aller trop loin)… vous vous négligez… Je m'inquiète parce que vous n'êtes plus heureux.

Ryan éclata d'un rire amer.

— Mais bien sûr que si ! De quoi me plaindrais-je ? J'ai des contremaîtres compétents pour gérer Jasmine Hill. Ma mère dirige la maison à merveille. En somme, je peux boire jour et nuit sans que personne s'en préoccupe !

— Moi si, missié.

Ryan l'étudia par-dessus le rebord de son verre, ému par la sincérité de son regard.

— Merci, Ebner, mais je vais très bien.

Avalant d'une gorgée le reste de son whisky, il se leva :

— Bien. Puisqu'il n'y a pas moyen d'y couper… Tu sais combien d'invités sont attendus ?

— J'ai entendu ma'ame Victoria dire que toute

la famille d'Evelyn Coley serait là. D'ailleurs Eliza a mis la table pour neuf.

Ryan poussa un grognement. Il y aurait donc les parents et les quatre grands-parents d'Evelyn... Le dîner mondain se transformait en réunion de famille ! Curieusement, sa mère avait oublié de le prévenir... Ryan flairait anguille sous roche : vraisemblablement, on le pousserait à fixer une date de mariage.

Mais il n'était pas prêt. Il n'avait même pas signé les documents du divorce. Non, tout arrivait trop vite, le souvenir de Lorena demeurait brûlant dans sa mémoire. Il pensait à elle sans cesse, il la désirait, il l'aimait toujours malgré son chagrin et sa colère...

Il se servit encore un verre.

— Missié, je...

— Quoi encore ? coupa Ryan en lui lançant un regard glacial.

— Rien, missié, murmura Ebner en baissant la tête. Je vais prévenir ma'ame Victoria que vous arrivez.

Pourtant Ryan ne bougea pas, plongé dans ses ruminations. Il avait rendu trois visites à Evelyn en trois semaines, pour contenter sa mère. Evidemment, il faudrait bien tirer un trait sur le passé — mais pas avant d'avoir chassé les fantômes qui le hantaient sans répit. Lorena était belle, bien sûr, mais c'étaient surtout son humour, sa conversation brillante et réfléchie, leur complicité qu'il regrettait.

Comme la porte s'ouvrait, il leva les yeux en fronçant les sourcils, s'apprêtant à essuyer les reproches de sa mère. Mais c'était Evelyn. Eblouissante dans une robe de velours rouge, elle entra d'un pas assuré pour venir directement se

pendre à son cou tandis qu'il se levait par politesse.

— Alors, c'est là que vous vous cachiez ? rou-
coula-t-elle.

Petite et menue, elle se tenait sur la pointe des
pieds, le haut de sa tête atteignant à peine son
épaule. Keith Roland, qui était aussi grand que
Ryan, lui avait un jour confié qu'il aimait dominer
les femmes de toute sa taille. Pour Ryan, c'était le
contraire : il devenait gauche et maladroit, un
éléphant dans un magasin de porcelaine ! Avec
Lorena, il n'avait jamais connu cette gêne. Quand
il la prenait dans ses bras, elle n'avait qu'à lever
son ravissant visage vers lui et...

Il secoua la tête pour repousser les souvenirs.

— Vous n'êtes pas bien ? s'inquiéta Evelyn.
N'êtes-vous pas heureux de me voir ? (Elle renifla
avec une petite grimace élégante.) Oh, Ryan, vous
avez bu !

Il éclata de rire en se rasseyant.

— Evidemment ! Comme tous les hommes dans
leur bureau à cette heure-ci.

— Vous prenez trop d'alcool, c'est votre mère
qui le dit. D'ailleurs, vous n'êtes pas venu saluer
ma famille !

Ryan fronça les sourcils, se rappelant brusquement ce qu'il ne supportait pas chez elle : ce
harcèlement continuel pour obtenir ce qu'elle
souhaitait.

— Je vous rejoins dans une minute.

Elle s'assit sur ses genoux.

— Non. Je ne sortirai pas sans vous.

Avec ce visage ravissant, comment pouvait-elle
paraître si laide, à certains moments ? Pourtant,
à force de se trémousser sur ses cuisses, elle
éveillait en lui un désir animal. Il n'avait pas

273

connu de femme depuis si longtemps... Il était retourné chez Corrisa après la fuite de Lorena mais, en définitive, il n'avait payé que pour trouver une oreille compatissante...

Le prenant au dépourvu, Evelyn laissa tomber sa main plus bas pour l'ébauche d'une caresse.

— Vous avez envie de moi, n'est-ce pas, Ryan ? Comme avant... Votre mère voudrait que nous fixions la date du mariage ce soir. Voilà pourquoi elle a convié mes grands-parents, afin que l'annonce soit officielle. Le plus tôt sera le mieux, mon chéri, car je vous désire comme aucun homme avant vous...

Elle l'embrassa avec une passion qui le stupéfia. Avec sa main qui plongeait entre ses jambes et ses seins pressés contre sa poitrine, il sentit un trouble le gagner et l'attira contre lui. Mais le cœur lui manqua aussitôt : aucune femme ne pouvait remplacer Lorena.

Evelyn recula.

— Si vous me suivez maintenant pour en finir avec les formalités, nous pourrons nous retrouver un peu plus tard dans la soirée. Ce sera si bon, chéri. Et vous oublierez enfin cette petite catin. Je vous embrasserai partout, je vous rendrai fou de désir...

Il la repoussa brusquement.

— Lorena n'était pas une catin, Evelyn.

Elle éclata d'un rire moqueur.

— Ah non ? Quoi alors ? Une fille, une cocotte ? C'est du pareil au même...

Il la remit debout d'un geste.

— Cela suffit, Evelyn.

— Ah, vraiment ? explosa la jeune femme, hérissée de rage. Sachez que ce scandale m'a éclaboussée de honte, que vous m'avez humiliée publiquement! D'après votre mère, elle vous a ensorcelé, elle s'est vautrée dans la luxure pour mieux vous appâter. Je peux comprendre et même pardonner, mais dans certaines limites! Je ne vous permets pas de la défendre... Est-ce clair?

» Bien, reprit-elle, interprétant le silence de Ryan comme une capitulation. Oublions cette malheureuse dispute. J'ai déjà ma robe de mariée, vous savez, et mère peut tout organiser en un rien de temps. Signez les papiers du notaire et nous fêterons les noces dans... trois semaines, je dirais.

Ryan se mit à rire, incapable de contrôler son hilarité. Comment avait-il pu envisager de lier sa destinée à cette mégère? Jamais il ne se remarierait, du moins tant qu'il n'aurait pas oublié la seule femme de sa vie...

Effrayée par son comportement, Evelyn courut chercher Victoria pour la prévenir.

Resté à proximité, Ebner n'avait pas perdu une miette de la conversation. A voir Ryan souffrir comme un damné, il en avait le cœur brisé. Si seulement il n'avait pas été obligé d'obéir à sa maîtresse et de mentir à Mme Lorena...

Ryan laissa sa mère épancher sa rancœur sans un battement de cils.

— Evelyn est persuadée que tu es malade des nerfs, maintenant! Elle vient de repartir avec sa famille, tu te rends compte? Son père nous enverra leur médecin dès qu'ils seront de retour à Richmond. Tu as besoin de soins, mon fils. Les humiliations que cette catin t'a infligées ont laissé des séquelles... Heureusement, Evelyn est une jeune fille compréhensive et très sensée. Elle ne souhaite qu'une chose, tout comme moi: que tu reprennes tes esprits. (Elle sonna Ebner.) Couche-toi, maintenant. Eliza va te préparer un thé. Tu dois te reposer jusqu'à l'arrivée du docteur.

Ryan ne répliquait toujours rien, debout à la fenêtre, fixant la nuit brumeuse. Un brouillard roulait depuis le fleuve tandis qu'un vent glacial agitait les vitres.

Qui ne dit mot consent, supposa Victoria, déroutée par son mutisme. Son fils était devenu bien docile! Evelyn avait peut-être raison, finalement: peut-être était-il frappé de mélancolie...

Avant d'entrer quelques minutes plus tard, Ebner vérifia que Victoria avait quitté les lieux.

— Missié Ryan...

Silence.

— Missié Ryan, j'ai quelque chose à vous dire que vot' mère ne doit pas entendre.

Ryan tourna vers lui un regard éteint.

— Quoi?

Le valet respira à fond, rassemblant tout son courage.

— Il y a une rose à la tombe.

Ne comprenant pas, Ryan cligna des paupières.

— Une rose, répéta Ebner, sur la tombe de ma'ame Henrietta.

Ryan se redressa brusquement, les paroles de sa mère lui revenant en tête. D'après elle, c'était l'amant de Lorena qui signalait ainsi sa présence. Mais alors? Bon sang, il allait tirer cette affaire au clair!

Ouvrant la porte-fenêtre, il courut sur le balcon et sauta dans l'allée. Le brouillard l'engloutit immédiatement. Saurait-il retrouver son chemin dans le labyrinthe? Il n'y avait pas pénétré depuis des lustres.

Mais, au premier coude, il repéra la lueur d'une torche : quelqu'un attendait là. Qui ?

Il enfila le couloir de verdure, s'arrêtant net devant le petit groupe : Eliza, qui tenait la torche, Annie, et Ebner qui les rejoignit, essoufflé d'avoir couru.

— Missié Ryan, commença Eliza, très émue et ayant visiblement préparé ce moment depuis longtemps. Nous devons vous dire quelque chose.

30

Lorena avait tant apprécié la compagnie du capitaine O'Grady qu'elle n'avait pas lié connaissance avec les autres passagers. Aussi n'échangea-t-elle que des adieux de pure forme quand ils débarquèrent à Liverpool.

Le capitaine s'était interdit d'interroger la jeune femme sur sa vie privée ou ses raisons de se rendre en Sierra Leone. Mais, après tant de semaines passées ensemble, sa curiosité prit le dessus, il se mit à poser des questions indirectes.

Comme il avait participé à la traite des esclaves dans un passé lointain, Lorena avait dû surmonter une certaine réticence à se livrer. Mais il semblait si sincère, si repentant qu'elle finit par lui confier tous ses chagrins.

— Vous n'avez rien à faire en Sierra Leone ! s'exclama-t-il lorsqu'elle eut terminé, dissimulant mal son émotion. Même si votre mari a cherché à vous vendre, vous n'êtes pas une esclave ! Vous auriez très bien pu rester en sécurité à Philadelphie...

— Peut-être, mais pas ma mère.

— Elle ne s'y plaira pas non plus... La colonie se compose d'un petit village qui se construit peu à peu, avec des commerçants, des prêtres, des docteurs et des hommes de loi. Même si l'endroit est plutôt civilisé, une dame comme vous aurait du mal à s'y sentir chez elle.

— Croyez-vous que j'aie le choix, capitaine? répliqua Lorena avec un sourire amer.

Ils longèrent enfin les côtes d'Afrique. O'Grady lui indiqua les différentes régions qu'ils dépassaient: le Maroc, l'ouest du Sahara, la Mauritanie. Des jungles épaisses couvraient les plaines côtières, des hectares de forêt vierge humide et dense. Au-delà s'étendaient des mangroves aux palétuviers géants et des marais qui fourmillaient d'oiseaux. Puis le relief s'élevait, laissant place à un plateau qui s'enfonçait dans l'intérieur des terres.

Ils doublèrent le cap Vert, admirant ses douces collines verdoyantes et ses longues plages de sable fin, guettant ses redoutables récifs. Puis défilèrent le Sénégal et la Guinée. Bientôt, ils seraient en Sierra Leone.

Postée sur le pont, Lorena tâchait de s'habituer à la chape étouffante de l'humidité. Des relents de pourriture flottaient vers elle, provenant de la boue des rives et des noix de coco laissées à se décomposer par les indigènes pour en exploiter plus facilement la pulpe.

Son cœur se mit à battre plus vite quand ils remontèrent l'embouchure du fleuve Sierra Leone. Devant eux se dressait une sombre chaîne de montagnes au-delà de la baie tandis que des éclairs zébraient le ciel de temps en temps, accompagnés de sourds roulements de tonnerre.

— Quand les Portugais ont découvert cette partie du monde, ils ont comparé ces grondements à des rugissements de lion. Alors ils l'ont baptisée Sierra Leone : montagne du lion.

— C'est magnifique. Tout est si grandiose...

— Non, pas tout, ma fille, répliqua le capitaine en riant. Certaines choses ne sont pas belles à voir... Comme les attaques des «léopards humains», au début du siècle sur les hauts plateaux. C'étaient des indigènes vêtus de peaux de léopards qui démembraient leurs victimes pour les dévorer.

— Du cannibalisme ? murmura-t-elle en frissonnant.

— Pas vraiment. Plutôt un rite magique pour acquérir plus de force. On raconte aussi que la plupart des révoltes sur les bateaux négriers étaient dues à des paniques collectives : les Africains croyaient qu'on les enlevait pour les manger.

— Il paraît que les Noirs qui n'avaient jamais vu d'hommes blancs les ont d'abord pris pour des monstres marins parce qu'ils surgissaient de l'horizon, c'est-à-dire du vide.

Le capitaine eut un ricanement sarcastique.

— Des monstres marins ? Ils n'étaient pas très loin de la vérité...

Lorena examinait la côte encombrée de cases aux toits de palmes. Maintenant que l'heure décisive approchait, son angoisse montait.

— Je ne sais même pas où chercher ma mère, observa-t-elle avec inquiétude.

— C'est elle qui vous trouvera, répliqua le capitaine en indiquant du doigt la foule qui se rassemblait. L'arrivée d'un navire est un événement au village! Tout le monde vient voir le déchargement des marchandises et guetter les nouveaux venus.

Lorena était déjà prête lorsqu'on jeta la passerelle. La nuit allait bientôt tomber, ce qui lui laissait peu de temps pour être reconnue — d'autant que personne ne l'attendait.

Elle allait descendre quand le capitaine la retint.

— Ne vous éloignez pas trop, Lorena, laissez-moi le temps de régler les formalités. Ensuite je vous accompagnerai au bureau du port pour consulter les listes de passagers des précédents paquebots.

Mais, incapable de se contenir plus longtemps, elle courut sur la passerelle. C'est alors qu'un cri perçant retentit:

— Lorena! Seigneur... C'est elle! Lorena! Lorena!

Si le capitaine agrippa la jeune femme par l'épaule, ce fut moins pour la retenir que pour l'empêcher de basculer par-dessus bord. Devant eux, fendant la foule des curieux, une femme s'approchait tandis qu'un homme blanc vêtu d'un costume sombre lui ouvrait la voie.

Lorena et Katherine se jetèrent dans les bras l'une de l'autre en sanglotant, n'osant plus se séparer de peur que ce ne soit qu'un rêve.

Le capitaine O'Grady reconnut d'un coup d'œil celui qui accompagnait Katherine Tremayne: c'était Elliott Noland, l'adjoint du gouverneur, qui gérait les affaires de la colonie en l'absence de Sa Seigneurie.

Les deux hommes échangèrent un regard indécis, ne sachant comment réagir. Enfin Elliott proposa sa voiture pour continuer les retrouvailles chez lui.

— Capitaine O'Grady, vous êtes invité aussi. Venez dîner avec nous.

— Oh oui! approuva Lorena en lui présentant sa mère.

— Non, non, répondit-il, ému par l'affection qui se lisait sur son visage. J'ai trop de formalités à régler.

Il disparut dans la foule.

Elliott emmena les deux femmes dans sa maison, une demeure en pierres importées d'Angleterre. Petite mais confortable, elle dominait la baie depuis le sommet d'une colline.

Comme ils se dirigeaient au salon, Lorena s'émerveilla de la bonne mine de sa mère.

— Tu as même repris du poids, ma parole! C'est incroyable. Et tu n'as pas toussé une seule fois!

— Elliott t'expliquera mieux que moi, répliqua Katherine en se tournant vers ce dernier, qui s'y prêta de bonne grâce.

— En Angleterre, les médecins ont observé qu'un changement de climat peut enrayer la tuberculose. Depuis que votre mère est ici, les symptômes ont quasiment disparu. Nous supposons qu'elle est en bonne voie de guérison.

Katherine s'assit sur un petit canapé devant la fenêtre.

— Assez parlé de moi, conclut-elle en invitant sa fille à la rejoindre. Comment as-tu découvert où j'étais? Par les Passeurs qui m'ont aidée? Et pourquoi es-tu venue? Où est Ryan?

Elle se tut, alarmée par l'expression de sa fille.

Quand Lorena eut achevé le récit de ses malheurs, les deux femmes pleuraient ensemble. Devinant qu'un remontant serait le bienvenu,

Elliott agita la sonnette d'argent. Quelle ne fut pas la stupeur de Lorena en voyant paraître Letty!

— Je n'en crois pas mes yeux! s'exclamèrent les deux jeunes femmes en chœur, tandis qu'Elliott, résigné, se levait pour aller chercher les rafraîchissements lui-même...

Lorsqu'ils passèrent à table, personne n'avait vraiment faim: trop de nouvelles se bousculaient sur les lèvres, trop d'émotions accumulées.

— Et comment va ma mère? demanda enfin Letty.

Lorena baissa les yeux.

— Je ne sais pas comment te l'annoncer...

Il n'en fallut pas davantage pour que la jeune Noire se jette en sanglotant dans les bras de Katherine.

— J'aurais tant voulu la sauver, conclut Lorena en relatant les circonstances du drame. Mais Ben s'est évadé, reprit-elle aussitôt pour apporter une note plus gaie. Je l'ai guidé pour la première étape et j'espère qu'il a franchi les obstacles suivants.

— Au moins, ma mère repose en paix, murmura Letty. Plus rien ne peut l'atteindre là où elle est.

— Nous non plus, décréta Katherine avec un optimisme un peu forcé. Ici, nous sommes libres et une vie nouvelle s'offre à nous. Rendons grâce à Dieu et jurons de ne plus regarder en arrière!

« Si seulement c'était possible », songeait Lorena. Mais son chagrin ne s'apaisait pas. Elle restait déchirée entre sa soif de vengeance et la douleur d'un amour trahi qui demeurait vivant dans son cœur...

Elles ne se quittèrent qu'à l'aube, épuisées. Lorena se retira dans une chambre d'amis tout près de celle de sa mère, se demandant fugitivement pourquoi Katherine séjournait ici. Mais il suffisait de voir combien elle rayonnait en présence du gouverneur adjoint pour deviner une partie de la réponse. Visiblement, sa mère avait ouvert son cœur à l'amour. Pour sa part, Lorena savait que jamais plus un homme ne pourrait l'émouvoir.

Après sa confrontation avec Ebner, Eliza et Annie, Ryan était reparti directement chez sa mère. Mais elle ne démordait pas de sa version des faits.

— Ils seront fouettés! Comment osent-ils prétendre que j'ai drogué cette traînée, ou qu'Ebner lui a raconté que tu étais de retour? C'est absurde!

Il la dominait de toute sa taille tandis qu'elle restait assise sur le divan du salon. Une furieuse envie de lui arracher la vérité par tous les moyens démangeait Ryan mais il se maîtrisa.

— Oui, il est bien curieux qu'ils mentent au sujet d'une affaire de cette importance...

— Ils auront le fouet! Ils ne cherchent qu'à semer le désordre chez moi!

— Vous ne toucherez pas à un cheveu de leur tête, l'avertit Ryan, je leur en ai donné ma parole. Je vais les affranchir et les aider à s'installer dans le Nord afin qu'ils vous échappent à tout jamais! A vous et à Zachary Tremayne...

Il éleva brusquement la voix:

— J'exige des explications! Cessez vos mensonges! Je sais qu'Eliza a versé du laudanum dans le thé de Lorena. Pourquoi vouliez-vous l'endormir? Ebner l'a enfermée dans sa chambre après lui avoir dit que je ne souhaitais plus la voir. Pourquoi ? Lorena n'a jamais reçu la lettre que je lui avais écrite, Eliza l'a subtilisée avant. Que s'est-il passé ensuite ?

Victoria aurait tant voulu verser quelques petites larmes... Mais la trahison d'Eliza et d'Ebner la mettait hors d'elle. De toute manière, Ryan ne s'y serait sans doute pas laissé prendre.

— Eliza n'a pas eu le toupet de nier qu'elle avait vu Lorena sortir du labyrinthe avec un homme, tout de même ?

— Non, mais cela ne signifie pas qu'elle eût un amant !

— Et pour quelle autre raison lui aurait-elle donné rendez-vous en pleine nuit dans le dédale ? Et la rose sur la tombe ? C'était un signal !

— Effectivement.

Même si Annie lui avait tout expliqué, il n'avait nulle intention d'éclairer sa mère. Les affaires de Lorena ne la regardaient pas. Si seulement il avait été assez proche de sa femme pour qu'elle se confie à lui...

— Mais alors... insista Victoria, dévorée de curiosité.

— Peu importe, mère. Je veux savoir ce qui est arrivé à Lorena puisqu'elle ne s'est pas enfuie avec un autre.

— Eh bien, demandez aux esclaves : ils sont si bien renseignés !

— Vous aviez pris toutes vos précautions, n'est-ce pas ? Annie a été envoyée aux champs. Quant à Eliza, elle a dormi au quartier des esclaves, cette nuit-là — pour la première fois depuis des dizaines d'années ! Pas de témoin gênant... Alors, dites-moi la vérité, maintenant ! Qu'avez-vous fait de ma femme ?

Victoria afficha un visage horrifié.

— Tu es devenu fou, Evelyn avait raison! J'espère que le docteur arrivera à temps pour empêcher une crise comme celle de l'autre jour, quand tu as tout cassé. Ryan, je te jure que tu finiras dans un asile si tu refuses d'entendre raison. Tu peux me croire, je signerai les papiers d'internement sans hésiter! Je ne peux tolérer que...

— Savez-vous où elle est, au moins? coupa-t-il sèchement. Ou bien vous êtes-vous contentée de payer pour ne pas vous salir les mains? Qui est de mèche avec vous? Zachary Tremayne?

Sautant sur ses pieds, elle courut jusqu'à la porte.

— Je ne sais pas où elle est, et tant mieux! Jamais tu ne la retrouveras, elle a quitté ta vie pour de bon. Un jour, mon fils, tu m'en remercieras!

Il sortit dans le hall comme elle montait l'escalier à toutes jambes.

— Je ne vous le pardonnerai jamais, mère. Et si je ne retrouve pas Lorena, vous n'aurez plus de fils!

Sans perdre une minute de plus, Ryan partit aux écuries seller son cheval. Si seulement ses domestiques avaient parlé plus tôt! Mais, bien sûr, Ebner et Annie étaient terrorisés par Victoria. Quant à Eliza, elle avait agi par intérêt au début, avant de comprendre trop tard les conséquences tragiques de ses actes...

Enfin la maison de Zachary Tremayne se détacha à l'horizon, baignée de sinistres reflets lunaires. Ryan arrêta un instant son cheval. Pourquoi avait-il brusquement ce sentiment de danger?

Le silence.

Il planait un silence surnaturel sur la plantation, un silence de terreur et de mort.

Ryan vérifia son revolver. Heureusement, il était armé. Une fois devant la maison, il mit pied à terre. La porte s'ouvrit dans un grincement sinistre. Assailli par une odeur de moisi et de renfermé, Ryan s'avança dans le hall plongé dans la pénombre.

— Tremayne! hurla-t-il. Nous avons à parler!

Il entendit le parquet gémir sous des pas puis une lanterne perça petit à petit la nuit.

— Qu'est-ce que vous voulez, bon Dieu? lança Tremayne depuis le palier, un fusil à la main.

— Ma femme! réclama Ryan sans ambages.

Zachary réfléchit une minute, flairant les ennuis.

Même si Donovan ne lui avait pas raconté les détails, il savait que Lorena avait suivi le chemin de sa mère. Du reste, tant mieux. S'il l'avait eue sous la main, elle aurait payé cher la cicatrice qui le défigurait!

— Elle n'est pas ici, répliqua-t-il en pointant son arme. Sortez! Je ne veux pas d'embrouilles.

Les yeux fixés sur Zachary, Ryan avança de quelques pas.

— Tremayne, tant que je n'aurai pas retrouvé Lorena, vous risquez des embrouilles.

Comme il gravissait lentement les marches, Zachary recula.

— Je vais vous tirer comme un lapin, Youngblood! Sortez de chez moi! Je n'ai rien à voir avec la disparition de Lorena. Moi, je me suis débarrassé de Katherine pour arrêter le vaudou, et les esclaves ont vu que je ne plaisantais pas. Maintenant il n'y a plus un bruit et ça me plaît comme ça. Dehors !

Mais Ryan montait toujours. La cicatrice de Zachary était bien visible, même à la faible lueur de la lampe.

— Comment est-ce arrivé, Tremayne ? Un de vos esclaves vous a rendu la monnaie de votre pièce ?

Zachary se hérissa de colère.

— Non, ce n'était pas une esclave, du moins pas encore. Mais maintenant elle a ce qu'elle mérite, dans le bordel où elle travaille.

Ryan marqua un temps d'arrêt.

— Expliquez-vous, Tremayne...

Zachary avait posé la lanterne sur le palier, gardant les mains libres pour mieux tenir son fusil. Au besoin, il plaiderait la légitime défense pour le meurtre de Youngblood : cet imbécile s'était introduit chez lui en pleine nuit ! A moins qu'il ne jette le corps dans un bayou... Mais, d'abord, il allait s'amuser un peu.

— Avec plaisir... Et après, vous serez bien content que cette garce ait vidé les lieux. Voyez-vous, reprit-il en s'humectant la lèvre, un éclair de jubilation dans l'œil, la grand-mère de Katherine était noire... Vous m'avez bien entendu ? Votre chérie a du sang noir dans les veines ! Une esclave qui se fait passer pour une Blanche... Et vous êtes tombé dans le panneau ! Mais moi, je l'ai toujours su. Katherine m'avait tout avoué avant le mariage. Ça m'était bien égal avant qu'elle tombe malade. Du coup je l'ai renvoyée à sa place, avec les esclaves. Quant à votre mulâtre de femme, elle a suivi le même chemin et...

Ryan plongea sur lui avec un hurlement de rage, esquivant de justesse un coup de feu. L'agrippant aux jambes, il renversa son adversaire sur le palier. Ils roulèrent l'un sur l'autre mais, dans leur élan, ils heurtèrent la lampe qui bascula et répandit toute son huile : une seconde plus tard, des flammes jaillissaient autour d'eux.

Ryan envoya son poing sur la mâchoire de Zachary, essuyant lui-même un direct au menton qui l'étourdit. Son adversaire en profita pour ramasser le fusil. N'ayant pas le temps de viser, Tremayne s'en servit comme d'un gourdin. Heureusement, Ryan eut le réflexe de se dérober. Quand Zachary se redressa, il reçut un coup de bélier à l'estomac puis un direct qui l'assomma tout à fait.

Ryan se releva lentement, aveuglé par la fumée. Le feu gagnait rapidement du terrain. Pris d'une quinte de toux, il chercha l'escalier à tâtons avant de s'immobiliser. Allait-il laisser Tremayne brûler vif ? Il rebroussa chemin et, au prix d'un gros effort, tira Zachary le long des marches jusque dans la cour. Aspirant l'air pur avec soulagement, Ryan considéra son ennemi inconscient.

— La vie est parfois pire que la mort, murmura-t-il. S'il y a un Dieu au ciel, j'espère qu'Il te fera goûter l'enfer ici-bas...

Victoria s'allongea contre les oreillers, au plus mal. Avec le départ d'Eliza et d'Ebner, elle avait perdu ses meilleurs domestiques. Personne ne savait aussi bien s'occuper d'elle quand elle avait ses vapeurs...

Le docteur était passé durant la nuit, lui promettant de revenir examiner Ryan cet après-midi pour déterminer la gravité de ses troubles mentaux.

Il avait dû filer chez Tremayne, songea Victoria. Pourvu que Zachary lui répète le secret de Katherine... Ryan comprendrait peut-être enfin son erreur et choisirait d'en rester là !

Elle s'assit et rejeta les couvertures avant d'apercevoir subitement Ryan, debout dans l'embrasure de la porte.

— Tu es là depuis longtemps ? s'exclama-t-elle en attrapant son peignoir, soudain nerveuse. Mon Dieu, tu es vraiment bizarre, ces temps-ci... Voilà que tu te glisses chez moi comme un voleur, maintenant !

Elle n'aimait pas non plus son regard éteint, comme si quelque chose s'était brisé en lui.

— Vous saviez, n'est-ce pas ? demanda-t-il très calmement.

— Quoi ? fit-elle d'une voix sèche et trop aiguë, passant une main tremblante dans ses cheveux.

Quand il s'approcha, elle ne put contrôler un mouvement de recul. Tout à coup, son fils la terrifiait. Il la clouait d'un regard glacial. S'il avait les traits tirés par une nuit d'insomnie, rien dans sa posture ne trahissait la moindre lassitude.

— Lorsque vous avez découvert que Lorena avait du sang noir dans les veines, vous avez trouvé le moyen de la vendre pour l'écarter de moi à tout jamais. Tout comme Zachary a éliminé sa mère.

Trop angoissée pour jouer la comédie, Victoria se contentait de secouer vigoureusement la tête, les yeux exorbités.

— Puisque vous aviez lu la lettre que je lui destinais, vous saviez que je l'aimais trop pour m'arrêter à ce genre de détail. Alors vous avez agi derrière mon dos.

Victoria retrouva enfin sa voix.

— Lorena? Ô non, mon Dieu, c'est impossible!
s'écria-t-elle.

Comme il ne répliquait rien, Victoria reprit
espoir.

— Mon fils, c'est un coup terrible... Mais ré-
jouis-toi plutôt qu'elle se soit enfuie avec un autre.
Quel désastre si vous aviez eu des enfants!

— Décidément, vous ne comprenez rien, murmura-t-il en la regardant comme s'il la voyait
pour la première fois. Cela n'aurait eu aucune
importance. Rien ne compte davantage que mon
amour pour elle! Et maintenant, conclut-il en
s'asseyant sur le lit, vous allez me dire comment
elle a disparu et qui vous a aidée.

Victoria s'effondra. Cette fois-ci, les sanglots,
les cris et les supplications étaient sincères. Mais
Ryan ne bronchait pas, attendant qu'elle se rende
à l'évidence : il ne lâcherait pas prise. Elle eut
beau s'humilier, implorer son pardon, reconnaître ses torts, il refusa de plier. Acculée, Victoria finit par tout avouer.

Ryan sortit dès qu'elle eut terminé.

— Ryan! s'écria sa mère qui trébucha dans
sa hâte à le rattraper, l'agrippant par une cheville.
Ne pars pas, je t'en prie! Un jour, tu me remer-
cieras. Elle est à sa place parmi ceux de sa race!
En t'acharnant, tu te ridiculises, tu déshonores les
Youngblood. Je t'en prie, mon fils...

Se dégageant sans douceur, il la considéra
de haut.

— Vous n'avez plus de fils, ni moi de mère...

31

Lorena restait fascinée par la Sierra Leone, verdoyante et mystérieuse. La région côtière s'étendait sur plus de trois cents kilomètres. Puis, vers l'intérieur des terres, le relief devenait accidenté quoique marécageux par endroits, les collines boisées se dressant jusqu'aux montagnes qui marquaient la frontière avec la Guinée.

La communication n'était pas toujours aisée à cause des multiples dialectes des tribus. Mais il y avait suffisamment de colons britanniques pour que Lorena ne manque de rien.

Elliott Noland se montra un guide aimable. Elle apprit ainsi que les principales productions du pays étaient le riz, le café, le cacao, les amandes douces et les noix de cola.

Contre le vivre et le couvert, Letty préparait les repas du gouverneur et de son personnel. Lorena, qui s'était installée chez lui comme sa mère, ne regrettait pas la cuisine locale : maïs écrasé, poisson bouilli et vers de terre séchés au soleil.

Tandis que Katherine apprenait à lire et à écrire aux enfants, Lorena commençait à s'impatienter. Tout ce temps libre, ces journées vides qui se répétaient à l'identique lui donnaient un sentiment d'inutilité.

Elle essaya d'enseigner à son tour, pour s'apercevoir qu'elle n'avait pas la vocation. Quand elle se tourna vers les bonnes œuvres, elle comprit rapidement qu'on n'avait pas besoin d'elle : le village regorgeait de missionnaires qu'elle gênait plus qu'elle n'aidait...

Une nuit après le dîner, alors que Lorena, Katherine et Elliott admiraient l'océan depuis la véranda, un son étrange monta des collines. Il se répandit lentement, s'élevant comme une litanie dans un crescendo de voix plaintives.

— *Morna*, expliqua Elliott. Cela me donne toujours la chair de poule, même après toutes ces années. C'est un chant si triste, si mélancolique...

— De quoi s'agit-il ? demanda Lorena, intriguée.

— C'est un genre de mélopée. D'après la légende, elle est apparue aux îles du Cap-Vert avant de pénétrer le continent africain tout entier. Ce chant traduit la tristesse de l'isolement, le désir d'atteindre un lieu mystérieux et lointain où les vagues, qui représentent la paix éternelle, ne cessent jamais. Imaginant qu'elles les appellent, les Noirs entonnent le *morna*. Le bonheur ne se trouve que là-bas.

« Beau mais triste », songea Lorena.

— Mais si personne n'y arrive ? s'étonna-t-elle.

— Qui sait ? répliqua Elliott avec un sourire énigmatique. Les voies du cœur sont impénétrables.

Lorena se tut, méditant sa réponse, bercée malgré elle par les rythmes primitifs. Il était facile d'entendre le flux et le reflux... Mais, dans son cas, c'était l'Amérique qui lui chuchotait de revenir.

La jeune femme parut soudain si désemparée que sa mère échangea un regard d'inquiétude avec Elliott.

— Ces chants t'importunent ? Tu n'es pas bien ?

— Je me sens si inutile, murmura Lorena.

Pourquoi l'aurait-elle caché plus longtemps? En retrouvant sa mère, elle avait rempli sa mission : elle était désormais rassurée sur sa santé et son bonheur.

— Tu n'es pas heureuse ici?

— Si mais... je m'ennuie, tandis qu'à Philadelphie, il y aurait tant de choses à faire!

— De quel genre? s'inquiéta Katherine. Si Ryan a eu la cruauté de te vendre, il sera capable de se lancer sur tes traces. As-tu déjà oublié?

— Je garderais le nom d'Edith Starling. Si jamais il lui prenait l'envie de me chercher, il se perdrait dans le dédale des réseaux clandestins.

Sentant l'enthousiasme pointer dans la voix de sa fille, Katherine eut la prudence de taire ses objections. Une fois déjà, elle s'était mêlée du bonheur de Lorena. Mais après le désastre du mariage qu'elle avait arrangé, la leçon avait porté ses fruits.

— As-tu pris ta décision?

Lorena hocha la tête.

— Je voudrais rentrer sur le prochain paquebot.

Katherine se mordit la lèvre, résolue à ne pas montrer ses larmes tandis qu'Elliott lui pressait l'épaule.

— Eh bien, hésita Katherine, je crois qu'il est temps de t'annoncer que nous allons nous marier. Sur un plan légal, je ne suis pas divorcée mais, aux yeux de Dieu, je sais que je le suis et c'est tout ce qui compte. De toute manière, je ne remettrai jamais les pieds là-bas.

— Alors je peux rentrer tranquille, conclut Lorena en souriant.

On annonça l'arrivée d'un paquebot dès le lendemain du mariage de Katherine et d'Elliott. Tout excitée, Lorena courut au quai examiner le navire. Quelle ne fut pas sa joie en reconnaissant le bateau du capitaine O'Grady !

Le capitaine la serra paternellement dans ses bras.

— Vous avez une mine splendide ! Une vraie petite indigène...

Lorena éclata de rire. Elle n'utilisait plus la lotion de sa mère : en réalité, la mixture était inutile car le teint naturellement clair de la jeune femme n'aurait jamais trahi ses origines. D'ailleurs, elle s'en moquait...

Elle était sur le point de lui apprendre ses projets quand Letty, qui l'avait accompagnée, s'éloigna brusquement en jouant des coudes. Etonnée, Lorena se hissa sur la pointe des pieds pour apercevoir une haute silhouette qui courait sur la passerelle.

— Dieu soit loué, murmura-t-elle.

C'était Ben.

Après les retrouvailles, Lorena attendit que Ben et Letty disparaissent la main dans la main pour annoncer au capitaine qu'elle rentrait en Amérique avec lui.

— Formidable ! s'exclama-t-il. Les Passeurs ont besoin de gens comme vous. Quel dommage qu'ils n'aient pas assez d'argent pour financer le retour des affranchis et des évadés... C'est drôle, reprit-il avec gravité, après nos conversations de l'aller, j'ai repensé à l'époque où je commandais un bateau négrier... J'aurais bien aimé me racheter d'une manière ou d'une autre. Savoir que vous retournez là-bas, ça me console un peu !

— Mais vous aurez peut-être votre rôle à

jouer… commenta Lorena sans en ajouter davantage.

Les idées ne lui manquaient pas — mais elle devait d'abord consulter mère Bethel et Charles Grudinger…

Puis vint le jour des adieux. Katherine fondit en larmes, soutenue par Elliott.

— Excuse-moi, Lorena, je ne devrais pas te quitter ainsi mais j'ai tellement peur de ne jamais te revoir!

La gorge serrée par l'émotion, Lorena trouva la force de répondre avec conviction:

— Ne t'inquiète pas, maman. Nous vivons chacune dans le cœur de l'autre, comment serions-nous séparées?

Nate dormait dans une chambre contiguë à son bureau. Quand Zachary le réveilla à l'aube, il flaira immédiatement les ennuis — et pas seulement à cause de l'heure inhabituelle: puant la fumée, le visage maculé de suie et de sang, Tremayne avait une mine épouvantable. Il n'eut à prononcer qu'un nom pour résumer la situation.

— Youngblood.

— Bon Dieu! s'exclama Nate, glacé par une sueur froide.

Raflant une bouteille posée sur sa table, il avala une gorgée de whisky pour se remonter.

— Que veut-il?

Zachary, qui s'était effondré sur une chaise, but une rasade à son tour.

— Il cherche Lorena.

— Après tout ce temps?

— Il a débarqué en pleine nuit chez moi pour me poser des questions. Je lui ai ordonné de sortir mais il m'a sauté dessus et, après, c'est le trou noir. A mon réveil, j'étais dans la cour et la maison avait brûlé jusqu'aux fondations... Ce salaud a certainement voulu me laisser crever sur place et j'ai dû trouver la force de me traîner dehors.

Nate réfléchissait à toute vitesse.

— S'il s'est adressé à vous, patron, c'est que sa mère ne m'a pas dénoncé. Je serais curieux de savoir ce qu'elle lui a dit au juste... Mais c'est pas ça qui m'inquiète le plus. Je me demande si Youngblood serait capable de remonter la piste. S'il découvre le pot aux roses, je suis un homme mort! Au mieux, j'irai croupir en prison.

— Bah... Comme tu le disais toi-même, il n'est pas au courant. Sinon c'est pas moi qu'il serait venu interroger hier soir.

— Exact. Mais il ne doit pas aller plus loin...

— Tant de mois ont passé! Comment pourrait-il retrouver Lorena? Non. A mon avis, tu devrais surtout vérifier que sa mère ne crache pas le morceau.

— Je n'aurais qu'à nier: sa parole contre la mienne. Elle n'a aucune preuve.

— Tu parles! explosa Zachary. Alors que je n'y suis pour rien, ma maison est en cendres! Bon sang... Comme si je n'avais pas eu assez d'ennuis avec le vaudou. Maintenant je dois repartir de zéro. Si seulement j'avais tué cette garce! conclut-il en abattant son poing sur la table.

— Y a rien de perdu, patron, observa Donovan d'une voix sombre. On va les retrouver les premiers... Elles ne parleront plus, vous pouvez en être sûr. Ensuite on sera enfin tranquilles. Vous pourrez même porter plainte pour l'incendie de votre maison et Youngblood devra vous rembourser.

Zachary hocha la tête, séduit. Il y gagnerait une

maison neuve et Katherine ne risquerait plus de déclencher le vaudou à distance.

Donovan attacha son holster.

— Allons chercher Harnaby. Il nous mettra sur la bonne voie.

— Comment ça, Harnaby ? Tu les as embarquées, non ? Tu dois savoir qui les a achetées !

— C'est Harnaby qui s'en est occupé. Moi, j'avais d'autres chats à fouetter. (Quand il vit le regard meurtrier que lui jetait Zachary, il fronça les sourcils.) Emmener une esclave aux enchères, c'est à la portée de n'importe qui, non ?

— Eh bien, je respirerai mieux quand j'en aurai le cœur net...

Ryan se dissimulait dans l'ombre d'une ruelle qui donnait sur l'entrepôt. Même s'il était là depuis longtemps, il s'était interdit d'entrer tant qu'il n'avait pas repris son calme. S'il s'était écouté, il aurait arraché la vérité à Donovan par tous les moyens ! Mais la prudence avait fini par l'emporter : il valait mieux agir sans précipitation.

Quand les deux compères sortirent, il était sur leurs talons.

Il les suivit discrètement jusqu'à un hôtel, attendant qu'ils montent pour s'adresser à la réception. Glissant un billet au gardien, Ryan apprit qui ils étaient venus voir : un certain Harnaby, deuxième étage, la chambre du coin.

Décidément, la chance lui souriait : il avait repéré un escalier extérieur qui y conduisait directement ! Ne perdant pas de temps, il le gravit à pas de loup et s'accroupit sous la fenêtre entrouverte.

— Comme ça, c'est peut-être Kaid Whitlock qui a acheté Katherine ? lançait une voix irritée qui devait être celle de Donovan. Et tu ne te souviens pas de celui qui a emmené Lorena ? Mais qui t'a payé, bon Dieu ?

Jason Harnaby se creusait la cervelle pour trouver une réponse plausible. Ils l'avaient tiré du lit sans ménagement et il avait du mal à retrouver ses esprits.

— Je ne me souviens pas. De l'eau a coulé sous les ponts, depuis…

— Tu te fous de moi ? rugit Zachary. J'en connais un qui va te rafraîchir la mémoire, c'est Youngblood… Il est devenu fou, il va te faire la peau… Il a découvert Dieu sait comment que sa femme n'avait pas disparu toute seule. Un jour ou l'autre, il va la retrouver et tu seras cuit, mon vieux… Sauf si on remet la main sur elle pour lui tordre le cou !

Serrant les dents, Ryan sortit doucement son arme du holster.

— Mais je vous ai dit que je ne me rappelle pas, protesta Jason d'une voix plaintive.

Nate le projeta sur le lit d'un coup de poing.

— Fais un effort, on n'a pas de temps à perdre… Il y a deux négociants sur la côte : Whitlock et Bannister. Alors c'était lequel ? Ils sont chacun à l'autre bout de l'Etat. T'as intérêt à pas te tromper !

Jason était pris au piège : dans le meilleur des cas, Tremayne et Donovan iraient se renseigner chez les deux et découvriraient le pot aux roses — des dizaines d'esclaves avaient glissé entre les mailles du filet chaque fois qu'il était censé les vendre !

Les deux hommes se tenaient devant la fenêtre mais s'il pouvait plonger par l'embrasure, il ne tomberait pas de très haut…

Zachary sortit un couteau de sa botte.

— Peut-être que tu te souviendras mieux si je te découpe... grogna-t-il.

C'est alors que Jason plongea. Repoussant Tremayne et Donovan, il courut vers la fenêtre. Zachary lança son poignard qui manqua son but mais Donovan dégaina et tira.

Atteint entre les omoplates, Jason s'effondra au moment où Ryan bondissait par la fenêtre, revolver en main. Nate le visa mais Ryan fut le plus rapide. Touché en plein cœur, Nate tomba raide mort.

Zachary se figea, paralysé.

— Pas un geste! ordonna Ryan en s'agenouillant près de Jason pour lui tâter le pouls.

Il était faible mais battait toujours.

Profitant de la diversion, Zachary prit ses jambes à son cou. Ryan ne chercha même pas à le rattraper : Tremayne ne savait rien de toute manière. En revanche, Jason pourrait peut-être l'aider.

— Harnaby, j'ai besoin de vous, commença-t-il d'une voix pressante. Lorena est ma femme. Où l'avez-vous emmenée ? Vous êtes mon seul espoir.

Jason émit un ricanement tandis qu'un filet de sang coulait au coin de ses lèvres.

— Tu la trouveras pas, salaud, murmura-t-il. T'auras pas ton argent...

— Mon argent ? s'exclama Ryan. Tu crois que j'étais dans le coup ? Mais souviens-toi, c'est à cause de moi que Tremayne et Donovan se sont précipités chez toi !

Tout devenait sombre autour de Jason. Un bourdonnement enflait dans ses oreilles, l'empêchant de se concentrer. Au-dessus de lui, Youngblood devenait une ombre menaçante. Jason rencontra pourtant son regard, où se lisait une angoisse sincère.

Ses lèvres bougèrent sans émettre un son.

— Un effort, Harnaby, insista Ryan en le secouant doucement.

— Philadelphie, souffla Jason dans un râle. Trouvez... mère... Bethel.

Zachary n'était pas parti très loin. Il était resté tapi derrière la porte pour surprendre les dernières paroles de Jason. Et son soulagement était sans bornes. Il avait si souvent regretté de ne pas avoir tué Katherine afin d'en finir une bonne fois pour toutes... Le vaudou, c'était à cause d'elle, tout comme Lorena était responsable de la cicatrice qui le défigurait. Maintenant sa maison était partie en fumée et son complice était mort : il ne lui restait plus rien — sauf une terrible soif de vengeance.

Sans nul doute, Ryan Youngblood remonterait la piste jusqu'à Lorena et sa mère.

Alors Zachary pourrait tous les tuer.

32

La traversée vers l'Amérique rapprocha encore le capitaine et Lorena : elle devint la fille, la famille qu'il n'avait jamais eues.

Il était sûr qu'elle serait heureuse à Philadelphie. C'était une ville progressiste et en pleine croissance. On y trouvait des clubs littéraires, des théâtres, des écoles de danse. On venait même d'y fonder une académie des beaux-arts !

Ce qui frappa Lorena encore davantage, c'est qu'une école publique pour les Noirs venait de s'y installer. Les affranchis pouvaient maintenant suivre des cours dans une vraie salle de classe.

Lorena était impatiente de savoir ce qui s'était produit en Amérique pendant ses quatre mois d'absence. Le Maine était entré dans l'Union en interdisant l'esclavage. Le Congrès avait voté une loi assimilant la traite des Noirs à de la piraterie : non seulement les bateaux négriers seraient saisis, mais les trafiquants condamnés à mort.

Lors de l'aller, Lorena avait évoqué les activités louches de son beau-père.

— Je suis sûre qu'il pratique la contrebande. Eh bien, avec cette nouvelle loi, il sera peut-être pendu, Dieu soit loué !

— Maintenant, il n'y a plus qu'à rapatrier tout ce petit monde en Afrique.

Lorena secoua la tête.

— A mon avis, ce sont les évadés qu'il faut d'abord mettre à l'abri, pas les affranchis. Les Noirs libres ont toujours une chance de reconstruire leur vie tandis que les fugitifs risquent d'être rattrapés. Et vous connaissez le prix à payer, capitaine : le fouet, les mutilations…

— Mais, Lorena, c'est illégal ! lui rappela O'Grady avec inquiétude. Il faut être fou pour braver les planteurs !

Elle se mit à rire.

— Si je n'avais pas un grain de folie, je serais restée en Afrique, capitaine…

O'Grady hocha la tête, impressionné par son courage.

Ils arrivèrent fin août à Philadelphie.

Quand on lança la passerelle sur le quai, Lorena remarqua un phénomène étrange. Alors que le paquebot avait jeté l'ancre juste en face des entrepôts Grudinger, les dockers ne bougeaient pas, regardant le bateau avec indifférence. Le capitaine les apostropha en agitant le poing :

— Attachez le bateau, bande de fainéants ! Vous m'entendez ?

Mais les dockers se contentèrent de ricaner entre eux. Stupéfaite, Lorena consulta du regard O'Grady, qui n'y comprenait rien non plus. Une fois à terre, le mystère s'éclaircit.

— Grudinger est mort il y a deux mois, leur expliqua un autre capitaine dont le navire était amarré à côté. Il a tout laissé à une gouvernante noire qui travaillait chez lui depuis des lustres. Elle a reçu des offres d'achat qu'elle a toutes déclinées pour diriger la compagnie elle-même. Voyez ce que ça donne, conclut-il avec un geste dédaigneux en direction des débardeurs. Ils ne veulent pas recevoir d'ordres d'une femme, et encore moins d'une Noire...

Lorena se félicita de la bonne fortune de Nanny Bess. Peut-être pourrait-elle l'aider à se tirer de ce mauvais pas ? Puisqu'on la considérait comme une Blanche...

Elle décida donc de lui rendre visite, assurant au capitaine qu'ils se reverraient avant qu'il ne lève l'ancre.

— C'est sûr, ironisa O'Grady. A la vitesse où ces gars-là vont me charger le paquebot, je ne partirai pas avant des mois !

Nanny Bess fondit en larmes en découvrant Lorena devant sa porte.

— Dieu vous bénisse ! s'exclama-t-elle en la serrant dans ses bras. Entrez, entrez ! J'ai tellement pensé à vous depuis votre départ... Le capitaine

O'Grady était venu rendre visite à ce pauvre M. Grudinger il y a quelques mois. Il m'avait dit que vous étiez saine et sauve et que vous aviez retrouvé votre mère. J'espère que tout va bien, là-bas ? conclut-elle sur une note d'inquiétude, étonnée de la voir de retour.

— Très bien. Ma mère s'est remariée et Ben a pu rejoindre Letty. C'est vous qui l'avez secouru, n'est-ce pas ?

— Oui, soupira Nanny Bess. Mais j'ai bien peur qu'il ne soit le dernier à en profiter. Je n'arrive plus à rien de bon, Lorena...

— Vous n'allez pas abandonner maintenant, tout de même ?

— Mais je n'ai pas le choix ! Les contremaîtres, les dockers, personne ne m'obéit... Les autres armateurs sont probablement de mèche : si la compagnie Grudinger faisait faillite, ça les arrangerait bien... Et puis d'ailleurs, en vendant l'affaire, je pourrais offrir une grosse somme à mère Bethel. Cette fortune serait utile à la Cause.

— Pas autant que la Compagnie Grudinger, si nous la gérons ensemble.

Mais Nanny Bess était loin de partager son enthousiasme.

— Ces gars-là ne travailleront pas davantage pour une femme blanche. Et ce serait encore pire si l'on apprenait que vous êtes mulâtre.

— Ecoutez-moi jusqu'au bout, insista Lorena avec un geste d'impatience. Donnez-moi carte blanche et je trouverai le moyen de sauver la Compagnie.

— Mais pourquoi ? Dans quel but ?

— Imaginez tous les fugitifs que nous pourrons cacher dans nos cales ! Nous sommes leur seule planche de salut... Vous avez beaucoup accompli par le passé, Nanny Bess, en fournissant une cabine et de faux papiers à des évadés comme moi. Mais, maintenant, nous devons opérer à grande échelle.

Nanny Bess s'assit, croisant les mains sur ses genoux avec un hochement de tête dubitatif. Lorena poursuivit :

— Puisque vous n'arrivez pas à vous en sortir, passez-moi le flambeau, donnez-moi ma chance. C'est pour cela que je suis rentrée, pour aider ces gens. Et je le peux, j'en suis persuadée !

Finalement, l'enthousiasme de Lorena était communicatif.

— D'accord, céda Nanny Bess avec un large sourire.

Lorena ne perdit pas de temps : dès le lendemain, elle partait au port. Elle avait serré son opulente chevelure en un catogan sévère et chaussé des lunettes cerclées qui avaient appartenu à Grudinger. Une robe sombre et austère complétait le tableau : elle avait pris dix ans et l'autorité d'un patron.

Elle se présenta aux contremaîtres éberlués.

— Je suis Mlle Edith Starling, la nouvelle propriétaire, déclara-t-elle. La Compagnie sera désormais connue sous le nom de Morna.

Elle n'avait naturellement pas la moindre intention d'expliquer ce nom, qui demeurait pour elle un précieux secret.

Les hommes comprirent rapidement à qui ils avaient affaire. Avant la fin de la journée, elle en avait licencié deux pour insubordination, les remplaçant par des marins que lui avait recommandés le capitaine O'Grady, ravi de la supercherie.

Puis Nanny Bess organisa une réunion clandestine pour que Lorena rencontre plusieurs chefs de réseau et des capitaines qui avaient prouvé leur attachement à la Cause. Lorena put ainsi leur exposer son plan.

Deux paquebots comporteraient une cale spéciale prévue pour le transport des évadés en Sierra Leone, expliqua-t-elle. Par prudence, ces navires ne suivraient pas les lignes régulières. Quant aux matelots, ils seraient triés sur le volet par chaque capitaine et prêteraient serment. Pour ces traversées, on ne prendrait aucun passager payant afin que les fugitifs puissent circuler librement durant le voyage. Ils ne rejoindraient leur cachette que si les autorités arraisonnaient le bateau.

Une objection fusa : combien d'individus pensait-elle embarquer de nuit sans éveiller les soupçons ?

Mais Lorena y avait songé.

— Messieurs, il faudra vous recycler dans la menuiserie ! lança-t-elle en guise de boutade. Nous dissimulerons les clandestins dans des caisses, qui seront chargées comme le reste. On pourra aller ainsi jusqu'à trente-six personnes.

Un murmure admiratif monta autour de la table : ce plan était parfaitement réalisable...

— Et si nous décidions d'un signal ? suggéra Nanny Bess. Toutes ces allées et venues entre Morna et mère Bethel vont attirer l'attention ! Or, avec le pasteur, nous aurons besoin de savoir quand un navire est prêt à appareiller pour organiser les départs.

Lorena avait déjà étudié ce problème.

— Une rose, suggéra-t-elle avec un frémissement qu'elle parvint à dissimuler. Chaque nuit, envoyez quelqu'un sur le quai. Pas toujours la même personne, évidemment, pour ne pas éveiller les soupçons. Je laisserai la rose devant le paquebot qui lèvera l'ancre la nuit suivante. Quand vous la verrez, vous chargerez les caisses au lever du jour.

Lorena avait gagné l'approbation générale.

— Merveilleux ! Pour tout dire, parfait, commenta O'Grady en exprimant tout haut l'opinion des autres. Une rose de minuit comme symbole de liberté !

Lorena hocha la tête. Et peut-être parviendrait-elle enfin à se libérer du passé...

33

Nanny Bess époussetait les bibelots du salon en fredonnant gaiement. Depuis que Lorena avait repris l'affaire, ses paquebots avaient conquis les marchés, effectuant des navettes de plus en plus fréquentes entre l'Amérique et l'Europe. Compétente et courtoise, Lorena connaissait son métier et le bouche à oreille avait fonctionné à merveille.

Une seule ombre au tableau contrariait Nanny Bess : la jeune femme s'y dévouait corps et âme. La Compagnie était devenue toute sa vie. Jamais un instant de repos, ni le moindre dîner en ville. D'ailleurs, qui l'aurait invitée avec son allure de vieille fille ? Tout cela par la faute de ce Young-blood...

Le heurtoir retentit tout à coup, interrompant ses méditations. Lorsqu'elle ouvrit la porte, Nanny Bess étouffa une exclamation et tenta de refermer aussitôt.

— Que se passe-t-il, Nanny Bess? s'étonna Ryan Youngblood en bloquant le battant du pied. Vous ne me reconnaissez plus?

Nanny Bess s'efforça au calme. Il ne fallait pas éveiller ses soupçons.

— Ah oui, bien sûr, monsieur Youngblood! s'exclama-t-elle. Nous avons eu quelques cambriolages dans le quartier et ça me rend méfiante, acheva-t-elle avec un petit rire qu'elle espéra convaincant.

Youngblood chez Lorena! Elle en avait des sueurs froides.

Ryan hésita un instant. Pourquoi avait-elle ouvert sa porte, dans ce cas? Mais peu importe... Pénétrant directement au salon, il se retourna vers Nanny Bess.

— Je voudrais voir Charles. Je suis venu de Virginie tout spécialement et... (Il se tut, frappé par son attitude insolite.) Que se passe-t-il?

— M. Grudinger n'est plus.

Ryan sursauta.

— Ah... Je suis navré. Si je m'étais douté! J'aurais dû le savoir, certainement, mais des problèmes personnels...

Il se tut, ne sachant comment s'exprimer sans en dire trop long. Malgré son chagrin d'apprendre le décès de Grudinger, Ryan était encore plus préoccupé par ses recherches. Tout à l'espoir que Lorena avait été sauvée par mère Bethel comme le suggéraient les dernières paroles d'Harnaby, il poursuivait sa quête. Oserait-il solliciter l'aide de Nanny Bess? Elle avait l'air si bizarre...

Mais la gouvernante retrouva rapidement ses esprits.

— Y a-t-il autre chose? reprit-elle.

Il cligna des paupières, consterné par sa froideur.

— Pourriez-vous m'héberger cette nuit ? Je suis certain que Charles m'aurait offert l'hospitalité, se justifia-t-il.

En réalité, il espérait l'amadouer et lui tirer les vers du nez au sujet de mère Bethel…

Mais elle refusa tout net.

— Je regrette, monsieur. La maison est occupée par de nouveaux propriétaires.

— Je vois… Quand ce pauvre Charles est-il décédé ?

— Il y a quelques mois.

— Et sa compagnie ? Lors de ma dernière visite, il m'avait proposé d'investir chez lui. Qui est son notaire ? Si la société était toujours à vendre…

— Non. C'est trop tard. Eh bien, s'il n'y a rien d'autre…

Elle se tourna pour le reconduire dehors.

— Où puis-je trouver mère Bethel ? lança-t-il brusquement, tentant le tout pour le tout.

C'en fut trop pour les nerfs de la pauvre Nanny Bess qui lui claqua la porte au nez. S'appuyant contre le battant pour retrouver son souffle, elle n'entendait plus que le martèlement de son cœur. Alors il savait tout !

Il fallait prévenir Lorena. La jeune femme rentrerait tard. Elle devait poser une rose sur le quai vers minuit : un paquebot partait le lendemain.

Scrutant la rue par les rideaux de dentelle, Nanny Bess aperçut Ryan qui s'éloignait. Ouf… Sa prochaine étape le conduirait sans doute à mère Bethel — il apprendrait vite quelle église se cachait derrière ce nom. Le pasteur ! Lui aussi, il faudrait l'avertir… Mais Lorena passait d'abord.

S'il ne s'était pas retenu, Ryan aurait volontiers défoncé la porte de Nanny Bess — ne serait-ce que pour lui apprendre la politesse! Pourquoi était-elle si agressive? Il ne s'était jamais montré désagréable avec elle. Alors pourquoi lui réserver un accueil pareil?

Il reviendrait exiger des explications, mais plus tard. Pour le moment, il était épuisé et n'aspirait qu'à une bonne nuit de repos. Apercevant un fiacre, il agita la main.

— Quelle adresse, monsieur? demanda le cocher.

Ryan se renversa sur la banquette.

— A moins que vous ne sachiez où trouver mère Bethel, lança-t-il sous forme de boutade, emmenez-moi à un bon hôtel!

— Que préférez-vous, monsieur?

Ryan se redressa brusquement, n'en croyant pas ses oreilles. Il répéta ses instructions.

— J'ai entendu, monsieur, s'énerva le cocher. Alors où on va? Au Ritz ou à l'Eglise méthodiste?

Juste derrière eux, un autre homme hélait une voiture.

— Suivez-les! ordonna simplement Zachary. Qu'ils ne se doutent de rien si vous voulez un gros pourboire.

Perdue dans ses pensées, Lorena longeait l'embarcadère.

Elle avait mis si longtemps à construire son propre univers! songeait-elle. Une éternité plus tôt, elle se croyait aimée. Le regret de ce bonheur gâché revenait sans cesse la hanter. Quel était le bilan de son existence, maintenant? s'interrogeait-elle en frôlant de ses lèvres les pétales soyeux d'une rose.

Le vide, la solitude…

Son unique satisfaction était d'aider les autres à fuir, alors qu'elle-même était condamnée à une prison intérieure.

Rose de Minuit. C'était son nom de code. Pour les Passeurs, les quakers et mère Bethel, elle était une militante dévouée forçant l'admiration et le respect.

Mais les louanges glissaient sur Lorena. Pour elle, ce travail effréné n'était qu'un moyen pour chasser le passé.

Après un baiser à la rose, elle la posa délicatement par terre. C'est alors que les appels de Nanny Bess lui parvinrent.

— Je suis ici. Qu'y a-t-il?

Nanny Bess se tenait à la porte du bureau. Devant son air égaré, Lorena pressentit le pire.

— Allons, dites-moi, insista-t-elle en posant une main sur son épaule.

Nanny Bess se mit à sangloter, éperdue d'angoisse.

— Mon Dieu, mon Dieu… Il est là! Youngblood est là, à Philadelphie. Il est venu à la maison pour voir Charles, soi-disant. Puis il a voulu passer la nuit chez nous et, quand j'ai refusé, il m'a demandé où trouver mère Bethel! Mon Dieu, Lorena, vous vous rendez compte? Vous devez fuir!

Le sang figé dans les veines, la jeune femme la regardait avec horreur.

— Il est là, il est là, répétait Nanny Bess, au bord de la crise de nerfs. Il peut vous ramener dans le Sud sans que personne lève le petit doigt! Vous ne comprenez pas?

Lorena hocha lentement la tête, retrouvant enfin sa voix.

— Je partirai avec O'Grady demain. C'est ma seule planche de salut. Mais que vais-je faire en attendant? s'affola-t-elle. Je ne peux me réfugier chez mère Bethel puisqu'il la connaît. Quant à retourner à la maison, ce serait de la folie…

Nanny Bess indiqua le paquebot, dont la silhouette se découpait contre le brouillard du large.

— Là-bas! Cachez-vous sur le bateau et restez-y. Il suffit de prévenir O'Grady et il postera ses hommes pour empêcher Youngblood de monter à bord. C'est la seule solution! Je vais m'occuper de vos malles et je les apporterai demain.

Mais Lorena ne bougeait pas.

— Et la Compagnie Morna? s'exclama-t-elle, au désespoir. Je ne reviendrai peut-être jamais. Vous devez prendre ma place, Nanny Bess. Vous deviendrez la Rose de Minuit, n'est-ce pas?

Nanny Bess la serra dans ses bras en sanglotant.

— Je vous le promets. Mon enfant, vous avez travaillé si dur… Mais, je vous en supplie, courez vous réfugier sur ce bateau. C'est le seul endroit où vous serez en sécurité. Quand vous apprendrez la nouvelle à O'Grady, peut-être lèvera-t-il l'ancre sans attendre…

— Pas question! protesta Lorena. J'ai laissé le signal et les fugitifs embarqueront comme prévu. Maintenant rentrez, je vous verrai demain.

— Dieu vous protège, Lorena, murmura Nanny Bess avant de disparaître dans la nuit.

Sans attendre davantage, la jeune femme se hâta vers le paquebot aussi vite que ses jambes tremblantes le lui permettaient.

Préoccupé, incapable de se reposer, Ryan marchait le long des quais sans but précis. Sa visite à l'Eglise l'avait laissé perplexe.

Il avait rencontré un pasteur nommé Absalom Jones mais à peine s'était-il présenté que Jones s'était refermé comme une huître. Ryan avait lu dans ses yeux la même haine que chez Nanny Bess. Pourquoi tant d'hostilité ?

Rien n'était sorti de leur entretien : non seulement Jones niait tout contact avec des esclaves évadés, mais il ne connaissait ni Lorena Sterling ni Katherine Tremayne. Leurs noms lui étaient parfaitement inconnus. Il s'était même indigné que l'on colporte ces calomnies sur son Eglise, si respectueuse de la loi des hommes...

Depuis, Ryan arpentait les rues de Philadelphie, de plus en plus désespéré. Où aller, maintenant ? Que représentait sa vie sans la femme qu'il aimait ?

Soudain il se figea. Il cligna des paupières et secoua la tête pour s'éclaircir la vue. Son esprit dérangé lui jouait un tour cruel ! Une rose rouge était posée sur l'embarcadère.

Quelque part, un clocher sonna les douze coups de minuit, morne glas dans la brume. Minuit... Tout lui revint brutalement : le signal de Lorena à Jasmine Hill, les rendez-vous clandestins, les évasions d'esclaves. Etait-ce possible ?

Il leva la tête et aperçut devant lui un paquebot qui attendait de lever l'ancre.

Le puzzle se reconstitua soudain. C'était Lorena qui avait laissé cette rose. Voilà pourquoi Nanny Bess et le pasteur l'avaient si mal accueilli ! Lorena était à Philadelphie, vivante, libre, et tout le monde le tenait pour responsable de son enlèvement ! Comme ils devaient le haïr...

Mais Lorena était là, tout près !

Zachary aussi était là, dans l'ombre. Qu'avait ramassé Youngblood? Une espèce de fleur, on dirait... Il semblait surexcité, comme s'il avait trouvé un indice de taille.

L'heure décisive approchait. Mais Zachary était prêt.

34

Pas de réponse.

Lorena avait beau marteler la porte de ses poings, pas un son ne montait de l'intérieur. Un mouvement au bout du couloir la fit sursauter. Puis elle reconnut un membre de l'équipage.

— Norman, où est le capitaine O'Grady? Je dois le voir immédiatement.

Le matelot pencha la tête, intrigué par sa présence à une heure pareille. Elle paraissait bouleversée.

— Il n'est pas à bord, répliqua-t-il enfin. Lui et les autres sont partis s'amuser en ville. Ça m'étonnerait qu'ils reviennent avant le jour.

Lorena se massa les tempes avec nervosité.

— Puis-je vous être utile? demanda-t-il en espérant que non.

Ce n'était pas ses affaires, même s'il était de quart. D'ailleurs, il avait repéré un fût de bière esseulé qui ne demandait que de la compagnie.

Lorena essaya de tourner la poignée : la porte s'ouvrit.

— J'attendrai à l'intérieur, répliqua-t-elle.

Norman se gratta la tête. Ce n'était pas très régulier... Mais, après tout, si elle voulait dormir chez le capitaine, grand bien lui fasse!

Il s'installa quant à lui sur le pont, la chope à portée de main. La nuit tirait en longueur mais, avec l'alcool, il somnolait doucement. Quel mal y avait-il puisque les autres ne rentreraient pas avant l'aube ?

Soudain il crut deviner un frôlement derrière lui mais ne fut pas assez rapide : une main le bâillonna avant qu'il ne saute sur ses pieds.

— Pas un bruit, pas un geste. Je veux juste un renseignement.

De sa main libre, Ryan fit miroiter un poignard qu'il posa contre sa gorge.

— Prenez ce que vous voulez, murmura Norman, pétrifié d'angoisse. Je m'en moque.

Il ne défendrait pas le navire au péril de sa vie, ah ça non !

— Je ne suis pas là pour voler. Je cherche une femme, une certaine Lorena Sterling. J'ai des raisons de penser qu'elle est dans le coin. Tu la connais ?

— Jamais entendu ce nom-là, je le jure.

Ryan appuya la lame un peu plus fort.

— Tu es sûr ?

Norman se mit à claquer des dents.

— Ne me tuez pas, je vous en supplie. La seule femme à bord s'appelle Starling et sa cabine est là-bas, dit-il en indiquant l'échelle qui menait aux quartiers de l'équipage.

Starling... Sterling... Evidemment, songea Ryan, elle avait changé de nom.

— Où exactement ? questionna-t-il d'une voix tendue.

— Première porte à droite. C'est la cabine du capitaine.

— Et lui, il est là aussi ?

— Non, non. Il est au port.

Convaincu de sa sincérité, Ryan assomma le

matelot d'un coup sur la nuque. Il ne fallait pas qu'il donne l'alarme. Mais, soucieux de ne pas le blesser, Ryan n'eut pas la main trop lourde.

Zachary attendait à l'ombre des bureaux de la Compagnie Morna. Depuis des mois, cet imbécile de Youngblood ne se doutait même pas qu'il était suivi : il était bien trop absorbé par son enquête. Quelle arrogance ! Il se croyait vraiment supérieur au reste du monde... Eh bien, Zachary lui donnerait une bonne leçon — la dernière.

Rendu à demi fou par le vaudou, Tremayne était devenu méconnaissable au fil des semaines. Ses yeux hagards et injectés de sang étaient perpétuellement en mouvement tandis qu'un filet de salive lui échappait parfois au coin des lèvres.

Il avait vu Ryan monter sur le navire. Ainsi, c'était là que se cachaient Lorena et Katherine. Il n'avait plus qu'à mettre son plan à exécution... Il lui fallait de la poudre et savait où en trouver : dans les entrepôts du port. Quand le fleuve était gelé, on brisait la glace à l'explosif pour que les bateaux puissent traverser. Du salpêtre, du soufre et du charbon, c'était simple comme bonjour.

Quelques minutes plus tard, un seau dans chaque main et une longue mèche enroulée autour du bras, il sortit de l'ombre en ricanant.

Ryan tourna doucement la poignée, peu surpris de la trouver bloquée. Comment s'y prendre ? S'il appelait Lorena, elle ne le laisserait jamais entrer... Pour peu qu'elle soit armée, elle tirerait à bout portant !

Prenant son élan depuis le mur, il plongea de toutes ses forces sur le battant qui s'ouvrit à la volée. Lorena hurla et lui lança une bouteille de rhum qui s'écrasa contre le mur.

— Ecoutez-moi, supplia-t-il en s'avançant vers elle. Je n'y étais pour rien, je ne savais pas…

Mais il ne put en dire davantage, s'affaissant sans un bruit sur le sol. Norman l'avait assommé par-derrière.

— Venez vite. Ce salaud avait cru me régler mon compte mais j'étais juste étourdi. Je ne sais pas ce qui se mijote là-haut… En tout cas, j'ai vu un comparse. On n'a pas intérêt à traîner ici.

Lorena obéit mécaniquement sans quitter Ryan des yeux. Tout s'était passé si vite… Mais au moins, elle pouvait s'échapper. Prenant la main de Norman avec gratitude, elle le suivit dans le couloir.

— Montez à l'échelle, vite! Son complice est dehors.

«Complice? pensa Lorena, paniquée. Nate Donovan, certainement.»

Norman sur ses talons, elle se hissa sur le pont et courut à la passerelle. Une seconde plus tard, ils gagnaient la terre ferme.

— Vite! Filez! cria Norman.

Mais Lorena hésita, se tournant vers le navire comme pour lancer un adieu au passé. Il n'avait donc pas suffi à Ryan de la bannir de sa vie et de Jasmine Hill. Il fallait encore qu'il remue le fer dans la plaie, qu'il lui retire le moindre espoir de liberté, qu'il l'humilie jusqu'au bout…

Soudain une silhouette familière apparut sur le pont. Etait-elle devenue folle? Zachary Tremayne? Il agitait une torche enflammée dans sa direction.

— C'est presque fini, ne t'inquiète pas! lui cria-t-il.

Lorena le regardait, pétrifiée. C'était une hallucination! Comment expliquer sa présence, sinon?

— Tu es à moi, jubila-t-il en se penchant pour

approcher sa torche du pont. Plus personne ne te reprendra !

Suffoquée d'angoisse, Lorena aperçut une mèche qui s'enflammait en crachotant.

— Mon Dieu ! s'écria-t-elle, comprenant que le paquebot allait exploser avec Ryan à son bord.

Elle s'élança vers la passerelle. Galvanisée par un courage et une énergie qu'elle ne se connaissait pas, elle se jeta sur Zachary.

— Ecartez-vous ! hurla-t-elle.

Plié en deux de douleur, il tomba à genoux.

Où était dissimulée la charge ? Elle n'en avait pas la moindre idée et le temps pressait : le navire exploserait d'un instant à l'autre !

Elle glissa en bas de l'échelle, manquant un barreau dans sa précipitation. Une douleur l'élança à la cheville mais elle se força à continuer. Devant la cabine, Ryan se redressait lentement. Elle l'agrippa par la taille pour l'aider à se relever.

— Il faut sortir, Zachary a posé une bombe et tout va sauter !

Cette nouvelle fit à Ryan l'effet d'un verre d'eau jeté à la figure. Sans poser de question, sans s'appesantir sur la présence de Tremayne, il courut à la porte. Puis s'apercevant que Lorena marchait à grand-peine, il la souleva dans ses bras et fila jusqu'au pont.

Zachary tenta de leur opposer un rempart de son corps.

— Je vous suis ! cria Ryan en précipitant Lorena par-dessus bord avant de plonger à son tour.

La jeune femme s'engouffra dans l'eau noire, aspirée dans un linceul glacial. Il aurait été si facile de s'abandonner à la paix suprême...

Elle avait sauvé la vie de Ryan, qui lui avait rendu la pareille. Mais pourquoi ?

Puis une main la saisit par les cheveux, la remontant plus haut, toujours plus haut.

Enfin ils arrivèrent à la surface et Ryan l'entraîna comme il pouvait, nageant le plus vite possible pour s'éloigner du navire. Ils aperçurent l'ombre fantasque de Zachary, les bras ouverts vers le ciel, qui criait et gesticulait comme un dément.

Puis le navire explosa dans un éblouissement subit. Une grêle d'éclats de bois et de lambeaux enflammés s'abattit autour d'eux dans des sifflements sinistres. Lorena perdit conscience. Heureusement, des bras secourables les attendaient sur la rive tandis que les curieux accouraient.

Mais, une fois sur la terre ferme, Ryan ne laissa personne s'interposer entre Lorena et lui. S'agenouillant, il couvrit son visage de baisers.

— Ecoute-moi, mon amour, écoute-moi. Je n'y étais pour rien, rien du tout! Je le jure devant Dieu.

Lorena battit des paupières.

— Tu m'as sauvé la vie, reprit-il, encouragé par l'éclair de tendresse qu'il lisait dans son regard. Alors tu m'aimes peut-être un peu?

Sa cheville la brûlait, son corps était meurtri mais elle éclata de rire, passant les bras autour de son cou.

— J'ai oublié de te haïr quand j'ai compris que je t'aimais...

— Moi aussi, Lorena. Je t'aime, je t'aime pour toujours.

4171

Composition Interligne B-Liège
Achevé d'imprimer en Europe (France)
par Brodard et Taupin à La Flèche (Sarthe)
le 15 avril 1996. 6575N
Dépôt légal avril 1996. ISBN 2-277-24171-7

Éditions J'ai lu
84, rue de Grenelle, 75007 Paris
Diffusion France et étranger : Flammarion